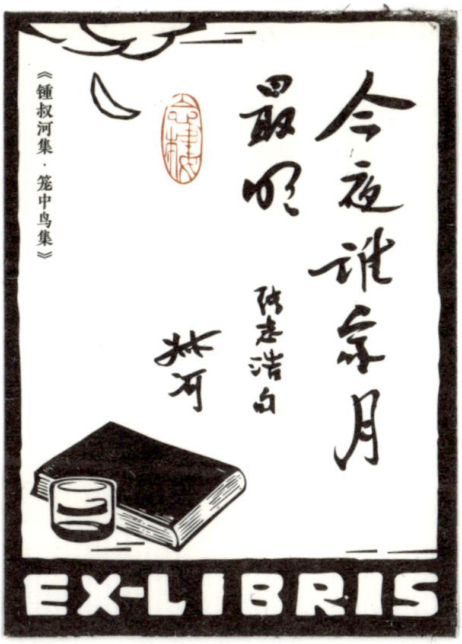
《锺叔河集·笼中鸟集》
今夜谁家月
最明
EX-LIBRIS

笼中鸟集

锺叔河集

The collected works of Zhong Shuhe

5

笼中鸟集

岳麓書社 · 长沙

我的杯很小，但我用我的杯喝水。

——缪塞

著者说明

《笼中鸟集》二〇〇九年由青岛出版社印行，是一本自选集，所收的文章，“都是从已经出版的七种文集中选出来的”。这七种是：(一)《书前书后》(海南出版社，一九九二)；(二)《锺叔河散文》(浙江文艺出版社，一九九九)；(三)《百家文库·散文方阵·锺叔河卷》(湖南文艺出版社，二〇〇二)；(四)《念楼集》(安徽教育出版社，二〇〇三)；(五)《偶然集》(凤凰出版社，二〇〇三)；(六)《天窗》(湖南文艺出版社，二〇〇四)；(七)《青灯集》(湖北人民出版社，二〇〇八)。

《锺叔河集》只保留了（一）专收序跋，(七）改名《青灯杂抄》专收读书记，“笼中鸟”和“小西门”两本“自选集”仍按原定的范围，后者专收写亲身经历的散文，此外的随笔之作全部编入这一本《笼中鸟集》，(二)（三）（四）（五）（六）书名均不再保留。

依此范围，新版《笼中鸟集》将原来九十七篇中《阿罗咪呢》等三十三篇移入别集，而将《又见〈离骚〉》等三十六篇从别集移来，共收文一百篇，均按写作（发表）年月编次。

“青岛版”的组稿统筹，皆有赖薛原君之力，但署名“锺叔河著”之后的“薛原编”三字则系误植，薛君当时即已说明，现在便将其删去了。

二〇二一年四月　锺叔河

[图一] 青岛版《笼中鸟集》及其他

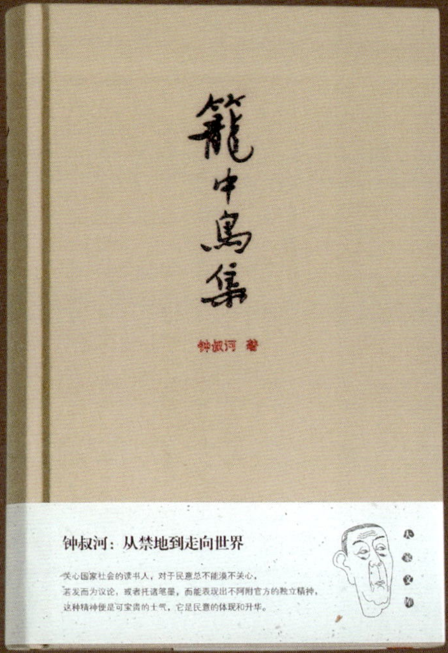

（右）《笼中鸟集》（青岛出版社·二〇〇九）

（下左）《百家文库·散文方阵·锺叔河卷》（湖南文艺出版社·二〇〇二）

（下中）《念楼集》（安徽教育出版社·二〇〇三）

（下右）《大托铺的笑话》（广东人民出版社·二〇一四）

【图二】李鸿章的诗

江上曲

春盡怨流水花嬌憐曉寒握手不忍別況復行路難贈我連環玉報君同心結同心不同住江濤亦嗚咽思君若春潮晝夜來無時潮來借雨添君來待風吹江草碧如帶江樹綠如油心隨檣燕去拍水雙雙浮

七夕詠牛女

神光炯炯卿憐我仙佩珊珊我憶卿銀漢隔牆無一語玉簫寫怨有雙聲良緣虛擬今宵會久別難傳異地情碧海青天永相望此生未卜況他生

和建昌王霞軒太守行春

（左）《合肥李氏三世遗集》中的情诗

荷蘭海口浴堂夜宴口占 光緒丙申

出入承明四十年忽來海外地行仙華筵盛會娛絲竹千歲燈花喜報傳

倫敦火車道中口占

飄然海外一浮鷗南北東西徧地球萬綠叢中兩條路飆輪電掣不稍留

（左）一八九六年出访欧洲时所作二首

[图三] 鸡公榄／认识你自己

（上）"（卖鸡公榄的）用竹和纸制成一只七彩大公鸡，……将自己套在里面，……人行'鸡'亦行……"卖时先用大笛（唢呐）吹一个鸡叫……

——《西关古仔》

（下）《画说哲学》漫画"认识你自己" ——《哲学的惊奇》

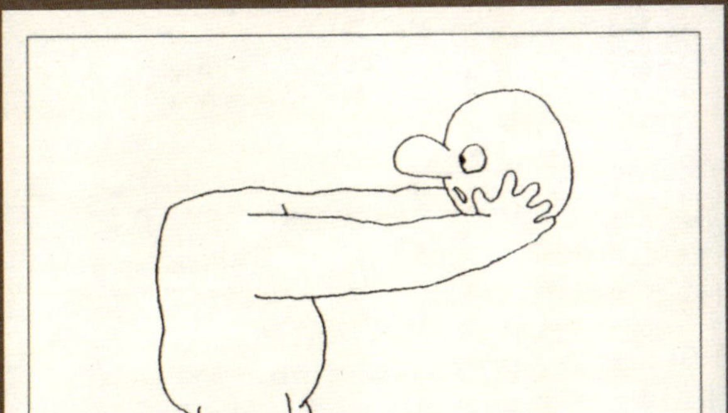

［图四］画中画外——黄永玉

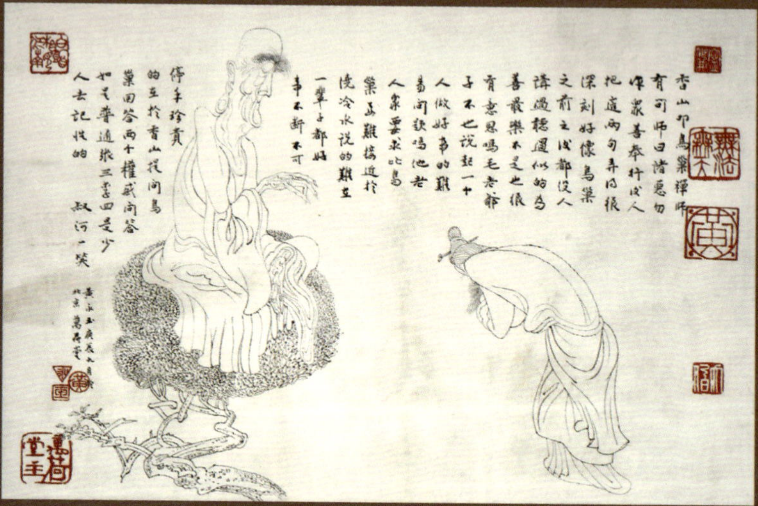

（上）画的是白香山谒鸟巢禅师，互为问答
——《画中画外》

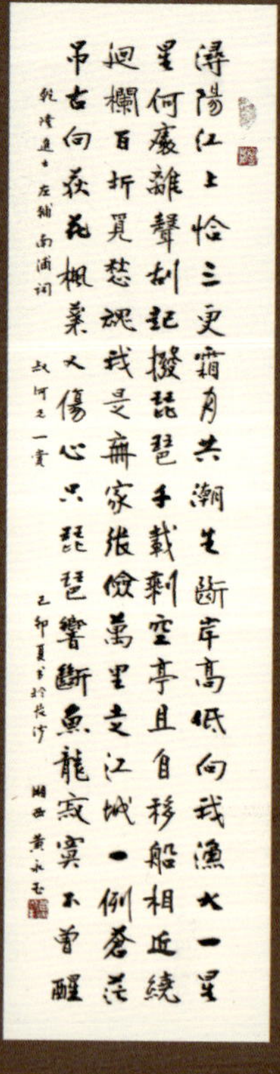

（左）“浔阳江上恰三更，霜月共潮生。……
我是无家张俭，万里走江城。……”
——左辅《南浦》词

［图五］废墟中的财与色

（上）康有为游 Pompeii 废墟时记："男女交媾者四床……大门立一男像，阳具极长大，有一人以权衡称之。"此即康氏所见之壁画，据《世界性艺术图鉴》

［图六］几人垂泪忆当时／《艽野尘梦》

（右）毛简青，平江人，日本东京帝大硕士，一九二二年加入中共，一九三一年肃反被杀，一九五一年追认为省军级烈士

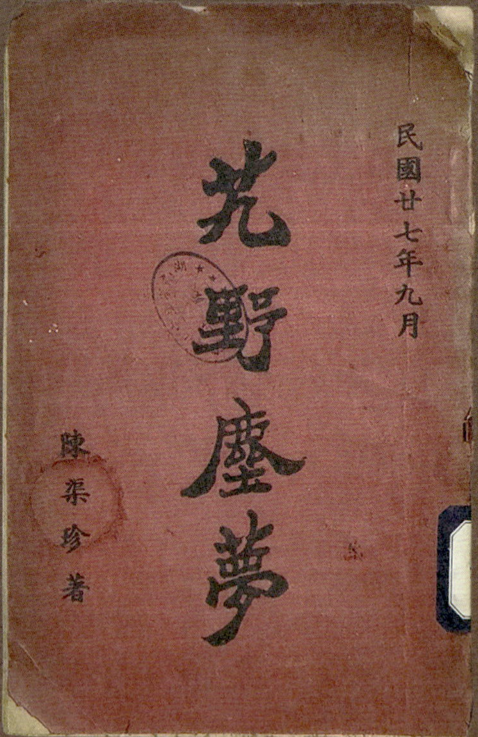

（左）民国时陈渠珍作，记其清末进出西藏经历

[图七] 三味书室和三味书屋

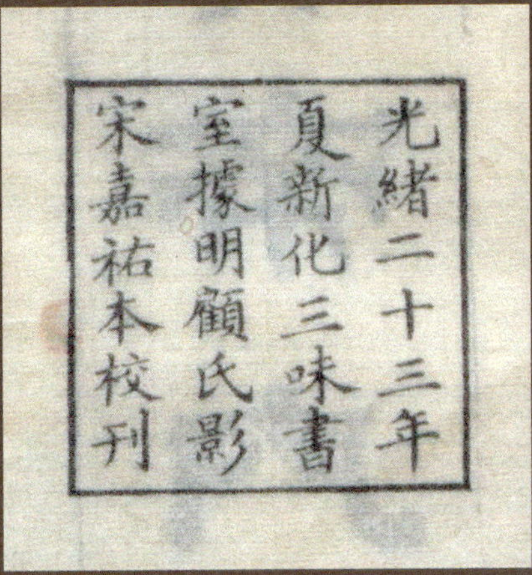
光緒二十三年夏新化三味書室據明顧氏影宋嘉祐本校刊

（右）新化三味书室光绪二十三年据明影宋本刻《黄帝内经》

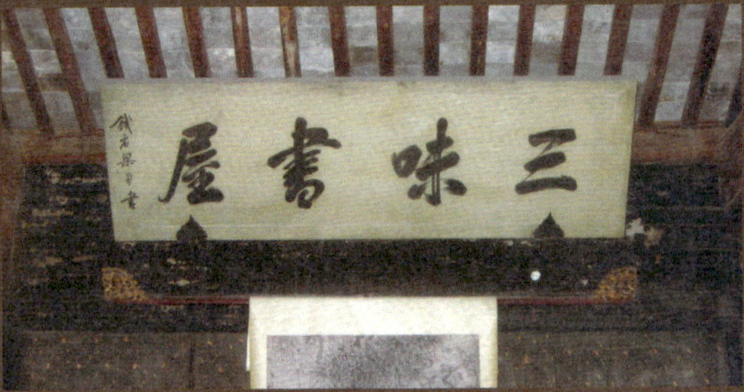

（左）匾额原为“三馀书屋”，寿家买屋开酒坊时旧有的，第二代挖改作“三味书屋”，酒坊倒闭后，第三代才在此开学堂

（右）周作人光绪二十一年到寿家学堂读书，书房匾上四字为“停云小憩”，前二字与今照片不同

［图八］

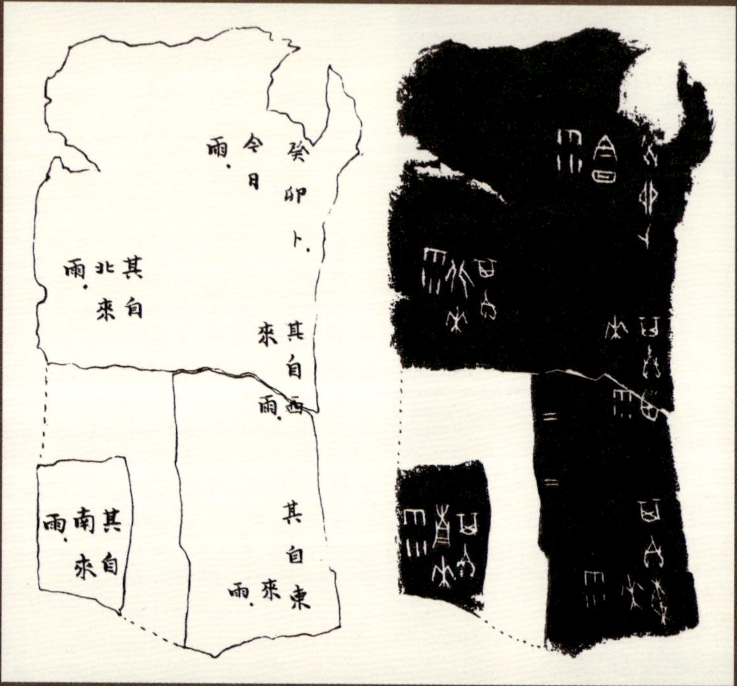

（上）殷墟甲骨文卜辞，释文为：“癸卯卜，今日雨。其自西来雨？其自东来雨？其自北来雨？其自南来雨？”（原件存台湾历史语言研究所）

（下）苏必利尔湖岸岩石上留存的古印第安文字，意译为：“我们五艘船上的这些人，由首领率领，历时三日渡过大湖，平安抵此。”

（据威尔斯《世界史纲》）

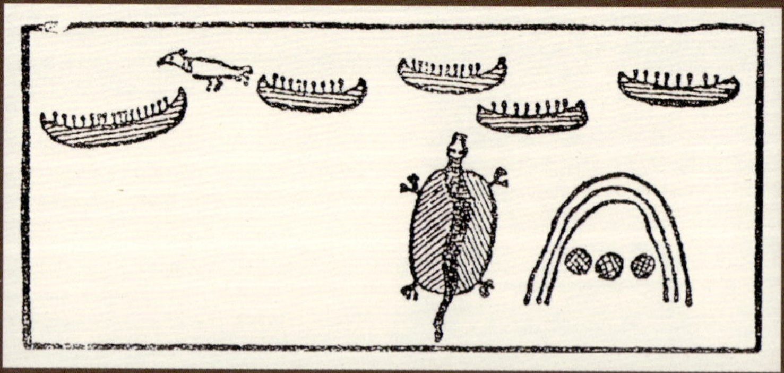

目　录

·图版目录·

小序

六月底到南京去了一趟，应朋友的邀约，回来后编了两本“自选集”，都是从已经出版的七本文集中选出来的。一本选收写与自己有关的人和事的散文，名《小西门集》；这本则选收平素“遇事有感”和“借题发挥”的随笔，名《笼中鸟集》。

《笼中鸟》和《小西门》，都是原有的篇名；以篇名作书名，仍然按老习惯。“遇事有感”和“借题发挥”，则是“文化大革命”中加给我的罪名，如今用在这里，似乎也还合适；虽然自己其实未必遇事有感，也并不想借题发挥，不过写文章时这么说说而已。

集子照例应该有篇序，在选出来的文章中有《自己的话》一篇，觉得可以用来充数。它按次序排于一百六十三页，在《文人之苛》一篇之后，《记得匡互生》一篇之前，读者可以翻看。因此，这篇序便不必写得太长，有这个样子就可以了。

二千零八年十一月四日，锺叔河于长沙城北之念楼。再过几天，我就七十八岁了，甚矣吾衰，该歇歇了。

末世官僚地主魂

（1986.5）

明末遗民叶绍袁（天寥）的《甲行日注》是有名的，而我却更喜欢读他写的《窃闻》《续窃闻》和《亡室沈安人传》，这是悼念他的爱女和爱妻的一组文章。

《甲行日注》表现的是国恨，这几篇文章所表现的则是家愁。自古才人，每多不幸。此固由于他们的神经纤维本来脆弱，易于感伤；亦因有理想主义气质的人，每易和现实脱节。所以穷愁潦倒、别恨离愁就容易和他们结下不解之缘，而文思才情亦往往因此陶铸而出；则不幸也者，实亦可谓为他们的（也许更应该说是我们的）幸运了。

不同境界的人，自有不同的幸福观。叶绍袁《亡室沈安人传》中写道：

> 自赋归来，仅仅征藉数亩之入，君或典钗枇佐之。入既甚罕，典更几何？日且益罄，则挑灯夜坐，共诵鲍明远《愁苦行》，笑以为乐。诸子大者与论文，小者读杜少陵诗，琅琅可听。两女时以韵语作问遗……君语我曰：“慎

勿忧贫，世间福已享尽，暂将贫字与造化藉手作缺陷耳。”

这样的夫妻，恐怕只有李清照《金石录后序》中所写的才可以相比，在古代社会里要算是绝无仅有了。

然而“造化”却不让他们这样过下去。叶绍袁接下去就写道：“昊天不佣，琼章首殒。浸寻三载，家祸频仍，君亦随以身殉之。嗟乎，安得宛君而更与我语贫也？岂不悲哉！”这样，叶绍袁在国破之前，即已家亡，所以他后来逃佛遁世，写《甲行日注》，早有了“思想基础”。

我一直看重晚明人的文章，因为在专制倒台、传统崩坏的时代，才容得一点思想的自由和个性的表露，这也就是“亡国之音”往往比较动人的原因。黑格尔不云乎：“智慧之鸟的猫头鹰，在文明的暮色中才开始起飞。”如晚明者，岂非古代汉族士大夫文明“暮色”笼罩的时代乎？但留得几首好文章，此时代亦即值得后人纪念，我们本不是凤阳朱的家奴，大可不必为改朝换代而伤心于三百年之后也。

大凡真能爱国家，爱民族，真能为国家民族作出一点牺牲，而不是专门讲大话唱高调的人，于家庭骨肉之间，亦必有真感情，真爱心。我不相信刻薄寡恩的人，能够有民胞物与的胸怀，有对国家民族的真正责任感。“无情未必真豪杰，怜子如何不丈夫”，这两句诗，验之于亡国之后毅然舍幼子田庐作“甲行”的叶绍袁，也是不错的。

为怀念亡女亡妻而写的《窈闻》《续窈闻》，所记“走阴差”和“扶乩”，当然都是迷信。写得出如此清词丽句的人，未必竟像普通的愚夫愚妇。叶氏不云乎："余赋性迂直，不敢欺人，亦不祈人信以为真有。虽群口交羡，无救我女之亡。"但沈安人却似乎相信女儿确已仙去，她在《季女琼章传》中写道：

> 初见儿之死也，惊悼不知所出，肝肠裂尽，血泪成枯。后徐思之，儿岂凡骨，若非瑶岛玉女，必灵鹫之侍者，应是再来人，岂能久居尘世耶？……呜呼，爱女一死，痛肠难尽，泪眼追思，实实写出，岂效才人作小说欺世邪？

迷信是精神的鸦片，靠麻醉以逃痛苦是可悲的，明知麻醉不能真解脱而亦不得不暂求麻醉就更可悲了。这一对并不怎么追求物质享受，只要有一点能使他们自得其乐的精神生活，便会觉得"世间福已享尽"的文人夫妇，逃仙逃佛，终不免家破人亡。三百年后的我们，读其文，想其人，仍不禁对他们产生某种同情之感。聂绀弩诗云，"从来红粉青衫泪，末世官僚地主魂"。其实，真正当官带兵有田有钱的官僚地主，死了老婆还有小老婆，换了朝代还可以着"两朝领袖"，他们是不会来写什么《亡室沈安人传》，更不会肯出家写《甲行日注》的。

还来得及

（1988.10）

在“大革文化命”中经风雨见世面以后，对于报刊上的点名批判，真所谓司空见惯，不以为奇的了。而大革、大反、大批、大判之后，或三月五月，或三年五年，或三五十年，被点名批判的人往往又成了表彰肯定的对象，原来大反大批的人则或作检讨，或者缄默，或亦挨批，正如一首俗诗所说的：“喜剃人头者，人亦剃其头。”

最近在《参考消息》上看到苏联批判爱因斯坦的事，才知道臭虫外国也有。此事发生在四十年前，一九四七年十一月二十六日，《新时代》杂志发表了苏联科学院院长瓦维洛夫等四人署名致爱因斯坦的公开信，尖锐地批评了爱因斯坦许多国际问题上的观点：

> 您是如此激烈地捍卫国际政治领域的无政府状态，比如说，无限的主权。在您看来，限制某些国家的主权的建议是应受到谴责的，是对自然权利的某种违反。您认为，美国该受到指责的仅仅是它的政府力求在经济上来剥削整

个世界，而美国并不打算在军事上征服和统治整个世界。

爱因斯坦见到公开信后，即于第二年年初向《新时代》杂志社寄出了他的复信。按道理说，一方以公开信形式尖锐地批评了另一方，就应该给另一方以公开答辩的机会。但一九四七年的苏联并不是讲道理的地方，爱因斯坦的复信，整整被扣压了四十年，直到最近才在《新时代》上刊登出来，引人注目的却是编者按语中这样一段话：

不听取爱因斯坦的意见，是犯了一个大错误。他警告说，世界拥有的力量要求采取新的解决办法。当时未能十分负责任地对待这一点。而不尊重科学家的意见就只有自食其果。我们需要科学家提出的意见和权威。

爱因斯坦在《狭义相对论和广义相对论浅说》的自序中说，文体问题属于服装裁剪师和鞋匠考虑的范围，这就把我想读他为“假设具有接受大学入学考试水平的读者”所写的这本书的勇气吓跑了。但四十年前的这封复信，即使在文体上也不能不承认是一篇杰作。

爱因斯坦的复信同意瓦维洛夫等人的一个看法，即“社会主义经济拥有各种优越性”，他也同意说资本主义自由经营制度有一些弊病存在，但是：

我们不应当把出现一切社会弊病和政治危机的罪责全

部推到资本主义身上，从而犯下一个错误，即认为只要社会主义一建立，就能医治好人类社会的一切病症。这种看法的危险首先在于，它鼓励狂热的虔诚者的不宽容，把本来可以采取的各种社会方法，变为一种教会模式，把所有不是信徒的人通通斥为叛逆和罪人。如果出现了这种状况，那么理解非信徒的能力就会完全消失。我相信你们也知道，从历史上看，这种不宽容的宗教信仰给人类带来了多少苦难。

爱因斯坦坚持他的看法，在原子时代，必须实行国际合作，实行对原子武器的国际管制，“因为我相信，在消除威胁人类的最可怕的危险方面，没有任何其他的道路。避免全面毁灭的目的，对我们来说，应该是比任何其他目的更重要的目的”。

爱因斯坦承认他的俄国同行向他发起的是“善意的进攻”，但他对公开信强加给他的“误解”表示惊讶。他说：

你们的论据给我留下了某种神话般的印象。它们不能说服人，但却能使我们两国知识分子之间更加疏远。这种疏远是人为的可悲的自我孤立现象造成的结果。如果能使个人自由地交换意见成为可能并受到鼓励，而不是像目前这样只能靠“公开信”这种笨拙的方法，那么知识分子就能比任何人更有助于建立起两国人民之间相互了解的气氛，这种气氛是有效发展国际合作的必要条件。

一九四八到一九八八，整整过去了四十年，看来俄国人终于接受了爱因斯坦的这封复信。爱因斯坦是位科学家，科学家往往比别的人更加接近真理。花了四十年时间，《新时代》杂志及苏共中央总算认识到并承认了“我们需要科学家提出的意见和权威”，这恐怕是一个值得“拿来”的经验。

四十年，在人的一生中不算太短，在人类历史上不算太长。我看我们还来得及。

【后记】 《还来得及》一文在一九八八年十月八日《人民日报》刊出后，先后收到了龚育之君和许良英君的来信，指出了我所引用的译文的错误，故在文章入集时将二君来信摘录于后，文章则仍保持原样，未作修改。

龚育之君的来信

读了你发表在《人民日报》上的短文，很赞成你的议论，很欣赏你善于抓住引起议论的由头。但你这篇文章中有一处引文翻译的错误，你所引的“您是如此……”这一段所谓苏联科学家公开信批评爱因斯坦的话，其实是爱因斯坦对苏联科学家的观点的概括和评论，是《参考消息》翻译错了。一是错加了引号；一是错把“你们”译为“您”（俄文中此字单复数一样）；一是错把“经济领域无政府状态的激烈反对者”译为“……拥护者”。如果把这三处错误改过来，《参考消息》上的译文大致不误，意义很好理解，否则简直无法理解。我查看了《新时代》的原文，弄明白了原委，特地写信告诉你，因为我不希望你的文章中有此缺憾。

许良英君的来信

你的杂文《还来得及》意思很好，特别是引述了爱因斯坦批评意识形态上褊狭性(不宽容)的一段话，以及“科学家往往比别的人更接近真理”的论断，很有现实意义。但读到第三段时，我却搞糊涂了。从内容看，这显然是爱因斯坦的话，而引文却似乎是四位苏联科学家对爱因斯坦的批评。我手头没有苏联出的《新时代》，不知原文究竟是怎样的，但爱因斯坦答复苏联科学家的信以及苏联科学家的原信，《爱因斯坦文集》第三卷都已收进(第二四一至二五一页)，是我在一九六三年翻译的。我发现这段引文确实出于爱因斯坦，希望你能注意到这一点。

许译爱因斯坦原文

你们在信里所表露的一般态度中，最使我感到诧异的是：你们在经济领域里是那么强烈地反对无政府状态，但在国际政治领域里却又以同样的激情来拥护无政府状态，即拥护无限制的主权。削减各个国家主权的建议，在你们看来，本身就应当受到谴责，是一种对天赋权利的侵犯。而且，你们还想证明，在这削减主权观念的背后，美国隐藏着它的这样一种意图：想要不必通过战争而取得对世界其馀部分的经济统治和剥削。你们用你们的方式来分析这个政府从战争结束以来的某些行动，企图以此来为这种控诉进行辩护。你们企图证明，联合国大会只不过是美国操纵的，因而也就是美国资本家操纵的一出木偶戏(《爱因斯坦文集》第三卷第二四三页，许良英、赵中立、张宣三编译，商务印书馆一九七九年版)。

又见《离骚》

（1989.2）

书评为散文文体之一。曾涤生易姚姬传分文体十三类为十一类，其三即为序跋，定义是“他人之著作序述其意者”，“曰序，曰跋，曰引，曰题，曰读，曰传，曰注，曰笺，曰疏，曰说，曰解皆是”。一切以书为题，“序过其意”的文字都包括在内，也就是今天的书评书话了。

我的职业是编书。每天收到报刊，习惯总是先看有没有书评书话或者按老习惯称之为读后感这一类的文章。也许眼高手低确是文人通病吧，我的感觉，简直跟 Montaigne 总结他的接吻经验差不多，就是——“并不上算，因为须得亲上五十个丑的才能亲到三个美丽的女子。”（见周作人引丹麦 Dr. Nyrop 著《接吻与其历史》）

接吻的经验我无足称述，看文章的经验则可援“总理遗嘱”，已经“积四十年”。今从《文汇读书周报》上，读到了虞星的《又见〈离骚〉》这篇文章，不禁拍案叫绝。是的，我把它叫做文章，不叫做书评，因为它的确是一篇好文章，是我认为可以在散文评奖中获一等奖的好文章，当然更是一篇好书评，应该属于 Montaigne 的五十分之三以内的。文章不长，全抄如下：

夜读《文艺鉴赏大成》，又见《离骚》。

学生时代我曾苦滋滋地享受过一阵子《离骚》，屈原的人格、力量通过那缤纷的诗行向我袭来，一种真实的“躁动”骚扰了我那年轻而平静的心湖，从此一发而不可收，直至现在我又见《离骚》。

《离骚》是难啃的，但嚼起来是芬芳无比的。《离骚》是不朽的，但它的读者却是不会与人口同步增长的——又见《离骚》，我既喜又忧。

一位三年级的文科大学生从未“碰”过《离骚》《诗经》之类的经典，当知琼瑶的许多诗是译自古典诗词时竟大为惊讶。据熟悉大学生生活的人士透露，这类“不知有汉、无论魏晋”般的学生并不在少数，在校园里你随手就可“抓上一大把”。

我说这些并无愤怒或谴责之意，说实在的，让大学生去念《离骚》《诗经》之类的经典毕竟是不合时宜的。大学生为了今后的出路，不论是出国之路，还是就业之路，就得读一些有用的书，《离骚》离得太远，即使在未来的旅途上也未必会见到一位读过《离骚》的上司或同僚。此其一。

其二，《离骚》《诗经》之类的经典现正处于“冻结”阶段，轰轰烈烈的传统文化与现代化讨论告诉我们什么？《离骚》《诗经》之中是否也包含了精华和糟粕？还是不“碰”为妙，要知道，大学生代表未来，切不可在吸取精华的同时滚上一层糟粕，以至在跨入社会时丧失自己唯一的资本——思想解放。

又见《离骚》，我自觉不合时宜。好在《离骚》所产生的“气”场依旧围绕着我，清新的芬芳令人陶醉，也令人凛然，在这寒气袭人的冬夜。

“乱曰：已矣哉！”

《又见〈离骚〉》是书评，但又不仅仅是书评。他评《离骚》：“是难啃的，但嚼起来是芬芳无比的”，再不用多作分析，只真实地诉说自己的感受：“屈原的人格、力量通过那缤纷的诗行向我袭来，一种真实的‘躁动’骚扰了我那年轻而平静的心湖，从此一发而不可收……”

正因为“一发而不可收”，他才写《又见〈离骚〉》。这当然不仅是为了评屈原的作品，恐怕也不仅是为了评《文艺鉴赏大成》。他像木华作《海赋》，“于海之上下四旁言之”，精气神全在“又见”二字上。又见《离骚》，他既喜又忧。大学生“不知有汉、无论魏晋”，是值得忧，还是值得喜？大学生“在未来的旅途上也未必会见到一位读过《离骚》的上司或同僚”，是值得喜，还是值得忧？他并没有强迫读者作结论，而且我相信作者自己也还没有结论。他只是在思想，而且希望读者也来思想。

《又见〈离骚〉》，这样的书评，难道真的不合时宜吗？我披衣起坐，面对孤灯，在这寒气袭人的冬夜。

喜与忧

(1989.3)

算是《人民日报》几十年的老读者了，报刊订价大幅度提高以后，究竟压缩哪几种，全家争论过好几回。结果还是“一言堂”的办法省事，懒得听持不同意见的老婆孩子嘀咕，由我画圈，首先留下了《人民日报》。

“就只《人民日报》有你赏识的文胆?”老婆念念不忘她的知识分子身份，对压缩掉她偏爱的“知识分子报纸”有些忿忿。

“谁真有胆? 谁又能有胆啊?”女婿总偏向着丈母娘。

最尖刻的是女儿：“什么敢言不敢言呐? 还不是因为《人民日报》肯登你那些自找麻烦的文章。人家报纸就不登。戏台里喝彩，自我欣赏。”

笑骂由他笑骂，报纸自我看之。只要订报的大权还掌握在我手里，这就行了。

自从不久前改版以后，《人民日报》在我们家的地位大大上升了。首先是女婿，他对国际新闻版的“本报讯”开始发生兴趣：“不是新华社的通稿就好。”老婆向来爱读杨绛：“学问我反正不懂，瞧这文笔，未必就比不上你的钱锺书。”她也开始到我桌上来寻《七味书谭》了。最活跃的还是姑娘："你们多的是时间，这报，下了班当然属于我呐！"

看到这些持不同意见者转变立场，自觉吾道不孤，这几十大洋（小女儿说是她一个月的工资）订的一份报纸毕竟不只我一个人在欣赏，不禁窃喜。

——此之所谓喜。

可是，今天（一九八九年三月二十三日）晚饭后，形势又出现了逆转。小保姆到楼下把当天的《人民日报》拿上来，老婆捷手先得，把二、三版一展开，便连呼啧啧了：

"快来看呀！三版右上这个头条——

"《民告官的喜与忧》，不赖呀！第一个以花比美人，是不是？再看，二版右上的头条：

"《领导重视的喜与忧》，第二个以花比美人了。还有第三个哩：

"《老国手的喜与忧》，嘿嘿，哈哈哈哈！"她大笑起来。

"真的，都是'喜与忧''喜与忧''喜与忧'！"女婿立即帮腔。

"编辑记者就没别的词儿啦？"女儿也质问。

我接过报纸一看，干瞪眼。

女婿从不忘记表现他的幽默："本来嘛，面对如此大好形势，谁人不喜？又还存在这么些不大不小的问题，又哪个不忧呢？自然是'喜与忧'啊，还能标出别的？"

女儿总不忘把矛头针对我："你不是忠实读者吗？再添上一篇'喜与忧'，凑凑热闹，哈哈！"

无话可说。干脆进屋，掩上房门，坐到桌前，开了台灯。习惯性地想先浏览一下报纸，可今天的还在他们手上。便从桌旁矮几上随手拿起一张前天（三月二十一日）的，一看头条，《排头兵的喜与忧》，又碰上了！再从下面些抽出一张，是十二日的，《谈谈林业的喜与忧》，又是头条，唉！

门外的议论还在继续。想出去拿今天的报纸看，又怕遭到更大的奚落。下意识地想为报纸辩解，但这标题也真是的，老是“喜与忧”“喜与忧”“喜与忧”……

想来想去，不禁犯起忧来。

——此之所谓忧。

唉！不想也罢。我终于找到了出路，干脆听女儿的话，再添上一篇。于是推开报纸，抽出笔来，写下这篇——《喜与忧》。

学问和理想

（1989.3）

据说现在的青年人都不愿做学问，尤其是不愿研究传统学问了。本来，传统学问不能使中国现代化（modernization），这个观点不能说不对。纯粹学问既不能射利又难以沽名，眼见同学少年或入选当官，今日提处长，明日提部长，或经商跑广，大碗吃海味，大把分现金，像华歆那样再也坐不住冷板凳，也是人之常情。更何况积父辈四十年之经验，深知书呆子政治上跟不上，经济上搞不活，倒霉和倒挂都是必然的结局，这个“榜样的力量”也是大得很的。那么，难道学问真的就会绝灭了吗？

不，决不。

学问从来就是少数人的事业，纵然“滔滔者天下皆是也”，薪尽火传，不绝如缕，总还会有人坚守做学问的阵地的。他这样做，是因为无法违抗自己的思想和天性。做学问这件事本身就是他这样做的目的，也就是他在这个世界上活着的目的。这样的人不会多，也用不着多。

“言必称希腊”曾经是一项罪名，我则以为，古希腊人做学问（to philomathes）的精神是值得钦佩的，那种精神的根本态度就是超越利害，用我们老祖宗的话来说，也可以叫做“明其道不计其功”吧。

有一个有名的故事，欧几里得(Euclid)有位学生在课堂上发问：“老师，你给我讲的这些，学了能得到什么利益吗？”老先生没有回答，却回头叫自己的跟班：“去拿两个钱来给这家伙，因为他来学是为了要赚钱的。”

英国部丘教授在《希腊人的好学》这篇讲义中写道：

> 希腊人敢于发为什么的疑问。那事实还是不够，他们要找寻出事实后面的原因。对于为什么的他们的答案常是错误，但没有忧虑踌躇，没有牧师的威权去阻止他们冒险深入原因的隐秘区域里去。……有一件事是古代的中国印度埃及的建筑家都已知道的，即假如有一个三角，其各边如以数字表之为三与四与五，则其三与四的两边当互为垂直。几个世纪都过去了，未见有人发这问题：为什么如此？在基督约千一百年前中国一个皇帝周公所写的一篇对话里……那对谈人曾举示他这有名的三角的特性。皇帝说，真的，奇哉！但他并不想到去追问其理由。这惊奇是哲学所从生，有时却止住了哲学。直到希腊人在历史上出来，才问这理由，给这答案。……希腊人所发见的那种几何学很可表示那理想家气质，这在希腊美术文艺上都极明显易见的。有长无广的线，绝对的直或是曲的线，这就指示出来，我们是在纯粹思想的界内了。（周作人氏译文）

大凡“富贵不能淫，贫贱不能移，威武不能屈”，孜孜矻矻，毕生坚守做学问的阵地的人，必具有部丘所谓的“理想家气质”，而才与学与识尚在其次。他在“纯粹思想的界内”探索，追求，享受着他的苦和乐，享受着此外无从享受的自由。

仇博君也可以说是这样的人。虽然在他的身上，理想家的气质也许还不够纯粹；他虽不以寂寞为苦，虽有“找出事实后面的原因”的决心，但也许为了出一本书，为了到外地寻师访友，或者为了给患绝症的亲人弄一张病床，而不得不学着去四处求人，即使心里实在不愿这样做。但我想，只要他真正具备了这种气质，皇天又有眼不让他碰上阿基米德碰上的罗马大兵，他在本质上还是有可能成为真正的这样的人的。

至于谈到易学，我可说的话就不多了，仅有的一点浅薄认识是：象数是易的本原，易理则是后来儒家引申附会出来的，但象数后来也从占卜、灾祥、谶纬衍为医术、丹道、房中、堪舆、星相，连大街上看相算八字的市招也写上“周易哲学”的字样，这就越扯越远了。但无论如何，这一切连同看相算八字在内，都是中国的文化，是中国传统文化的积淀，都有丰富的内涵，都值得作精深的研究。传统学问固不能使中国现代化，钻研八卦培养不出现代精神来，但如能以超越利害的态度，以现代化的思想，以现代科学的方法，来一层一层掘开传统文化的积淀，找出我们这个古老民族血管里流动着的东西的根源，却是中国现代化非走不可的一步，至少我是这样认为的。

留鸟的世界

（1989.4）

上初中时学过动物学，知道鸟儿可分为三类，漂鸟、候鸟和留鸟。不是说从猿到人，从鱼到人吗？如果也能说从鸟到人的话，中国人一定是从留鸟进化而成的，生于斯就长于斯，卒于斯，从来不知道也不想知道外边还有一个多么广大的世界。但是生于斯的这块地盘就这么大，可吃的东西就这么多，求生并不十分容易。于是只好死守各自的“巢区”，随时准备为了一条虫子、几颗谷粒而斗争，“窝里斗”成了普遍现象，渐渐养成了“与鸟奋斗其乐无穷”的性格，自然无法像漂鸟那样随行随住，独往独来；更无法像候鸟那样振翮长空，长途旅行了。

这种留鸟式的生活究竟是幸还是不幸，我不知道。不过世界确实在变，物种也在变。据生物学家统计，地球上每一分钟都有若干旧物种灭绝，又有若干新物种发生。人们不是拼命在保护朱鹮、黑颈鹤吗？如果马达加斯加的恐鸟还能保护几只在动物园中，门票的价格一定能再涨它几番。翼手龙能保护几条下来就更有用了，拍恐龙电影便无须特制道具，只需出钱去租。可惜这在事实上都不可能，该灭亡的一定要灭亡，该发生的一定要发生，该变化的也一定会变化，留鸟大概也是不得不变的吧。

留鸟之所以成为留鸟，一是遗传因子在起作用，使之生来即具备留鸟的生态和心态；一是环境和群体惯性的影响。像左拉所写《猫的天堂》里的猫，被另一只野猫领着出门旅行，脚踏在天鹅绒般的烂泥上虽觉得舒服，终于被风雨和饥饿赶回来，仍然躺在火炉边的波斯地毯上了。

所以，若要改变留鸟式的生活，先得改变留鸟式的心态。“古者重去其乡，游宦不逾千里”“父母在，不远游”“在家千日好，出外一时难”等等，就是留鸟式的心态。不仅自己不愿走向世界，还要设法阻止别人走向世界。历史上的长城就是既为了阻止异族人进来，又为了阻止本族人出去而建造的。专制皇帝的“中国独居天下之中，东西南北皆夷狄”；以道统自任的士大夫“宁可使中国无好历法，不可使中国有西洋人”；“四人帮”的查“海外关系”，反“三和一少”，也都是留鸟式的心态。不克服上述种种留鸟式的心态，就不可能正常地、健康地看待和接触外部世界，中国就不可能成为世界的中国。

当然，要彻底改变留鸟式的生活，还得打破物质和环境的限制。我在《走向世界：近代中国知识分子考察西方的历史》一书的第一章《古人的世界》中写过：

> 二千三百年前，庄子作《逍遥游》，写大鹏自北冥徙于南冥，“怒而飞，其翼若垂天之云，……水击三千里，抟扶摇而上者九万里”，真可谓汪洋恣肆，想象力发挥到了

无以复加的程度。可是，当他的笔锋转向人间世，写到当时人们外出旅行的情形，却是“适百里者宿舂粮，适千里者三月聚粮”。——如此之游，实在算不得什么“逍遥”。

三百五十年前，徐弘祖(霞客)一心“欲为昆仑海外之游”，结果足迹仍不出秦晋云贵两广，无法迈出当时的十七行省。庄子和徐弘祖毫无疑问是精英，他们的心灵是自由的，但他们的行藏仍然是留鸟式的，只不过“巢区”比较大了一点点罢了。何则？非不为，乃不能也。吕洞宾有“朝游北海暮苍梧”的逸兴豪情，却没有“朝游北海暮苍梧”的能力和手段，这就是时代的局限和历史的悲哀。

生活在电视卫星、激光通讯和超音速客机时代的我们有福了。也只有在物质文明和精神文明都上升到了一定的层次，划分为地区和阵营的世界真正变成了全球文明的世界，普通人才有了为满足自己的好奇心、求知欲和快乐感而旅行的自由。古代也出过著名的旅行家，那种为了君王使命和宗教信仰的旅行多半只能称之为供奉和牺牲，远远谈不上享受，虽然他们对文明所起的作用仍值得后人永久纪念。但是，比起古人来无比有福的我们，要想真正享受到本该享受的自由，恐怕还得克服重重的障碍，从环境、条件到我们自己的心灵。

不亦快哉

（1989.5）

“丈八灯台照远不照近”，不是什么好的形容，却是我作文的轨范，关心和议论都不出古人、死人、外国人的范围。难道真是要死狗寻开心，打死老虎显威风吗？这却未必。对党进说韩信不讨好，本为我所深知；“写小说反党”和“搞影射史学”的帽子戴不得，更是心有馀悸，所以总是把眼睛朝远处看。

除此以外，朱孟实先生的“距离说”有时也在起作用。大凡时间或空间隔得稍远、属于“可望而不可即”的东西，总易引起人们更多的兴趣。屋里老婆面孔再漂亮，在外面遇见可餐的秀色，仍不免偶一回头，此亦人之常情也。

闲话少说，言归正传。近日一连听到几条大快人心的好消息，自然都是外国的，因仿唱经堂“不亦快哉”之例，叙之而略抒所感：

一、全斗焕搬出堂皇舒适的青瓦台总统府，躲到连电视机都没有的深山古庙里闭门思过去了。据说庙中一无空调，二无暖气，全前总统不得不自装煤炉生火，以御北纬三十七度的严寒，尽管这可能只不过是一种苦肉计——“冻肉计”。想当初高踞一言堂炙手可热，看今朝蜷卧十方堂呵手驱寒，也足够精彩了。过去死在他的法西斯统治下的枉死鬼，如能扯着他同往五殿阎王殿上走一遭，抬头看看横匾上的四个大字“你也来了”，不亦快哉！

二、马科斯夫人终于以盗窃国家财产罪出庭受审了。虽然付出巨额保金暂免羁押，总统夫人的面子总算丢光。从电视上看，昔年携着一双姊妹花，飞来飞去大搞夫人外交的“一代风骚”，已经老大变作公堂妇，皮肉松弛，泪水流淌，只能守在垂死的“伟大领袖”床头，且作牛衣对泣了。可见“领袖夫人”的风光并不能永葆，女戏子终于还是个女戏子，穷奢极侈作威作福的报应如此之速，不亦快哉！

三、勃列日涅夫的女婿丘尔巴诺夫被判刑十二年，送往“强化劳改营”服刑去了。此人凭着“潘驴邓小闲”的本钱，获得公主青睐，当上第四任驸马后，数年之间，由少校而中将，被破格提升为堂堂大国的内务部第一副部长，枉法贪赃，无所不用其极。冰山一倒，捕吏旋来，审理案卷多达百馀卷，起诉书达一千五百页，真可谓罄竹难书。“停滞时期”的“沉默的多数”，眼看着不久前气焰熏天的驸马爷戴上铮亮的手铐进牢房，昔日威风扫地以尽，不亦快哉！

事不过三。“快哉”得三，也差不多了。顺手拿过一张译报，一条花边新闻又吸引了我的注意：

［美国《每日邮报》十二月十一日报道］ 题：海关拘留

卡罗尔·撒切尔(记者切斯特·斯特恩)

卡罗尔·撒切尔由于从海外返回英国时戴着一块价值昂贵的手表而受到海关拘留盘问。两个星期前,首相的这位三十五岁从事记者工作的女公子在伦敦希罗恩机场经过"无可报关"的绿色通道时,海关的一位官员看到了这只估计价值一千五百英镑的手表,请她出示证明。……但是她不能提供出说明这是私人礼品而不是非法进口物品的证据……几天后,她交了一百英镑的税和附加价值税后,取回了这只表。

我别无消息来源,不知道撒切尔夫人的女公子被拘留是否影响了首相作为国家领导人的威信,亦不知道英国是否有别有用心的人借此小题大做"散布政治谣言"。我只知道,在全斗焕、马科斯的统治下,南朝鲜和菲律宾是绝对不会有执法者敢向国家领导人的公子、女公子以至表外侄的干女婿要求"出示证明"的。苏共总书记的乘龙快婿,只要总书记"永远健康",任怎样胡作非为,也总会一路绿灯畅行无阻的。而结果呢,总书记当然不可能"永远健康",于是移送法庭时,案卷就多达百馀卷,起诉书也长达一千五百页了。

这就是吾侪小民,只盯着古人、死人、外国人,只敢于议论议论他们,也还有"不亦快哉"的时候的原因。

笼中鸟

（1990.4）

今年春节特别热闹，电视节目里出现了几十年没演过的《四郎探母》，觉得果然是升平气象，不再怕杨延辉发牢骚了，但也别有一点感想。

“我好比，笼中鸟，有翅难展……”

这位木易先生的牢骚，其实是大可不发的。他已经在番邦招了驸马，后台特硬，入籍是不必说，出身和历史没有谁再来查，代战公主的脸蛋儿和身段又确实不差，干嘛还要哭丧着脸自思自叹呢？

人是人，鸟是鸟。子非鸟，又安知笼中鸟是苦还是乐呢？我们生长在城市的人，日常见到的鸟类，一半是鸡鸭之属，经过人类长期训练，已完全合乎饲养要求，有翅也不会想到要“展”的了。一半是燕鸽之属，虽未完全归化，也早成了“熟番”，最多展翅在左邻右舍房前屋后转一转，自会老老实实飞回来的。尤其是那些麻雀，简直赶都赶不走，“除四害”也除不完，白白地糟践了粮食，真希望对它们赶快实行计划生育才好。总而言之，在以上各种鸟类的身上，我实在看不出什么“有翅难展”的悲哀。

就是比较罕见的画眉、八哥、相思鸟，看它们在笼中，也无不载跳载鸣，各得其所，没有一个像杨四郎那样闷闷不乐的。小时候读英文，有“二鸟在林不如一鸟在手”之句，过去总以为这是人类的想法，即“多看不如少得”之意。后来笼中鸟见得多了，才悟出这些鸟儿很可能也会有“在林不如在手”的心理。本来嘛，鸟儿和人一样，从来就不可能有绝对的自由。在林中归自然统治，那种力量也是严厉、粗暴而不可测的。迅雷风烈，雪刃霜刀，野兽的齿爪，蛇虺的毒牙，处处都是危险。如果稍微露脸一点当了出头鸟，还会成为猎枪和走狗的目标，那就更危险了。而一入人手，即得笼居，不仅安全有了保障，自来食也从此不愁。听说有的人为了养鸟，除了预备小米、蛋黄，还要到郊外捕虫子，找活食。由是观之，夫鸟笼者，固鸟儿安身立命之乐土也。幸而托体其中，当然只会欢欣雀跃，引吭高歌，又何来“有翅难展”的悲哀耶?

所以我认为,“笼中鸟”云云，既不符合当时当地杨延辉的心情，也不符合各时各地鸟儿们的本性。我于“国剧”素无情分，既不懂，也没有资格来捧，听了《四郎探母》，高兴之馀，于唱词此句略感未能尽善尽美，写此谨供爱好皮黄的朋友们参考。

文章写好以后，忽然又在报上见到“鸟笼经济”一词，据说还很有来头。大约是说市场经济虽然要开放，要自由，但开放和自由都得有限制，得守规矩，得有个鸟笼子装着，不然就鸡飞蛋打了。经济既然如此，社会、文化当然亦是如此，尤其是政治和意识形态，恐怕更不得不如此，看来我们这一辈子也只得在鸟笼里过了，但愿这笼子能够稍微做大一点才好。

谈美文

（1991.3）

“美文”一词，盖创于周作人，始见于一九二一年六月八日《晨报副刊》署名子严的文章。此子严即周氏笔名，他介绍外国文学里有一种所谓论文，又称作美文，包括批评和记述，也可以两者夹杂，“它实在是诗与散文中间的桥”，能使读者动情，产生美感——这也就是美文之所以被称为美文的缘故了。周作人说：

> 这种美文似乎在英语国民里最为发达……中国古文里的序、记与说等，也可以说是美文的一类。但在现代的国语文学里，还不曾见有这类文章，治新文学的人为什么不去试试呢？

主张“去试试”，大概周作人觉得美文虽不易作，亦并非只有英语国民里的兰姆、吉辛诸人才行，因为“它的条件同一切文学作品一样，只是真实简明便好”。“真实简明”，这和现在时行的“魂系××”“××之恋”一类漂亮华丽的文章来比，的确只是个朴素的要求，但是紧接在下面的还有一句：

须用自己的文句与思想。

“须用自己的文句与思想”，这就是周作人主张的衡量美文的最根本的标准了。

我生在周氏首创“美文”一词之后十年，岁月如驰，韶华易老，今年也已六十多岁。从四岁发蒙，学会“人、手、刀、口”起，至少也已写过几百万字，究竟其中“用自己的文句与思想”写出来的能有几何？恐怕连百分之一也没有。百分之九十九以上，不是奉君亲师之命而写，便是像鹦鹉学舌一样重复君亲师们灌输给我的思想和文句。尤其是在“反右”和“文革”中，写了那么多交代和反省，自开头恭引“最高指示”以下，又有哪一句是“自己的文句与思想”呢？

但是，我虽然很少“用自己的文句和思想”写作文字，仍不妨偷闲欣赏一点别人的思想和文句，只要他不是抄袭而成或“舆论一律”的，例如说读一点周作人的文章，包括一九二一年的《美文》在内。六十年代初张志浩和我跟八道湾通信，求其新刊及旧作，周氏在回信中自谦他的文章如“春鸟秋虫，应时而鸣，消灭乃其本分”，但仍尽可能地满足了我们的要求。在文章老宿和拉车苦力之间，当然不能说成了知己，不过这一分感谢在我心中总是真实的存在，也就是他的文章之美的价值确实存在的证据了。

文章本天成，亦出乎人力。故美文之美，全看它对人心感应的力度，不是李敖辈“自我感觉良好”便能行的。

周作人首倡美文，却绝不仅仅是位美文家，而是他自己所说的一位“爱智者”（philosopher）。爱智者追求的是理想和智慧，亦即是真和美，而能以冷静明智的态度出之，发而为文，在“诗与真实”两方面都能显示出动人的力量，这便是周作人高出别的散文作者的原因。

读了《美文》和周作人的别的美文之后，再来看自己的文章，正如古人所形容的，“不善为斫，血指汗颜”了，但“旁观缩手”的“巧匠”又在哪里呢，企予望之矣。

《易经》的行时

（1991.6）

郭沫若谓《易传》成于秦，易学之始盛亦胚胎于秦，原因则是秦朝的文化压制。《先秦天道观之进展》文中说：

> 秦嬴政焚书时，医药、卜筮、种树诸书，是在禁令之外的。先秦盛极一时的学人受了这番政治上的高压，他们没有用武之地，自然会向这些在禁令之外的书籍来韬晦……《易传》正是这样生出的结果之一。而且秦始皇帝是提倡万世一系的人，而作《易传》的人却在高赞变化，那也可以见得作《易传》者的苦心。

郭氏为学，喜立异鸣高，他在这里将文运和世运二者联系起来观察，却不无道理。

现在《易经》又行时了，依我看这同样关系着世运，所不同者只是秦朝压制文化，现在则努力提倡国学了。易学确实属于国学的核心，是传统文化思想的一部分“根”。要回归到国学，当然不能不寻这个根，不能不研究易学，这乃是顺天应人的合乎逻辑的发展。

至于如今图书市场上出现的所谓“周易热”，正经的学人是难以认同的。现代化无须熟读《离骚》，造电子计算机更无须从河图洛书中找数据。把看相算命叫作预测学，把相地相宅叫作风水学，在某时某地也许不失为一种糊口以至生财之道。可是，两百多年前纪晓岚等人修《四库全书》时即已说过：

> 实皆《易》之支派，傅以杂说……末流猥杂……百伪一真……徒以冀福畏祸，今古同情，趋避之念一萌，方技者流各乘其隙以中之，故悠谬之谈，弥变弥夥耳。

“五四”精神即使不必再提，我们也总不能从纪晓岚的时代再往后退了吧。

子曰：“假我数年，五十以学《易》，可以无大过矣。”过了五十岁以后，造物已不止“假我数年”，我却至今仍未认真学《易》，真是有违夫子之教了。但是，我虽未曾学《易》，却听别人谈过《易》，对于这部由卜筮之书变为“六经之首”，兼供道法医兵阴阳诸家“取精用宏”的古籍，已有学者评价过其中凝结的哲学的智慧和思辨的精华，也分析过其中沉淀的历史的尘泥和心理的积垢，使我受益不浅。我曾半开玩笑地说：看来，老祖宗留给我们的遗产和债务，统统都装在这口“韦编三绝”的旧箱子里了。

中国不改革开放绝无出路，今日来谈国学，回首过去只应是为了走向未来。可是要走向未来，仍不得不先花一点工夫，弄明白自己是从何而来，现在又立足何处。老祖宗遗留下来的这口旧箱子，迟早要打开来做一番清理，故作为国学的易学亦正当讲求，要在读者能自具眼睛和头脑耳。

犹忆少时初读鲁迅名篇《理水》，“干父之蛊”这句话苦恼了我好久；后来虽知其出自《易经》，仍无法简捷地找到解释。现在稍微接触了一点易学知识，看到新领导人拨乱反正的劲头，也开始懂得鲁迅笔下胖大官员轻薄话的意思了——由此又不禁想起鲁迅说的：

> 我们目下的当务之急，是：一要生存，二要温饱，三要发展。苟有阻碍这前途者，无论是古是今，是人是鬼，是《三坟》《五典》，百宋千元，天球河图，金人玉佛，祖传丸散，秘制膏丹，全都踏倒他。

我通常不喜欢引鲁迅，但这几句话却可以引一引，在易学又行时起来的时候。

要踏倒“周易热”带来的乌烟瘴气，恐怕不能寄希望于什么“老专家”，而只能寄希望于青年。学问和所有其他事物一样，永不会有“止于至善”的时候，只有青年才有使它不断完善的勇气、力量和(最重要的)时间。《易》曰，“主器者莫若长子”，其谁曰不然。

周诗丰画写儿童

（1991.8）

周作人作《儿童杂事诗》，还有丰子恺为诗所作的插图，除写古代儿童故事的少数而外，都是周作人三岁至十岁（一八八八至一八九六）时绍兴儿童生活的写照。现将其中几首诗和图略加笺释，再加上一点自己的读后感，交由绍兴地方的文学期刊《野草》发表，就题作《周诗丰画写儿童》吧。

周作人于清光绪十一年出生于绍兴府城东昌坊口新台门周家，到十二岁去杭州陪侍祖父时止，他的童年完全是在绍兴度过的。他的文章早有定评，无须在此饶舌。他对儿童的关心和对民俗的兴趣，在“五四”时期的文学家中是首屈一指的。丰子恺也是隔绍兴不远的桐乡地方人，对周作人笔下的风俗人情自然熟悉。周诗丰画，大体上也还般配，都可以说是平淡而不掩温腴，拙讷而内含智慧，在天真烂漫的童心中，含蓄着对现在世的深切的同情和理解。因此这一组儿童生活诗图，不仅能引起重视土风民俗的文人学者的兴趣，也能够得到缺乏高级精神食粮的儿童的喜欢，这一点是我胆敢以五十年前幼稚园小朋友的资格来保证的。

这一套极富民俗史价值的“诗画配”，发表在一九五〇年初上海《亦报》上。诗是周作人一九四七至四八年在南京老虎桥狱中所写。解放后周氏从监狱出来，将这七十二首写儿童生活和儿童故事的诗交《亦报》连载，署名“东郭生”。丰子恺在上海解放后即被安排在相当高的位置上，但他出于对好诗和儿童的挚爱，仍以浓厚的兴趣为这些诗画了六十九幅插图。作画用的是自制的“缘缘堂画笺”，每幅画都署上了“子恺画”或“子恺”。

这的确是一套值得珍重的“诗画配”。一九五〇年的小报，侥幸留存在人间的，恐怕谁都难得有眼福见到了。诗周氏曾多次手抄，我也有幸见到过他“一九六六年八月十四日重录一过，凡三日而毕”的一份，可说是最后的定稿。至于丰子恺的插图原作，则经过向丰氏后人和《亦报》老宿多方打听，都不知其下落，故只能采用报上登出的锌版图。插图或写诗意，或绘土风，自不能不与诗合观，方见璧合珠联之妙。诗则本来作于画前，乃是独立的东西，没有画也是尽可欣赏的了。

画出骑驴傅状元

（1991.9）

周作人《儿童杂事诗》乙之十六，咏清顺治帝为聊城傅以渐画《状元归去驴如飞图》，诗云：

> 挣得清华六品官，居然学士出寒门。胡雏亦自知风趣，画出骑驴傅状元。

顺治帝名福临，六岁登基，二十三岁卒，庙号世祖章皇帝。生性聪慧，能诗文，兼善绘事。他稚龄即位，故称“胡雏”。

傅以渐，山东聊城（清属东昌府）人，顺治三年状元，授修撰，后官至大学士（相国）。翰林院修撰为从六品，最称清贵，故谓“清华六品官”。昭梿《啸亭杂录》：

> 章皇勤政之暇，尤善绘事。曾赐宋商邱冢宰《牧牛图》，笔意生动，王文简公士禛曾纪以诗云。

彭孙贻《客舍偶闻》：

世祖幸阁中，中书盛际斯趋而过，世祖呼使前跪，熟视之，取笔画一际斯像，面如钱大，须眉毕肖。

可见顺治不仅会画，还能当面写真。

张祥河《关陇舆中偶忆编》：

顺治开科状元为东昌傅相国以渐，相国尝扈随圣驾，骑蹇驴归行帐。上在高处眺望，摹写其形状，戏题云“状元归去驴如飞”，画幅仅二尺许，设色古茂。余道出东昌，登傅氏御画楼，其裔孙傅秋坪前辈绳勋出赐件获观。

陈代卿《御画恭纪》：

光绪丙申夏四月，东昌府学博王君少炜，邀余至相府街傅宅，恭阅世祖章皇帝御画……一绢本青绿，大树下一人面如冠玉，微须，若四十许人，跨黑卫。二奴夹持，一执鞭拥驴项而驰，一回顾若有所语，骑者以手扶其肩，即开国殿撰傅相国以渐也。神采如生，尤为妙品。上书唐人七绝，末“状元归去马如飞”，“马”易作“驴”，盖世祖戏笔也。……上题“顺治乙未御笔赐傅以渐”，朱印三。

我没读过咏“状元归去马如飞”的唐人七绝，只知有苏轼送蜀人张师厚赴殿试二首之二：

云龙山下试春衣，放鹤亭前送落晖。一色杏花三十里，新郎君去马如飞。

还有一首明代工匠铸在铜镜背面的诗：

云龙山下世宜春，放鹤亭前总乐辉。一色杏花红十里，状元归去马如飞。

范寅编《越谚》中则有《数目顺逆讴歌》一首：

一事无成实可怜，两眼睛睁睁看老天，三餐茶饭全无有，四季衣衫不周全，五更想起双流泪，六亲无靠苦如连，开门七件全无有，八字生来颠倒颠，久事寒窗无出息（久九谐音），要到十字桥头寻短见。路里碰见一个算命先生，算我十九岁功名就，八月科场面前存，七篇文字如锦绣，六个同窗倒颠中，五伦殿上朝天子，四拜王廷万岁恩，君王连饮三杯酒，两朵鲜花盖顶匀，一色杏花红十里，状元归去马如飞。

文人诗句在工匠们的制作过程中变了形，还不免出错；后来又进入民间，口耳相传，成为谣曲；但老百姓歆羡状元的心情，在这里的确形容如见。

“状元归去马如飞”是歆羡，改一个字，“马”易为“驴”，歆羡就变为调侃了。顺治作画题句时年十七，已非儿童，但童心尚在，盖初入中原，还保存了较多的“胡雏风趣”。也只有像他这样的“胡雏”皇帝，碰巧又是个有艺术天赋的，才能在殿撰大学士面前开一开玩笑，流传至今，成为佳话。

豫陕川行感慨深

（1992.1）

读严秀《豫陕川行小记》关于汉武帝的议论后，对这个历史人物发生兴趣，想从《史》《汉》中印证一下。印证的结果也是“三七开”，不过是“倒三七”。

破格起用奴隶出身的卫青为大将军，一打就打出了北边好几千里江山。对于我这个有点沙文主义的人来说，当然是件好事。

实行“推恩令”，使分封的王侯不能世袭罔替，凤子龙孙也有做平头百姓的一天。虽说这样做的目的是中央集权，但对于我这个有点反太子党情绪的人来说，也是一件好事。

除了这两件，可以评功摆好的就不多了。

起用了一个卫青，埋没了一个李广，正一加负一，在用人这项上只能等于零。

打匈奴虽有功，可是“边庭流血成海水”，也不能完全不想想儿子或丈夫被送去填了血海的母亲和妻子的悲苦。

最大的负数莫过于滥杀人。《汉书·刑法志》：

孝武即位，外事四夷之功，内盛耳目之好，征发烦数，百姓贫耗，穷民犯法，酷吏击断，奸轨不胜。于是招进张汤、赵禹之属，条定法令……凡三百五十九章，大辟四百九条，千八百八十二事，死罪决事比万三千四百七十二事。文书盈于几阁，典者不能遍睹。

大辟者，杀头也。四百零九条律法，一千八百八十二项刑名，一万三千四百七十二件判例，挨着一点边就要杀头。张献忠不过七杀，这位皇帝老子却要千杀万杀，一杀就是几万。《汉书·武帝纪》：“元狩元年十一月，淮南王安、衡山王赐谋反，诛。党与死者数万人。”杀自己人也同样下得手。光是这一条，就够七分光了。

个人品德的印象分也只能打负数。《史记考证》说，司马迁作《史记》，武帝“取孝景及己本纪览之，于是大怒，削而投之……后坐举李陵，陵降匈奴，故下太史公蚕室”。如此残酷地迫害知识分子，隐秘的原因不过是知识分子没有跟着山呼万岁，满足他一己的虚荣心。这难道能给天下后世留下一点点好印象？

对自己的妻子阿娇，先是以金屋贮之，另有新欢后把她往长门宫一送，让她一辈子养病；后来又宠幸上一个李夫人，老仍渔色，妄求长生，白日见鬼，成亿万地浪费民脂民膏，求神祷鬼不灵又把替自己祷求的方士杀掉，连尚了公主的栾大也难逃腰斩。这难道又能给天下后世留下一点点好印象？

严秀从嵩山柏树“大将军”“二将军”的封号，看出了皇帝老儿信口开河知错不改，跳出了从古至今赞颂秦皇汉武的窠臼，鞭辟向里，深得我心，题诗二章，聊以寄意：

能使家奴拥钺旄，贤贤将将足称豪。功劳盖世推恩令，
罪恶滔天大辟条。霸上无官呵李广，长门失眷锁阿娇。
嵩山柏树年年老，留与游人说汉朝。
好大喜功雄主事，饰非拒谏独夫心。抗胡一打三千里，
见鬼虚抛亿万金。壮志敢追秦始帝，衰年只幸李夫人。
王朝历史重新写，豫陕川行感慨深。

根本不会做旧体诗的我，勉强凑成这二八一十六句，完全是为了把李锐前辈的“功劳盖世，罪恶滔天”这八个字做在里头，仅此而已。

郭嵩焘和严复

（1993. 8）

郭嵩焘和严复，都是近代有名的人物。郭于一八七七至一八七九年间以“出使英国钦差大臣”驻伦敦，为清廷派出的第一位驻外使节。严亦于一八七七至一八七九年间肄业格林尼治海军学院（Greenwich Naval College），属于第一批公派留学欧西的中国学生。二人在英伦的交往，堪称百年佳话。

按照当时中国礼俗，郭嵩焘和严复并无平等交往之可能。二人地位悬殊，郭是翰林出身，外官曾署巡抚（一省军政首长），京官做到礼部侍郎（相当于教育和外交两部次长）；严则因“家贫不能从师”，不得已才入船政学堂当了名“武学生”。二人年龄相差三十六岁，其时盛行早婚早育（郭十七岁结婚，严十二岁即婚），六旬老者有二十来岁的孙儿并非罕见。他们却一见倾心，友谊终生不改。此于二人来说均属难能，对于郭嵩焘尤其如此。

究其所以，除了才人爱才（郭氏作为驻外使节，还有为国家爱惜人才一层用意）的缘故外，二人都具维新观点，都有改革中国的愿望，都渴望接受新的知识和思想，这才是郭、严结交的思想基础。《清史稿》严复传云："侍郎郭嵩焘使英，赏其才，时引与论析中西学术同异。"严复长子严璩作《侯官严先生年谱》云："湘阴郭侍郎嵩焘为出使英国大臣，见府君而异之，引为忘年交。每值休沐之日，府君辄至使署，与郭公论述中西学术政制之异同。"郭廷以作《郭嵩焘先生年谱》也提到："先生尝与严宗光（按：严复原名宗光，字又陵）论析中西学术政治之异同，往往日夜不休。"但又说："先生屡与宗光晤谈，……究在何时，不详。"

八十年代发现郭嵩焘手书日记以后，原来"不详"的事情便"得详"了。我在整理出版郭氏日记时得知，二人初次见面的时间是一八七七年五月十三日，即严出国留学刚到伦敦后两天。郭氏最初对严复并无特别印象，日记只简单记着，"李凤苞（留学生监督）带学生十二人来见"。但据伦敦"国家档案馆"（Public Record Office）藏中英外交文件，郭嵩焘次日即照会英外相德尔贝（Derby），通知中国学生已到，请予以学习便利。八月二十一日又函德氏，保送九名学生入海军学院，"学业特优"的严宗光名列第一。九月二十七日，九人到学院考试。十月三日，郭氏又函德尔贝对海军学院录取严宗光等六人表示感谢。此时郭对严当已有初步了解，而其对留学事务之重视与办事效率之高，亦殊足使今人惊异。

严复入海军学院学习四个月后，光绪四年正月初一，即一八七八年二月二日，海军学院的六名中国留学生一道从伦敦近郊的格林尼治，来到坡兰坊（Portland Place）四十五号中国使馆拜年。郭嵩焘亲切地接见了学生，详细询问他们的学习情况，学生们充分地作了回答。严复谈到上野战筑城课挖单人掩体：

> 人执一锄，排列以进，掘土尺许，堆积土面又尺许，先为之程，限一点钟筑成一堞，约通下坎凡三尺，可以屏身自蔽。至一点钟而教师之垒先成，馀皆及半，惟中国学生工程最少，而精力已衰竭极矣。

盖因西洋学生从小就注重体育锻炼，故而体质坚强，中国学生自愧不如。

郭氏在日记中记下学生们的谈话，特别提到“严又陵谈最畅……其言多可听者”，对严已另眼相看了。从这以后，在出使大臣和这位在校留学生之间，不断保持着个人的接触。每逢休息日，严复常来使馆，郭氏无不接见，几乎每次都作长谈。谈话的内容，开始时多为严复向郭介绍新学到的科学技术知识。有一次日记记下“严又陵议论纵横”，从光速检验谈到地球自转与通商风(贸易风)的形成。又一次日记逐项记了严复叙说的学院课程：

> 一曰流凝二重学(按即流体力学和固体力学)合考，二曰电学，三曰化学，四曰铁甲穿弹，五曰炮垒，六曰汽机，七曰船身浮率定力，八曰风候海流，九曰海岛测绘。

郭氏听后感慨：“其中发问之处，多足增广见识……苦多病衰颓，无能于此求益耳。”

一八七八年五月三十日，郭氏还亲临格林尼治，“先至严又陵寓所……又陵出示测量机器数种”。这天日记长达二千馀言，主要记的是“严又陵语西洋学术之精深，而苦穷年莫能殚其业”。严还特别给郭讲了“纽登(牛顿)偶坐苹果树下，见苹果坠”，因而悟出地心吸力的故事，很可能是中国人关于此事最早的记述。郭氏“极赏其言，嘱其以所见闻日记之”。三天之后，严复即向郭氏出示了自己的笔记《沤舸纪经》，郭氏节录了其中“论扬子江沙线”“英医言养生”“机械军器难于佳而复廉”“铁船之弊”“论炸药力”等内容。这部《沤舸纪经》严氏文集未收，大概已经佚失，是最为可惜的一件事。

同年七月初，郭嵩焘往巴黎参观“赛奇大会”(世界博览会)，又招严复、方伯谦、萨镇冰三学生同行，并请他们吃饭。七月八日记：“严又陵自大会厂回寓，带示《亚维林修路汽机图说》。”接着是大段议论，从中西路政之良否，谈到政治优劣影响国计民生，他们共同关心的已经不限于科学技术了。

从郭严二人对科学技术的热心研讨，我们确实不能不对严复学习的效率感到惊奇，不能不对年过六旬的老翰林公追求新知的精神产生敬意。今之副部级领导，不可能时时倾听青年学生“议论纵横”，固无论矣；奇怪的是，有些自称是做学问不是做官的名人，也只能当青年学生的导师，不肯承认青年人思想比自己更活，知识比自己更新，持与郭嵩焘相校，不亦大可悲耶！

早在咸同时期，郭嵩焘即为士大夫中少有的通晓中外形势的人物，出使以后，他更加认识到了：

虽使尧舜生于今日，必急取泰西之法推而行之，不能一日缓也。

所谓“泰西之法”是什么呢？自魏源以下，一般谈洋务的人都只说“夷之长技”。

以为只需把洋人的坚船利炮等形而下的“器”也就是“长技”拿过来，国家就可以得救；至于形而上的“道”即精神文明呢，自然还是咱们的好。郭嵩焘超越流辈的地方，正在能分辨本末，他说：

西洋立国，有本有末，其本在朝廷政教，其末在商贾、造船、制器，相辅以益其强，又末中之一节也。

郭嵩焘孜孜不倦倾听严复讲述“西洋学术之精深”，绝不仅仅是为了满足求知欲（六旬老者即此亦属难得），而是因为懂得“西洋之法，通国士民一出于学，律法、军政、船政，下及工艺，皆由学升进而专习之”，是为了从“器”而进乎“道”。在近代科学技术知识还有英国语言文字上，严复可以帮助他；而从旧垒中来，有政治阅历的他，也可用自己的体会和经验去帮助严复。这一老一少一对忘年交是怎样“论析中西学术政治之异同”的，郭氏日记中大有材料，这些材料不仅对于今天的外交官和留学生，而且对于一切年老或年轻的知识分子，都应该有非常深刻的启发。

日记中曾记述严复“指驳张力臣《瀛海论》凡四谬”。张认为铁路非中国所宜造，用机器代人力将导致淫侈云云，严复则驳斥道：

> 泰西有，中国不必傲以无；泰西巧，中国不必傲以拙。人既跨骏，则我不得骑驴；人既操舟，则我不得结筏。

郭氏大为赞赏，云：“只此数语，掉磬已尽。”

日记又曾记严氏之言，“中国切要之义有三，一曰除忌讳，二曰便人情，三曰专趋向”，评云“可谓深切著明，鄙人生平所守，亦不去此三义，而以是犯一时大忌，朝廷亦加之贱简，谁与知之而谁与言之！”倾倒之情，跃然纸上。要知道，这时的严复不过是个出国还不到两年二十几岁的年轻学生，郭氏却是年过六十的朝廷二品大员啊！

严复对于他和郭嵩焘讨论中西政教的情形，也提供过一些材料。所译孟德斯鸠《法意》卷十一按语云：

> 不佞初游欧时，尝入法庭，观其听狱，归邸数日，如有所失。尝语湘阴郭先生，谓英国与诸欧之所以富强，公理日伸，其端在此一事。先生深以为然，见谓卓识。

孟德斯鸠的原文据严译为：“刑狱之事，以贤治不肖可，以贵治贱不可。故欧之立法也，法官与囚，在平等之地位。”严复在按语中接着写道：

> 夫中国刑狱之平，至于虞廷之皋陶极矣，然皆以贵治贱。以贵治贱，故仁可以为民父母，而暴亦可为豺狼。

这一段话，和郭嵩焘一八七八年六月二十日日记中所说的，(今译)即使是周朝文、武、成、康这样的圣主，愿意以一身为天下任劳，也只能保持不到百年的盛世；如果出了秦皇汉武，“竭天下以奉一人”，暴戾恣睢，残民以逞，百姓就没法活了。都同样深刻地揭示了专制政体“人治”的反民主、反人道的本质。

敢于对自己政权的合理性提出怀疑，无论对于留学生或外交官来说，当然都是不容易的，这也正是郭、严能在追求真理的思想基础上达到契合的根由。

在《法意》卷十的一条按语中，严复记录了郭嵩焘在讨论西洋政教时对他的启发：

> 三百年来，欧之所以日兴，而亚之所以日微者，世有能一言而通其故者乎？往者湘阴郭先生尝言之矣，曰，吾观英吉利之除黑奴，知其国享强之未艾也。夫欧亚之盛衰异者，以一其民平等，而一其民不平等也。

这段话究竟是什么时候说的，也可以在郭氏日记中找到线索。

一八七八年一月二十九日，记英国与达和米国定立章程，禁止其国贩买黑奴出口；又与埃及立约，所有黑奴一以平民视之。郭氏论曰：

> 西洋大国以爱民之心，推类以及异国无告之民，设法以维持之，其仁厚诚不易几也。其勃然以兴，又何疑哉！

大概这就是严复所谓“湘阴郭先生尝言之矣”的一节了。

郭氏因受保守派攻击，驻英仅一年半，即被迫辞职，一八七八年八月诏派曾纪泽继任。但直至一八七九年一月离英时止，郭氏仍恪尽职责，忠于使事，包括认真做好与留学生有关的工作。他对所有留学生一一进行考察，写出评语和推荐意见，认为严复学识特优，刘步蟾、萨镇冰等均成绩优秀，能胜管带（舰长）之任，而严复若“以之管带一船，实为枉其材”。严复本人也表示愿意继续深造，将来回国从事教育。郭氏遂照会新任外相沙里斯百里（Salisbury），请求在一年学习期满后，其馀五名留学生上舰实习，严宗光再留校学习，“俾于返国后担任教职”。得到同意后，郭又照会外部，感谢海军大臣对严的照料。

唯有才者始能识才爱才。留学生监督李凤苞（丹崖）即“心嗛严又陵”，对郭氏对严的评定和举荐皆“不采”。继郭氏任的曾纪泽，因为严复说过他“天分低，偷懦惮事，于使事无裨益”，也责怪郭“褒奖严宗光太过，长其狂傲矜张之气”。我们不能说严没有“狂傲矜张”的毛病，但个人在历史上的地位，毕竟是由他的思想、学问和贡献决定的，不是由是否“狂傲矜张”决定的。芸芸众生，没有“狂傲矜张”毛病的何止亿万千，光绪年间中国留英的学生中，却只有一个严复。

爱才者少，忌才者多，大概是存在着“精英扼杀机制”的社会的通例。郭嵩焘“谤满天下”，回国后即未再被起用。严复“名满天下”，终其一生亦未能尽其才，只能借译述传诸后世。郭严二人回国后似未再见面，但通信极多，严璩所作年谱中说，“府君知交函札，就中以湘阴郭侍郎来书为最多，积年以来，不下百数十通，亦均散失”。一八九三年郭氏卒于湖南，严复“感怆殊甚”，有挽联云：

> 平生蒙国士之知，而今鹤翅氋氃，激赏深惭羊叔子；
> 惟公负独醒之累，在昔蛾眉谣诼，离忧岂仅屈灵均？

上联用《世说新语》“羊公鹤”典，说您好像羊叔子，我就像羊叔子养的鹤，您向客人称赞我会舞，可是当别人要看鹤舞时，羽毛零落的我却舞不起来，辜负了您的盛意，只有深深的惭愧。下联用《楚辞》和《史记》句意，说屈原于“众人皆醉”时独能清醒，因而遭人嫉妒，所谓“众女嫉余之蛾眉兮，谣诼谓余以善淫”，谣诼虽毫无根据，却使人无可奈何，只能靠牢骚排遣，古今同慨，难道岂只一个屈原吗？

郭嵩焘和严复，一个外交官，一个留学生，都是在现代化过程中出现的新人，是从古老中国“进入”现代文明的先行者。他们的命运，在一定程度上也可说是近代中国的命运。

理雅各译《四书》

（1994.9）

说我乐见理雅各（James Legge，一八一五至一八九七）译《四书》出版，朋友们也许觉得奇怪，因为我既不能读理雅各，也并不很喜欢《四书》。理雅各的译文属于十九世纪，林语堂称之为“严谨的学者风格的著作”，但也指出它“因过分依字直译而使人读来费力”。我不通英文，不过从郭筠仙王紫诠以及林语堂诸人记述中略知其译事而已。

《论语》《孟子》《大学》《中庸》皆中国古典，数典忘祖在中国是担当不起的罪名，何况孔孟的思想言文确有其美善，即使不提倡也是不会磨灭的。和“集注”一体的《四书》却是宋儒所命名，以《四书》和“四书文”为标志的儒家之理学化，政教之齐一化，读书之功利化，未必是孔老先生本来的主张，对汉民族的消极影响却实在太大。我读过一点“五四”先贤的文章，对于一九四九年以前当局者提倡读经曾经表示反对，现在也就不准备改悔了。

可是，正如我不懂音乐，也没听过柏林、维也纳演奏的交响曲，却无碍我崇拜贝多芬一样，我虽不通英文，无法翻阅二

十八卷 *The Chinese Classics*，对于理雅各的工作却是尊重的。他译中国的经书，并不等于他放弃西方文化观念而“改宗”孔孟之道，当然更不同于中国儒生的“天天读”。作为牛津大学汉学讲座的首任教授，他和西方杰出的埃及学家、东方(阿拉伯)学家、原始文化学家一样，把自己整个一生献给了对不属于本国本民族人文的研究，解读和译述文献典籍便是他研究的主要内容。他二十五岁开始服务于“英华书院”，二十八岁起定居香港，垂三十年，四十三岁开始译书，又历时四十载，直至八十五岁高龄时才出齐五巨册的《中国经典》，在英国为至今无人可与之相比的巨大业绩。六十年如一日地研究一个远方外国的古籍，四十年工夫成就五本书，这是何等的精神！以精神文明自诩的今之中国读书人如我者，对此不亦当感激，而更多的则是惭愧吗？

湖南出版社是我的“母社”，那里一直有我的朋友，年长于我的，和我年相若的，比我年轻得多的，都有。译文编辑室的朋友曾和我谈过他们出书的事情，我建议他们出一点外国人观察近代中国(是近代而非现代，更不是当代)的记述，尤其是专注于社会、人文的，如《黄土地上的农家》《蓝色长袍》之类，与《走向世界丛书》相表里。来谈的朋友对此也有兴趣，可是据说有人提出，应以宣传新中国的伟大成就为主，这当然最符合“对外宣传”的需要，但和我所建议的就不是一回事了。后来，秦颖君准备出版《汉英对照中国古典名著》，老实说，最初我有过一点担心，因为我不太明白它的主要读者究竟应该是中国人还是外国人，而且既是古典名著，恐难找到合适的译者，如果要新译。不过，理雅各这本书我是一开头便赞成列题的，它在文化交流史和翻译史上的地位早已确定，不会因我读不懂而动摇，要是出别的译本，当然不如出理雅各啰。

我以为，图书出版虽然不可能不充当一块宣传阵地，但和报纸、期刊、广播、电视、剧场、歌厅等别的宣传阵地相比，总要有点不同，就是总要多一点文化气，多一点历史感。也就是说，出书不能只看时效，不能百分之百地跟着什么什么走。只要有文化历史的眼光，看准了哪些书通过了历史的筛选并将继续保持历史上的地位如理雅各译述者，即使经济效益差一点，一下子未必能多印，但每一两年印他三五本，于江河日下时显示一点中流砥柱的形象，人们谈起时能竖一下大拇指，虽不言“效”，效亦在其中矣。

记者笔墨

（1994.10）

在有些大作家的心目中，记者笔墨的地位是不怎么高的，鲁迅即曾贬他看不起的文章"拙劣如报章纪事"。可是，李普却偏把他写刘伯承元帅的书称为记者笔墨。这看起来是自谦，其实恐怕也可以说是一种自负。

记者笔墨一要言之有物，二要真实不虚，三要明白简单。此三者也就是一切文章的高标准。有些新潮小说和"学术著作"，故作深沉，空疏浮泛，矫揉造作，晦涩冗长，不及记者笔墨远矣。

我所见李普写的《记刘帅》一书，为出版社顾承甫同志所赠。开始我也只把它当作一本人物传记来读，是它那不加矫饰纯然本色（当然是记者的本色）的文字吸引了我。但接着读下去，就不只是文章和纪事，而是刘伯承这位职业军人在政治中的经历使我发生兴趣了。

称刘伯承为职业军人，我以为没有什么问题。当然作为共产党和国家领导人，他的主要身份更是一位职业革命家。但是刘伯承当职业军人的历史比当职业革命家的要长，比当党和国家领导人的时间则更长。而且即使在当职业革命家和国家领导人的时候，他也一直没有离开过军界。

刘伯承于民国元年(一九一二)在蜀军将弁学堂速成班毕业，分配到四川陆军第五师当排长，从此开始以军人为职业。四川为民国以来养兵最多、内战最频繁的省份，他在频繁的战争中积累了丰富的军事经验(为此付出了一只眼睛和半条大腿的代价)，打过不少胜仗，到一九二三年离开川军时，已是“蜀中名将”了。

记述这位蜀中名将怎样参加共产党，是本书饶有兴味的一节。杨闇公(刘伯承的入党介绍人)一九二四年一月二日的日记云：“伯承确是不可多得的人才，于军人中尤其罕见。”六天后又记云：“与伯承论时局……使此人得志，何忧乎四川。”又五天后即找刘伯承谈加入党组织的问题。但此时的刘伯承却表示还不愿加入共产党。他说：“见旗帜就拜倒，我觉得太不对了，因为我对于各派都没有十分的把握，正拟极力深研，将来始能定其方道。”

看起来，刘伯承在这方面还不如许多写回忆文章的“三八式”“解放牌”。这些同志都是一见共产党，便如夜蛾赴光，饥婴索乳，立刻全身心地投入。可是正因为如此，刘伯承这位职业军人走上革命道路的过程才更为真实可信。杨闇公等职业革命家对刘伯承的争取也毫不动摇，简直可以说是锲而不舍，杨氏日记中云：“此后设法使其从本方向走，若能达到目的，又多一臂助。”

杨闇公的目的终于在吴玉章的努力配合下达到。一九二四年秋，吴玉章邀刘伯承出川，而后到北京找了赵世炎，到上海找了陈独秀、王若飞，商量在四川建党。出川以后，刘伯承终于下决心脱离川军熊克武部，跟着杨、吴一道投共产党。杨闇公日记有这样记载：“伯承与熊不和了，有‘今后不作冯妇’之语(他的来信)。此公已被玉章收入矣，可喜。”虽然李普考证刘入党在一九二六年五月，迟于杨写日记之时，但共产党的干部为了“收入”刘伯承这位军事人才的迫切之心情，仍跃然纸上。

予生也晚，原来并不知道《记刘帅》书中所说的许多事情。但也听说过刘伯承打完仗后立即上书请求辞去带兵职务去办学，惊服其急流勇退不俟杯酒自释兵权之智不可及。直到这次得读李普的书，才了解得更多。

共产党的原则是党指挥枪，不能枪指挥党。军事服从政治，其实是自古皆然。刘伯承自幼有“仗剑拯民于水火”的大志，想成为一名良将。他读了不少史书和兵书，深知良将必须择明君而事之，才能专阃行志，在疆场上成就自己的事业。但明君也就是严君，事之之道，首先必须能干。既要“能”，即真正有军事才能；又要“干”，即肯充分发挥自己的军事才能，真正成为明君的“臂助”。尤要者则是必须忠诚，即安于职业军人的本分，不在政治上太争地位。刘伯承在这两方面都做得相当好。在川军中，他屡立战功，可是对才能远不如己的上级但懋辛辈，却谦恭有馀，自称“庸材多病，早甘雌伏”。当他看出但懋辛、熊克武已不足与有为，新生力量中国共产党将决定中国的命运，便毅然决然脱离川军，选定了参加革命的“方

(向)道(路)”。

入党以后，在顺泸起义、南昌起义、反围剿、长征、抗日战争和解放战争中，刘伯承或指挥方面，或总参戎幕，都立下了卓越的功勋。身为军事主官时，他说“政委的话就是命令”。当总参谋长时，他就“站在首长的阴影里面”，专心组织作战。

我特别推荐本书有关章节对李立三、对李德、对毛泽东等的描写。读者可以从中看出，刘伯承作为党的军事干部，既要完成军事任务，又要服从政治领导，如何地煞费苦心。此中不少过去罕为人知的事实，如抗战后期日寇搞铁壁合围，晋冀鲁豫根据地面临“再退就只有退到太行山上去吃石头”的险境，刘伯承提出“敌进我进”的方针，才打破被动局面。朱德、彭德怀一再肯定他这个新方针的巨大战略意义，刘伯承自己却坚持低姿态，一再自贬说只是一时一地随机的战术动作，处处避免和毛泽东提出的游击战“十六字诀”相对立……当全国解放后毛泽东对他进行批评甚至批判的时候，他冷静对待，既不违心地“适应形势需要”，也不“椎心泣血”发牢骚。被迫到大会上作检讨时，他照本宣科，不发挥，不抵触，严丝合缝，无辫子可抓，无空子可钻，用心之深，非他人可及。

我本来只期望从李普的书中看到一代名将大勇弥天、指挥若定的本领，却意外地看到了他大智若愚、善始善终的本领，后者比前者似乎更要精彩，这就得感谢李普的记者笔墨了。

一九九三年十二月四日香港《大公报》载高旅《评〈记刘帅〉》文中，摘引了李普致作者信中的几句话：“浅见散见书中，点到即止，能出版就好了。”“点到即止”，这是只有真正高手才能具备的“功夫”，用在这里又是何等意味深长啊。李普的记者生涯高峰是二野时期，他恐怕也是从刘伯承那里，并通过刘伯承从古代兵家学到一点阴柔韬晦的本领吧。点到即止，给读者留下思索的空间，这样的记者笔墨，不是常人能学到的了。

反常

（1995.5）

宇宙间万事万物，皆有常道。循常道便是正常，否则便是反常。故冬冷夏热为正常，冬热夏冷为反常；考试择优录取为正常，交白卷进大学为反常；老虎捕食禽兽为正常，家禽家畜追得老虎四处跑为反常。

现在就来谈一件反常的事：

因装修房子清理旧杂志，偶从《大自然》上见到动物研究专家沈庄永的文章。说在某动物园中，曾将一鹅投入虎笼，虎不识为何物，潜嗅之。鹅奋起，在虎鼻上戳了一嘴，虎大骇奔逃，鹅竟拍打翅膀追击，兽中之王威风扫地，云云。

虎本是兽中之王，全靠猎杀草食动物为生，是绝不会怕吃素的鹅的。可是人却要将虎关在笼子里，美其名曰保护。在笼子里繁殖出来的幼虎，靠人饲养长大；而人饲养它的目的，不是让它成为自由的虎，而是成为供人赏玩的畜牲。这种虎从小享受惯了特供，失去了学习捕猎的机会，从来没见过活鹅，才会如此“大骇奔逃”，如此反常。

我想，靠在笼子里来繁殖、抢救濒危动物，恐怕最多能保存一代或几代珍禽异兽以供赏玩，想兴灭继绝大概不可能。因为笼子对虎而言，正是一种不正常也就是反常的环境。从中培养出来的只能是反常的虎，也就是见了鹅都怕的虎。这种虎离开笼子便会“虎落平阳被犬欺”，人还能日日夜夜拿着打狗棍去对它进行贴身保护吗？

即使把笼子放大再放大，比如说放大到几个山头，若干平方公里，功效如何，恐怕仍值得怀疑。在电视上我看到过不止一回，山民们把老病的熊猫抬着往医院送，比对百岁老人还殷勤体贴。其实生老病死乃生物之常规，物种演化亦然。据实验生物学家云，地球上每一分钟内即有若干新物种发生，也有若干老物种绝灭。旧的不去，新的不来，该死的不死，要生的就不得生。如果恐龙都被“保护”至今，人类又何从出现？当然老虎的情况与恐龙不同，恐龙的灭绝是正常的，老虎弄得这样惨则完全是人类倒行逆施的结果。

前苏联喊“改造自然”喊得过了头，居然要动手把西伯利亚几条大河的水从往北“改造”成往南流，为“开垦生荒地”服务。而拭目以待的结果，则鄂毕、叶尼塞、勒拿诸大川至今还在流向北冰洋，并没有遵命掉头一百八十度来灌溉中亚细亚的沙漠，为已经独立了的哈萨克、乌孜别克等外国服务。

赫胥黎说过，温室里的花移栽到野外，在生存竞争中马上会被野草所击败。我们当然还得盖温室，还得种花，却不可妄想把大地都置于温室之中，让一花来代替百草。因为不仅无此可能，即使可能也会带来严重的后果。咱们的老祖宗大禹，就懂得洪水只能导，不能堙。大自然会给适者以回报，也会给倒行逆施的人以惩罚。这就是自然规律，也就是老祖宗所说的天道。

濒危生物当然要保护。熊猫皮何必剥？虎骨酒何必喝？这里行一点兽道也是必要的。但若问如何才能使老虎苟延残喘，我看第一就是不要把它们都捉进笼子里来。要让它在世世代代习惯的自然环境中去求食，求偶，求生。当然作为生物个体最后仍不免一死，但只要喂奶的本能不灭，该死的死了，该生的还会生，该活的还会活的。

语云，天道有常，常即是生物生活的常态。人要去妄加干涉，任意改造，即是非常，反常。老虎见了鹅反而大骇奔逃，即反常之一例，这种后果恐怕还是小而又小的呢！

卖书人和读书人*

（1995. 8）

读书人不能不买书，买书即不能不和卖书人打交道，读书人和卖书人的关系，由来久矣。

卖书之为业，不知始于何时。《书经》说殷之先人“有典有册”，那是放在机要室里的东西，普通人无从得读，更无从得而卖之。直至天下合久必分，王纲解纽，春秋战国时有了不吃王粮的读书人，才有了属于个人的书。不过当时写在竹木片上用孔夫子翻断过的那种皮条穿成的书，大概还没有成为商品进入市场。惠施“其书五车”，苏秦“陈箧数十”，书的字数当以万计，恐怕也是本人最多加上几个门徒“书之竹帛”而成的吧。

及揣摩既成，读书人做了官，位尊而多金了，如果还要读书，才有可能命人或雇人来抄写，雇来的人便是所谓“佣书”。“佣书”能出卖的只有自己的劳力，比起后世《清明上河图》中书坊里的卖书人，收入恐怕相差甚远，亦犹领月薪的编辑匠之于黄泥街书老板焉。

* 曾作黄成勇著《沐浴书香》序。

最早的书市见于《三辅黄图》，王莽谦恭下士时，长安太学规模颇大，那附近有个“槐市”，“诸生朔望会此市，各持其郡所出货物，及经传书记，笙磬乐器，相与买卖”，这情形简直同美国大学校园里的 street fair 差不多。可见学生下海，古已有之，这也是王莽为了坐上金銮殿而着意营造的“文化繁荣”的一个小小侧影。

还是纸的逐步改进和利用，才促成了书的普及和专业卖书人的出现。《后汉书·刘梁传》云：“梁宗室子孙，而少孤贫，卖书于市以自资。”出身高贵的宗室子弟都以卖书为业，其时卖书人必定不少。而《王充传》云：“家贫无书，常游洛阳市肆，阅所卖书，一见辄能诵忆。”他家贫无钱买书，偏能过目不忘，来到洛阳书市，专门只看不买，王充这位读书人也够精的了。洛阳卖书人的服务态度也真好，允许王充尽量揩油，如果没有他们行方便，《论衡》也许就写不得这样好，可惜范蔚宗没有记下一两位卖书人的姓名，不然奉之为书店业祖师，岂不比铁匠行崇奉太上老君更为合适？万一找不着为王充服过务的，就请刘梁来坐这把交椅也好呀！

唐时开始雕版印书，至宋而刻印大行，书业更盛。宋本《朱庆馀诗集》末页末行文云：“临安府睦亲坊陈宅经籍铺印”。这家“陈宅经籍铺”，已是编辑、印刷、发行三合一，开近代“商务”“中华”之先河了。下至明清，仍然如此。《儒林外史》第十三回，写蘧公孙到文海楼书坊，拜访坊里请来编书的马二先生。马二先生食宿均由书坊招待，两个月编选成一部书，得了一百两银子，付了采红的身价，平息了一场官司，还剩有银子去游西湖，稿酬似比今为丰。又看第十八回，文瀚楼主人同匡超人谈话，不仅对于“编印发”都很内行，对读者和作(编)者也是熟悉而有办法的。

我想，卖书人以书为生计，自不能不以读书人为衣食父母(今称上帝，则比父母更尊矣)；而读书人若真以书为性命，亦当视卖书人如救苦救难观世音。联结二者的纽带就是书，只要彼此都喜欢书，看重书，熟悉书，自然同声相应，同气相求，共存共荣，融洽无间。只怕身在书业，而心不在焉，对于书和读书人一概漠然，即使没穿“烦着呐，别理我”的文化衫，脸上却明摆着那样一副神气，那就不是观世音菩萨，而成十殿阎罗王了。

最好也最根本的解决办法，是让读书人兼作卖书人。所谓读书人，非有中专大学文凭之谓也，须真喜欢书，真能读书。他来办书店，不只是为了自己能亲近书，更是为了能更多更好地为读书人造福。我虽居二千里外，未必能享到福，亦馨香祷祝之矣。

暮色中的起飞

(1995.8)

黄裳称张宗子为“绝代的散文家”，胡乔木说聂绀弩的诗“也许是过去、现在、将来的诗史上独一无二的”，乍一看，也觉得这些话说得太“绝”。其实，他们的意思未必是说，从此就再不会有张岱似的文笔，绀弩似的诗才了。不过于世道人情了解较多，于文章与世变相因的道理也了解较多，故知如张岱之写五异人之一的燕客：

> 在武林，见有金鱼数十头，以三十金易之，畜之小盎，途中泛白则捞弃之，过江不剩一尾。……一灵璧砚山……数百年物也。燕客左右审视，谓山脚块磊尚欠透瘦，以大钉搜剔之，砉然两解。燕客恚怒，操铁锤连紫檀座捶碎若粉，弃于西湖，嘱侍童勿向人说……

又如绀弩之咏女乘务员：

> 长身制服袖尤长，叫卖新刊《北大荒》。主席诗词歌宛转，

《人民日报》诵铿锵。口中白字捎三二，头上黄毛辫一双。

两颊通红愁冻破，厢中乘客浴春光。

这都是特定条件下才能出现的人和事，纵然江山代有才人出，后之作者也是摹想不出来的。

我于古人中，独喜张岱的文章。他的风格，我觉得可以四字括之，就是“自说自话”，绝不作陈言套语。写人事，他不用心歌颂什么暴露什么，而爱怜哀矜之意自然流露，能感人于百载之后。发感想，他从不想载尧舜禹汤文武周公孔子之道，而家国之忧、无常之痛时见于字里行间，如《〈西湖梦寻〉序》：

余生不辰，阔别西湖二十八载，然西湖无日不入吾梦中，而梦中之西湖，实未尝一日别余也。前甲午、丁酉，两至西湖，如涌金门商氏之楼外楼，祁氏之偶居，钱氏、余氏之别墅，及余家之寄园，一带湖庄，仅存瓦砾，则是余梦中所有者，反为西湖所无。……乃急急走避，谓余为西湖而来，今所见若此，反不若保吾梦中之西湖，尚得完全无恙也。……犹山中人归自海上，盛称海错之美，乡人竞来共舐其眼。嗟嗟！金齑瑶柱，过舌即空，则舐眼亦何救其馋哉！

这样的文章美不胜抄，抄多了也怕贻献芹之讥。我只奇怪，如今古人的文集出得滥而又滥，张岱却一直还没有出一个全集善本，也许这和他亡过国却没有死不无关系。

在中国历史上，非名贤大儒的文人和女人一样，总是倒霉的时候居多。国家一旦被实际负责政治经济军事的人弄到了崩溃的边缘，他们或她们就得出来承担责任。晚明的文人和文章从“左联”时代起一直挨骂，张岱自难例外。

我在“文学青年”阶段，并非《宇宙风》《人间世》的发烧友，倒是一度颇为尊信鲁迅那一套说辞的；至今对于“飞去飞来宰相衙”的山人和带着舞女歌童到处献色艺的名士亦无好感，并不赞成把晚明的文章和文人一律供到神龛上焚香顶礼。但我更不赞成将他们统统看成“国之将亡必有”的东西，说什么多读明人小品便有亡党亡国的危险。几篇文章，哪有如此这般的力量？而“国之将亡”时文人的命运，忝为同类，准以“五百年犹比膊”的道理，固亦不能不稍具同情。

张岱自称“少为纨绔子弟，极爱繁华，好精舍，好美婢，好娈童，好鲜衣，好美食，好骏马，好华灯，好烟火，好梨园，好鼓吹，好古董，好花鸟”，出身大地主阶级是毫无问题的。但他绝顶聪明，有特别突出的文艺才华和气质，出身于三世藏书三万馀卷的家庭，少时即与画家陈老莲，剧作家阮圆海，园艺家范与兰，名演员彭天锡，说书家柳敬亭，茶艺家闵汶水，名妓王月生，工艺名家李仲芳、濮仲谦、甘回子等交游，浸淫于江南士大夫的文化中而尽得其精华。中经世变，“向以韦布而上拟公侯，今以世家而下同乞丐”，像颜黄门那样“一生而三化”，真可说是“备荼苦而蓼辛”了。他养成了精纯的艺术趣味，天生一颗敏感的心，但又与钱谦益、阮大铖辈不同，一生不做官，不伺候上司，从来不看别人脸色行事，即使成了穷光蛋时也是如此。我想这就是他能“自说自话”，使我对他有一种特别的好感，愿意不断跟他亲近的缘故吧。

黑格尔有言：“智慧之鸟的猫头鹰，在文明的暮色中才开始起飞。”如晚明者，岂非以地主庄园经济为基础的现代前文明垂暮之时代乎？虽然和密涅瓦的猫头鹰同时起飞的，还有病态十足的夜莺和不利小儿的“暗夜”(见宋朱翌《猗觉寮杂记》)，但智慧之鸟毕竟不是鸡鹜之流可比的。在世纪末的废墟下，既埋葬着历史文化的遗传病体，也埋葬着提炼精纯了的末代仕女刹那的悦乐和永恒的悲哀。陈寅恪撰《钱柳因缘诗释证》感赋云，“推寻衰柳枯兰意，刻画残山剩水痕”，可谓深知此意矣。

差距

（1995.8）

自进入全球文明时代以来，衡量一个国家国民的文化素质和文化水平，只需看世界公认的伟大著作在这个国家翻译出版的迟早和普及范围的大小。这是一位外国学者所说的话，我觉得他说得很对。

伟大著作给人的是思想而不是故事，是美感而不是快感。只对西村寿行、谢尔顿、克丽斯蒂等创作的“畅销书”感兴趣的人，在这里大概不能成为统计百分比的分子。

J. 乔伊斯的《尤利西斯》为二十世纪最伟大的文学作品之一，这是毫无疑问的，然而此书又以难读而闻名。最后一章可谓意识流创作方法的经典之作，全章都是那位追求情欲的妻子对人事（主要是男女之间的事）的回忆，英文共三十八页一千六百零八行，分七大段，除第三和第七两段末尾各有一句号外，全文再无任何断句标点，都是一个接着一个的单词。心理分析大师荣格说：

我花了三年时间才读通它。……读的时候，我多么抱怨，多么诅咒，又多么敬佩你啊！全书最后那没有标点的四十页真是心理学的精华。我想只有魔鬼的祖母才会把一个女人的心理捉摸得那么透。

书之难读和它震撼人心的力量，于此可见。

《尤利西斯》初版于一九二二年，一九二七年有了德译，一九二九年有了法译，一九三二年有了日译。可在咱们这个“文化大国”，却直到一九九四年才有了萧乾夫妇的译本，比同属汉字文化圈的日本迟了六十二年！

其实，在一九二三年即《尤利西斯》刚出版一年后，徐志摩就在北京《时事新报》上介绍过此书。徐志摩称乔伊斯“在国际文学界的名气，恐怕和兰宁(列宁)在国际政治界差不多”。对于《尤利西斯》的最后一章，徐志摩写道：

那真是纯粹的prose(散文)！像牛酪一样润滑，像教堂里石坛一样光洁。非但大写字母没有，连，。……？：——；——！()“”等可厌的符号一齐灭迹。也不分章句篇节，只有一大股清冽浩瀚的文章排奡而来，像一大匹白罗披泻，一大道瀑布倒挂，丝毫不露痕迹，真大手笔！

徐志摩看来不是荣格，他非哲学家而为文学家，读书不求全“通”，正如同陶渊明的“不求甚解”，只要会意，便欣然了。

一九二三年的中国人口数不知多少，姑作为四万万吧。四亿分之一的徐志摩当时已经读到了《尤利西斯》，领略了它的美；

过了整整七十年，十三亿分之一的我才接触这部“天书”，还得感谢萧乾文洁若夫妇。徐志摩当时的寂寞之感，以及我和徐志摩之间的差距，也就可想而知了。

赫胥黎有云：“人和人的差距，有时比人和猿的差距还要大。”旨哉言乎！

忆妓与忆民

（1995.9）

宋蓉塘评香山诗，谓其“忆妓多于忆民”，梁晋竹称之为“腐论”(见《两般秋雨盦随笔》)。腐者，迂腐，也就是不够自由开放的意思。

宋氏的话，对香山居士明显怀有贬意，对于只读过《卖炭翁》，还有总想从《长恨歌》中找人民性的人来说，恐怕不易认同。但若将白氏全部诗作二千八百一十二首分类统计，则不能不承认“忆妓多于忆民”确是事实。

白居易诗中所“忆”之妓，有官妓，也有家妓；有正在走红的妓，也有已经沦落的妓；有十六岁的“女道士”，也有十四岁的“小尼姑”(诗曰：“绰约小天仙，生来十六年。”“头青眉眼细，十四女沙弥。”按：唐代之女冠女尼，有的是变相的妓女，可公开接客，应召侑觞)。诗多不具录，只举《不能忘情吟》一首为例：白居易七十岁时，“既老，又病风”，本拟将家养的一匹马和一名妓女(就是“樱桃樊素口”的樊素)转让，据说此马此妓都眷恋老主人，不肯离去，于是改变主意，继续留供己用，并赋诗言志云：

吾疾虽作，年虽颓，
幸未及项籍之将死，何必一日之内，弃骓兮而别虞兮？
乃目素兮素兮，为我歌杨柳枝，
我姑酌彼金罍，我与尔归醉乡去来。

七老八十的人，尽可以搞他的黄昏恋，但若凭致仕尚书的权势，或凭二千石的财势，或凭大诗人的声势，像畜犬马一样畜着此“年二十馀”（《不能忘情吟》诗序）的靓女，让她们提供性服务。“既老，又病风”，则可以转让给别人；“幸未及项籍之将死”，又可以继续留供自己。这种诗的本事虽真，总难说是美，也难说是善吧。

当然，正如西儒在《道德观念变迁史》中所云，人类的道德观念，社会生活的准则，并不是一成不变的。一九一九年甚至到一九四九年以前，中国男人狎妓纳妾，都既不触犯法律，也不触犯道德。作古正经如贾政，于王夫人之外，也还有一个周姨娘，一个赵姨娘。薄命司中又副册上的袭人、香菱、平儿一干人，也就是白香山的樊素、苏东坡的朝云了。这种家庭里的性奴隶，实在比浔阳江头、秦淮河上做生意的还要可怜。同属买卖行为，前者既经“买断”，恐怕连不肯的自由也没有，倒不如花魁娘子有时还有“倒贴”的权利也。

上面说的买卖是性，还有没有情呢？贾政之于赵姨娘，恐难说有情。而人之所以异于禽兽，就是除了性之外，总还需要有情。张爱玲虽是女人，但她从父祖辈男人的生活中见惯了海上花开花落的情形，有一段话实在说得对男人们够体谅的：

有产阶级的男子，既没有同本阶级女性平等社交的自由，这种自由就只有到长三堂子里去找了。

精通东西文化的辜汤生说得更不客气却也更幽默：

中国人之召妓，有如西洋人之求爱；中国人之娶妻，则如西洋人之宿娼。

明乎此，则知何以赠校书、悼亡姬都是中国爱情诗的正宗，杜十娘、李香君、小凤仙则是中国爱情戏的主角，香山居士又岂足深责。

如今大兴古学，大捧古人，古典文学比陈独秀鲁迅时代更吃香了。我却希望积极学古的青年朋友能看到，在古典文学里有《卖炭翁》，也有《不能忘情吟》，这里无妨套一下公式，也就是所谓精华与糟粕吧。白乐天自不妨其为伟大诗人，但也要看到伟大的亦有不伟大的一面。硬要把七八十岁老人御女说成多么美好伟大，说樊素、小蛮、女道士、小尼姑等人也沾上了伟大的光，硬要请她们来当什么戏的主角、做什么公司的董事长，就更加可以不必了。

压卷 （1995.10）

老友怜我寡闻，纪念日前夕寄给我一本广东省政协主办的刊物《同舟共进》，是我这个蛰居长沙足不出户的人没有见过的。此乃一九九五年的第八期，有沈宝祥《真理标准问题讨论纪事》、严秀《关于曾国藩家书》诸妙文。而最后第四十八面上《抗战胜利五十周年有感》，更是真正的压卷。

作者陈赞煌民国三十四年（一九四五年）八月十五日在广东战时省会平远县城，参加了当晚全城军民庆祝抗日战争胜利的火炬游行。通宵达旦，城里所有酒楼饭店的酒缸全都沽空了。五十年后重有所感，遂赋诗二首寄意。诗我无评说之资格，诗前几十个字的小序一则，却令我拍案叫绝。我正在搜集不超过一百个汉字的好文章，作为课孙之资，也曾在《新闻出版报》上开过一个专栏，名曰“学其短”，正苦于材料不足，尤其是难找到用现代语写成的短文。这下得来全不费工夫，真是喜出望外，忍不住赶快把它抄下，并愿借《文汇读书周报》一角，以公同好，想必像老友那样早已读过的朋友不会太多吧。文曰：

曾记得一九七六年十月粉碎“四人帮”，举国欢腾。外电评论说，本世纪中国人有过两次倾酒缸的狂欢盛举，一次在一九四五年秋，一次在一九七六年秋。那么，距本世纪结束还有五年，五年之内，还能有第三次的欢举么？

我也在盼望着能有这样的欢举，期待着此压卷能成为开篇。

汉口竹枝词

（1995.10）

竹枝词（杂事诗）自纪晓岚、厉惕斋而后，多咏地方风物、土俗民情，近代更趋通俗，间或讽嘲时事，如吾长沙清末的《抢米竹枝词》、抗战初期的《文夕大火竹枝词》，都是极有价值的地方文献，可惜少人注意。近来得见《汉口竹枝词》一册，原刊于清道光庚戌，去今已一百五十年，专记市井生活，又集中于汉口一地，自然更有意思。此时的汉口，如作者自序所云，已是“商贾麇至，百货山积，贸易之巨区”，第二首云：

> 廿里长街八码头，陆多车轿水多舟。若非江汉能容秽，渣滓倾来可断流。

足见市廛繁盛，而垃圾（渣滓）之多，亦可见城市化带来的问题。第五十四首写城中拜年：

> 泛友浮交讲应酬，淡红名片教人丢。不然压在泥条下，也算登门磕了头。

原注："红纸包泥块置于巷口，客至视其堂名，押名片而去，或于门缝投帖。"这确是生意场中广交朋友的情景，不似乡间走亲戚，年年都是这几家，雇人或派人将名片分送到各家巷口，也是没有邮政以前的好办法，当为汉口人所独创。第二四九首写消夜小吃：

> 芝麻馓子叫凄凉，巷口敲锣卖小糖。水饺汤圆猪血担，夜深还有满街梆。

读之不禁想起儿时耳鼓中留住的市声。紧接着的两首都写菜市：

> 几种园蔬美又廉，芹芽迸脆荻芽鲜。幽香配酒藜蒿梗，清气宜汤豌豆尖。（第二五〇首）

> 时新小菜出江东，贩子分挑日未红。贱货有时争重价，居人只怕五更风。（第二五一首）

此不独诗句清新有味似时蔬，连城里人每逢天气不好怕蔬菜涨价的心理也写了出来，一百五十年后的今天也还是差不多。

《汉口竹枝词》印本存诗二百九十二首（校注者删去两首，实在可以不必），作者叶调元的序作于道光三十年初，半年之后拜上帝会在广西起事，不到三年太平军就打到汉口了，这些诗可说是大变乱前夜市民（非士大夫）风习最后的一瞥，这里再抄几首写妇女生活的：

> 小家妇女学豪门，睡到辰时醒梦魂。且慢梳头先过早，粑粑油饺一齐吞。（第一三〇首）

原注云："贫家小户日食艰难，而妇女未有不过早者。"按，至今武汉人仍称吃早点为过早。

> 蜀锦吴绫买上头，阔花边样爱苏州。寻常一领细衫子，只见花边不见绸。（第一三三首）

原注云："花边阔三四寸者，盘金刺绣，璀璨夺目。"阔花边大概是当时时尚，曾国藩家书嘱妇女衣服"勿大镶大缘，过于煊烂"，就是指的这个。

> 大方全不避生人，茗碗烟筒笑语亲。几句寒暄通套话，舌尖透出十分春。（第一三七首）

原注："闺阁言谈，胜于男子。"

作者不仅对汉口妇女的印象好，还在第一五二首的小注中说，"本地儿童打扮可爱，女孩尤为出色，手脚端正，衣服明洁，应对跪拜，无不伶俐，良由母教之娴，匪尽天资之美"，评价很高。诗云：

衣鞋鲜洁粉脂香，解语春莺舌似簧。此地闺人工打扮，
见他儿女想他娘。

实在忍不住，一抄抄了这么多，还想讲几句关于本书校注的话。我觉得竹枝本是通俗的诗，文辞和典故都很普通，似不必多注，注就应该尽量把当时当地的名物风俗和方言隐语这类异代异地人搞不明白的东西注出来，第一三八首之注“搭壶”“飘壶”，第二〇四首之注“得罗”，都是好例。但如自序所注的三十六条，除了“己亥”一条外，我看都可不注。其中末句“识于汉皋孙氏枕流漱石之馆”，我想知道的乃是此馆在何处，此孙氏为谁，作者和他是什么关系，注者于此都说“未详”，却对“识”“汉皋”“枕流漱石”大抄其辞典，使人怅怅。

不久前编《周作人文类编》，把他的文章全部读过一遍。他在《关于竹枝词》《北京的风俗诗》诸篇中反复讲到，竹枝词、杂事诗等实在是韵文的风土志，假如有人对中国人的过去与将来颇为关心，便想请他们把史学的兴趣放到低的广的方面来，读点这类东西，离开了廊庙朝廷，多注意田野坊巷的事，从事于国民生活史的研究，“此虽是寂寞的学问，却于中国有重大的意义”。

常见学者谈传统文化人文精神头头是道，周易的哲学精义，孔孟的政治理想，韩愈的本位文化宣言，曾国藩如何克己复礼，都能讲上几个钟头，若问起一百五十年前汉口扫街人靠什么吃饭，坐划子过大江几个钱过小河几个钱，却瞠目不知所对。其实，研究一个时代的文化，即不能不稍微了解那个时代

社会上大多数人的生活情形。盖人的情绪，总系于其基本生活需要满足的程度，而群众的喜怒、民心的向背亦由此而决焉。哲人的思想可以超越当代几百年几千年，但他们对于同时活着的普通人的影响却是微弱的。文化不仅仅属于社会精英，也应该属于生活在田野坊巷中的多数人，而且更应该属于他们。我想，这就是这位章太炎的学生和孟心史、朱逖先的同事强调国民生活史的研究的原因，也就是我不敢看轻这薄薄一本竹枝词的原因吧。

道光年间的汉口

（1995.11）

偶然翻看清朝道光年间人写的《汉口竹枝词》，得到了许多原来没有的知识。比如说，那时候用条石铺砌的街道，不仅灰尘浮土有人扫去肥田，连石头缝也常常被搜剔得干干净净。《竹枝词》第十六首道：

> 人气熏蒸垢腻沉，大街尘土比黄金。操镰执筅谁家子，石缝扒泥一寸深。

原有小注说：“扒泥者往往得碎银钱、铁钉，土肥可以壅田。”道光时距今近两百年，那时的货币还是银两、铜钱并用，散碎银子掉到石头缝里是可能有的事；而工业不发达时，几颗小铁钉也值个把铜钱。筅就是竹刷把，和铁镰同为“扒泥者”的工具。

从《竹枝词》看，两百年前汉口的居住条件相当差。第八首道：

> 华居陋室密如林，寸地相传值寸金。堂屋高昂天井小，

十家阳宅九家阴。

小注中说："筑室之坏，莫如此地。"因为房屋密，巷道多，外地人初来乍到容易迷路，第十一首告诉了一个好办法：

下路人家屋紧排，生人到此向难猜。但随水桶空挑者，直到河边是正街。

汉正街自从拍了电视剧，作为小商品市场的名气全国皆闻，那时却是汉口的唯一一条正街；侧街小巷家家户户，从江中取水都要经过它，这恐怕是今天的汉口人无论如何难以想象的。

武汉三镇间交通从来必须渡河，《竹枝词》第十二首：

五文便许大江过，两个青钱即渡河。去桨来帆纷似蚁，此间第一渡船多。

大江即长江，过江的船钱五文，过河(襄河即汉水)则只须两文。两百年前，康熙年间刘献廷在《广阳杂记》中记汉阳渡船云：

俗名双飞燕，一人而荡两桨，左右相交，力均势等，最捷而稳。且其值甚寡，一人不过小钱二文，值银不及一厘，即独买一舟亦不过数文。故谚云："行遍天下路，惟有武昌好过渡。"信哉。

可见武汉水上交通自古发达，而汉阳渡河的价钱两百年稳定不变，也是物价史的资料。第一百首写码头上的照明：

> 武汉城门夜不键，黎明犹有往来船。码头到处明如昼，一桶松香雨里燃。

此则不知比今之路灯何如耳。

水陆码头是八方商贾云集的地方，第五首所谓“此地从来无土著”，第二十二首所谓“一镇商人各省通”，都说明汉口居民来自各省，这里早已成为“省际商都”，《竹枝词》对此有生动的描写，如第一六二、一六三两首写山陕帮商人：

> 高底镶鞋踩烂泥，羊皮袍子脚跟齐。冲人一阵葱椒气，不待闻声识老西。

> 徽客爱缠红辫线，镇商喜捻旱烟筒。西人不说楚人话，三处从来各土风。

第三十二首更和江西人开玩笑道：

> 银钱生意一毫争，钱店尤居虱子名。本小利轻偏稳当，江西老表是钱精。

这种地域界限，经过百多年的淘洗，如今应该不再分明了吧。

城市居民的习俗，随着物质条件、精神状态的改变在改变着。《竹枝词》写到的事物，有的早已不复存在了，但在人们口头上还残存着痕迹。汉口人在拥挤地方请人让路常呼“左手，左手”（如北京人叫“借光”），又有这样一句俗语，“笑了狗子要落雨”，我都是在读过《汉口竹枝词》第一七三和二〇六两首后才明白其来历。诗云：

> 舆夫上道便争先，吆喝行人避路边。两轿相逢呼左手，情形恰似两来船。

> 祈雨群儿戴柳条，大街抬着狗兄跑。若逢卖水人经过，水桶掀翻再去挑。

后一首说的是久旱时汉口居民自发“求雨”，将一只狗绑在靠椅上，敲锣打鼓抬着它游街，同时观众不断往狗身上泼水，恣为笑乐。这也与别处抬城隍菩萨与龙王爷大不相同，可称奇俗。我想这很可能是制台衙门、抚台衙门里抬轿子的伙计们创造出来的，抬着狗儿跑比抬着官儿跑别是一番滋味，汉口人毕竟“有板眼”也。

李鸿章的诗

（1996. 3）

李鸿章被蒋廷黻称为中国十九世纪最大的政治家，他曾以“年家子”身份到曾国藩门下受业(其父文安与国藩同年进士)，一生事业皆发轫于曾氏幕中。故国藩逝世，鸿章挽云：

师事近三十年，薪尽火传，筑室忝为门生长；

威名震九万里，内安外攘，旷世难逢天下才。

上联表明了自己首座大弟子的身份，并以接班人自居。

这个班接得怎么样，从职位、名分看，是接稳了的。不仅曾的军事指挥权和两江、直隶两处总督印信都移交给了李；而且二人一封侯一封伯，一做到武英殿大学士一做到文华殿大学士(清朝不设宰相，大学士即称相国)，死后一谥文正一谥文忠，也差堪步武。若从立德立功立言看，在德行上历来皆褒曾贬李，此与曾不要钱而李颇“好货”不无关系；论功绩则时势既殊，标准亦异，只能由历史学家评说(蒋廷黻自然也算一家)。这里想谈的，不过是“立言”方面的一点点罢了。

十多年前在京西参加古籍整理出版规划会，国务院正式批准的规划是影印曾李诸人原刻全集，再另行编印其集外文。我当时不很赞成这个主张，其实它也不无道理。因为全集本不是要普及的书，刻本编者都是高手名家(黎庶昌、吴汝纶等人)，并不陋劣。如果影印，可以大大降低书价，缩短出版时间，特别是可以避免排印无法避免的文字差错(不管编辑如何能干负责，也无法包办录入、校对一切事务)。这些当然都是题外的话。可是当时为了准备讨论，我专门赴北图检阅过原刻本《曾文正公全集》和《李文忠公全集》，却发现二者有一绝大不同：曾集一百四十卷中，有七十卷是创作和编辑的诗文，用现在的话说就是文学作品和学术著作，另一半才是奏稿、书札和批牍；李集一百六十五卷，则全是奏稿、函稿和电稿，其中固亦有蒋廷黻所谓“最具历史价值的文章”，但是抒写个人情怀的诗文却一篇也没有。难道真如有的人所说，曾国藩有学有术，郭嵩焘有学无术，李鸿章有术无学吗？

假如由现在的人事部门来考核，李鸿章的文化程度和学历都不亚于曾国藩，他也是学而优则仕的正途出身，成进士时年龄比曾还小四岁，后来又同样进了翰林院(翰林对书法和词赋有特殊要求，须写作俱佳)。看来他不是不能诗文，只是他的全集没有收诗文。五十年前读“国文”，曾的散文读过《原才》和《欧阳生文集序》，韵文读过《五箴》，李的诗文则在多如牛毛的近人选本中也不得一见，岂非全集不收，流传不广的缘故吗？

去年张爱玲死后，闲中忽发兴趣，想考查一下这位才女的家族文学史，找来她祖父张佩纶的诗集看后，又想找她外曾祖父李鸿章的诗看看，却总也找不到。乱翻清末民初的笔记闲书，在李伯元的《庄谐诗话》中发现了几首，又觉得南亭亭长的东西不好作为依据。好不容易才在广东大学图书馆张白影君帮助下借到几册旧刻本，乍见大喜欲狂，因为全是踏破铁鞋无觅处的李鸿章的诗赋文章，都是《李文忠公全集》所未收的；但书已残破，没有题签，没有扉页书牌，也没有序跋。于是又找北图张英安、李森两位女士咨询，最后才弄清楚，原来在光绪末年全集付梓之前，鸿章之孙国杰曾“家刻”过一部《合肥李氏三世遗集》，收入其曾祖文安、祖父鸿章、父亲经述三人的诗文，分送戚族。《遗集》共十二册，前有“门下士秦际唐”和“外孙张士珩”两序，一作于光绪甲辰，一作于光绪乙巳。张白影君借给我的，正是其中属于鸿章的一部分。此系“家乘”，故刊刻比全集为精，刷印则似较少，后来又一直没有重印过，孤陋寡闻如我者自然无从见到。

《遗集》收有鸿章所作赋十四首（曾氏全集收赋两首），文五十二篇，诗一百三十九首，诗文数量虽不及国藩，也不算很少了。最早的诗作于鸿章二十岁时，如《入都》之一：

> 丈夫只手把吴钩，意气高于百尺楼。一万年来谁著史？
> 三千里外欲封侯。定须捷足随途骥，那有闲情逐野鸥。
> 笑指卢沟桥畔路，有人从此到瀛洲。

“少作”自然难免浅露，但诗律完全合格，“意气”也很轩昂，强烈地表现出一位入京应试的青年人对事业和功名的渴望。

这样的诗，曾国藩是不会作的，即使作了，也不会留着入集的。他于道光二十四年十二月十八日写给老弟的信中道：

> 四弟之诗，又有长进。第命意不甚高超，声调不甚响亮。命意之高，须要透过一层。如说考试，则须说科名是身外物，不足介怀，则诗意高矣；若说必以得科名为荣，则意浅矣。举此一端，馀可类推。

其实曾李同为功名中人并无二致，曾氏论诗“命意”固较高，矫情之处也就多少显露出来了。

鸿章三十五岁入曾军幕，有《随曾帅西征示家人》四首，其二云：

> 谁表中原再出师，东川士马尽如貔。丈夫重义轻离别，历惯风波不险巇。

豪情依旧，却显得老练些了。

第二年他在《感事述怀呈涤生师》的一组诗中，写下了“风高劲草犹披拂，岁晚乔松待护培”“往事悠悠同逝水，诸公衮衮共扶轮，杜陵流落江湖久，老向人间逐后尘”和“春茧吐丝偏自缚，冻蝇钻纸总难通”这样的句子。据鸿章年谱，“文正以公少年科甲，志高气盛，难于驾驭，必有以折之，使之就范”，诗中也仿佛透露了一些这方面的信息。曾氏于驾驭人才富有经验，鸿章则桀骜不驯，不免牢骚。他的这些诗比较真实地抒发了自己当时内心的感受，也就是所谓诗言志吧。

据我这个不懂诗的人看，鸿章有些诗是写得比较好的，如《龙潭阻风怀彭雪琴》：

秋风纵酒浔阳郭，夜月联吟赤壁舟。往事隔年如昨日，故人击楫又中流。万篙烟雨楼船静，六代江山画角愁。不见元龙湖海气，卧闻凉吹撼汀洲。

《抚州晚霞楼宴集》六章之三：

二十学书剑，北登黄金台。三十负弓弩，弃繻归去来。蚍蜉妄拟撼大树，奋张直挟蛟螭怒。濡坞沙堤云列屯，巢湖战舰月横渡。矛头盾鼻作生涯，一椎不中再椎误。流光瞥眼倏惊电，青春不回绿鬓变。送尽茫茫几辈人，中夜起舞泪如霰。灞陵猎马短后衣，昨梦封侯今已非。南浮富春下彭蠡，山川辽绝音问稀。任人呼牛或呼马，长醉不醒胡为者。

这些似不比曾国藩的诗为差，虽然二人学诗的门径不同，诗体诗格都不同。

后来李鸿章办洋务，使欧美，有些诗的题材是曾国藩所不能有的，如《寄越南王》《伦敦火车道中》《荷兰海口》《随醇邸巡海》《南苑海淀阅操》之类。《寄越南王》末联写自己的态度是，

“垂老伏波犹矍铄，五溪南去不胜情”，表现的大国主义态度虽然不妥，汉奸帽子总戴不上。又如《阅操》中一联云，“破阵兰陵盖世雄，赋诗横槊两难工”，和咱们的老帅诗词一比，也可以看出翰林公毕竟有所不同。

英国诗人布莱克(William Blake，比李鸿章早生六十六年）说，没有男女之间的情爱，便没有诗。咱们中国自《国风》《楚辞》至唐诗宋词，亦莫不如此，只有曾国藩集似是例外。鸿章集中则有《七夕咏牛女》等篇，其《江上曲》应该说是一首较好的情诗：

> 春尽怨流水，花娇怜晓寒。握手不忍别，况复行路难。
> 赠我连环玉，报君同心结。同心不同住，江涛亦呜咽。
> 思君若春潮，昼夜来无时。潮来借雨添，君来待风吹。
> 江草碧如带，江树绿如油。心随樯燕去，拍水双双浮。

还有八首题为《追悼侍姬冬梅》的绝句，诗太多，不具录。

在十九世纪以前，中国士大夫纳妾狎妓都是常规，不触犯道德，更不触犯法律。看过《红楼梦》的都知道，作古正经如贾政，于王夫人之外，也还有一个赵姨娘一个周姨娘。精通东西文化的辜鸿铭，甚至说中国人之召妓，有如西洋人之求爱；中国人之娶妻，则如西洋人之宿娼。故赠校书、悼亡姬都是中国爱情诗的正宗，杨玉环、李香君、小凤仙则是中国爱情戏的主角。李国杰将他祖父大人“追悼侍姬”的诗收入《遗集》，自无不妥。不过由曾门四大弟子之一所编的《李文忠公全集》不收诗文，是不是与此多少有关?

曾国藩也纳过妾，第一个妾买来一年多便死了，却未在其诗中留下任何痕迹。最有意思的是，他想纳妾，却说是为了挠痒痒。咸丰十一年十月十四日与澄弟书云，“癣疾如常，夜间彻晓不寐，手不停爬。人多劝买一婢代为爬搔”。此其所以为“文正”欤，李鸿章“忝为门生长”，这方面却比老师差远了。

大托铺的笑话

（1996. 3）

长沙过去流传一则笑话，说某人极喜作诗，尤喜到处题诗，一日行至大托铺（在长沙城南，原为一乡村小镇），入路边酒店小坐，见壁上画有一虎，即援笔题云：

走到大托铺，壁上画只虎。

旁人窃谓："铺字念去声属'二十六宥'，虎字是上声属'七麌'，好像不谐韵呀。"他从善如流，忙将虎字涂掉，想另找个押韵的字，想来想去，想出了个富字。刚刚写上，又有人问："画只富，这是什么意思呀？"他又想了想，遂在富字下加了个括弧注语，成为：

走到大托铺，壁上画只富（富者，虎也）。

放下笔，挥挥手，走了。创作活动至此结束，作者读者都完成了任务，本可圆满收场。却不知从哪里钻出来一个人，在后面又续上两句：

做诗不像诗，放你娘的裤(裤者，屁也)。

笑话便说完了。

但我请诸公先莫笑，此人想亦是退了以后，闲得发慌，无可奈何，才以作诗自遣，亦值得同情。本来旧体诗也实在难做，有押韵、平仄、对仗种种麻烦，哪能面面照顾俱到？既负时望，不得不题，盖势逼处此耳。

我看旧体诗和京戏、儒学一样，是属于古代的东西，在古代早就发展到了顶点，顶点也就是尽头了。清末民初，王湘绮学汉魏六朝，樊樊山、易哭庵学晚唐做艳体，散原老人、海藏楼学宋诗，总算极尽其能了，但比陶谢、温李、苏黄何如？今之学步者比湘绮诸人又何如耶？

汉魏六朝唐宋下洎清代流传下来的古近体诗，有如晋帖唐碑，宋画明刻，世世代代皆当爱重呵护；但仿造的假古董纵使造得精美，也只能换几百千把块钱而已，更何况绝大部分都是大托铺壁上的货。

故窃以为，时至宣统逊位已近百年的今天，还要用五七言四八句来作诗，只有两种做法才可望有存在的价值。一是聂绀弩郑超麟式的旧瓶装新酒，如“文章信口雌黄易，思想交心坦白难”“民间疾苦分明在，辜负先生笔一枝”之类是也。一是干脆用市民野老的语言来打油，突梯滑稽，谈言微中，做得好也可以取得谐文漫画的效果，“放你娘的裤”即是一例。只要见到壁上画只虎就想题诗的人不绝于世，此种谐诗亦即可保持其生命。

不过，为息事宁人计，我还是希望在名胜古迹、纪念建筑、豪华画册、报刊杂志上的题诗少一点。采石太白楼过去有一副对联：

我辈此中宜饮酒；先生在上莫题诗。

旨哉言乎，吾辈亦宜警惕，即以此铭诸座右可也。

没写好的小序

（1996.4）

《书前书后》初印于一九九二年，在黄裳先生赐序之后，我写了一篇不到四百字的自序，开头就说：

> 收入本书的文字，差不多都在书前书后和报纸刊物上登载过，有人称之为杂文或散文，我觉得其实难副。……望文生义，杂文总应该比较“杂”，表达的想法和看法不必那么清一色；散文则应该比较“散”，尽可能汪洋恣肆一些，不必太整齐严肃了吧。若是按这个标准，这些文字恐怕都难及格。硬要贴标签的话，大约只能把它们叫作编辑应用文。

我确实不曾研究过文体学，不过过去读昭明太子、姚姬传、曾涤生等人编的书，各种文体的区别大致还能明白。进入“新时期”后，说是要以是否“纯文学”分界，一属“作家协会”领导，一属“杂文学会”管辖，我这个界外人就越搞越糊涂了。我想，像张宗子写在《夜航船》《西湖梦寻》《四书遇》

等书前的文章，要问算杂文还是算散文，岂不同夏曾佑先生所编历史书中的问答题“男女私通始于何时”一样，谁也无法明白回答的吗？我只是一个以编辑为职业的人，从不敢滥竽作者之林，更无论“散文家”“杂文家”了。所以把这本小书定性为一卷编辑应用文，乃是实话实说，并非故意谦虚。

自序又云：

> 如果说，杂文散文像雅典娜的猫头鹰，只有在文明的暮色中才开始起飞，应用文则也许相反，它的盛行乃是王道昌明百业兴旺的标志。我感到幸运，也能来凑一分热闹。不过内心还是希望，除了做编辑的同行外，还有年轻或年老的朋友，偶尔翻翻，能得会心一笑，哪怕是百分之一、千分之一也好。

“雅典娜的猫头鹰，只有在文明的暮色中才开始起飞”，这句话我是从别人的文章中看来的，因为喜欢便用上了。

后来三联书店秦人路君写信来问它的出处，只好向专家请教，承邓晓芒君告知，盖出于黑格尔《法哲学原理》书中，德文原文是 Die Eule der Minerva beginnt erst mit der einbrechenden Dämmerung ihren Flug，直译当作“密涅瓦的猫头鹰要等黄昏到来才会起飞”。罗马的密涅瓦也就是希腊的雅典娜，猫头鹰便是这位智慧女神的象征，在欧洲称为智慧之鸟，“象征以思考征服愚昧”，同时它又“是夜间的鸟，与月亮同行，无法忍受阳光的酷烈”。小序抄引的原文没有明说据黑格尔，“文明的暮色”可能是第一个用花比美人的人自铸的新词，不过他实在铸造得好，我至今仍舍不得割弃，甘愿做第三个用花比美人的蠢材也罢。

说应用文盛行“乃是王道昌明百业兴旺的标志”，这几句话也许稍微晦涩一点。但我想，无论哪位读者，总不会比我更蠢，总不至于见到我引俗语“文章自己的好，老婆别人的好”，就认为我一心想搞别人的老婆，文章则“老子天下第一”吧。不过话又说回来，在此时此地，这样的人终究还是有的，岳麓书社印行《古典名著普及文库》时，《三国演义》聂绀弩序文中的警句“奸雄曹操是篡贼曹丕的儿子”，居然引来了好几封读者来信，不约而同地告诉我们：曹丕才是曹操的儿子，聂绀弩在这里讲错了。如此看来，我在这里说什么“王道昌明百业兴旺”，岂不是老右派变成了歌德派吗？

自序最后又说：

> 我在《夜读漫抄·小引》中引用过别人改《论语》的话：“不可与言而与之言，失言；可与言而不与之言，失人。与其失言，宁可失人。”这种态度也许太近杨子了，现在看来，还是不必百分之百地照办了吧。

我所引的是“改论语”，《论语》的原文是“子曰：可与言而不与之言，失人；不可与言而与之言，失言。知者不失人，亦不失言”。

这是古典儒家的精神，不激不随，实行却亦不易。孔子心目中的知(智)者，须得兼具仁心和勇气，我是望尘莫及的。自序虽说不愿百分之百地学杨子，觉得他太怕“失言”，也就是太“为我”了，其实亦不过说说而已，该讲的话和想讲的话，百分之七八十还是不敢讲的。惊弓之鸟不能不害怕再一次枪打出头，一也；话讲得不清楚，怕容易使好心的老实人误会，二也。我这几年连“书前书后”这类文字都很少写，除了才力本来不济外，这也是一个原因。

一篇不到四百字的小序，这次解释说明用了差不多两千字，好像还是讲得未必十分清楚，可见“文章自己的好”确实不是事实，故在《书前书后》再版的时候，便将原来的自序撤去了。

老友来谈

（1996.6）

有老友来寒舍，照例一面乱谈，一面在书架上乱翻。忽然翻出一册《清代版刻一隅》，是黄裳先生所赠，一页书影配一页说明，别开生面而饶有趣味。老友看了看，便说道："现在的古籍出版，好像在遍地开花。其实，真该出的书，像黄裳在这本书中介绍的这么多好书，不见有地方出；不该出的书，重复出版的书，却越出越多，越出越滥。"

老友说："最不该出的，就是重复早已饱和了的常见古籍和诗词小说。看影印本有张元济编的《四部丛刊》，排印本有陆费逵编印的《四部备要》，常用的经史子集都有了。除非发现了有价值的别种版本，或者有专家进行过研究整理，何必另起炉灶再排再印？为了普及，当然可印些简体字横排本，也可以印一点小开本、袖珍本，但各有一二种便够了。"

"尤其令人不能容忍的是把古书印错。"老友加重口气说，"过去陆费逵印《四部备要》，广告征求读者指出排印错误，每个错字酬银洋一圆，共付出酬金数千圆，一九三四年后的印本就是改了错字的。张元济影印《四部丛刊》，书后也加了校勘记，列出别本异文和原刻误字。张陆二人(也就是当时的商务中华二家)也是在竞争，但他们竞的是各自的特色，争的是书籍的质量。现在的出版者，所争的则不过是钱和领导(而非读者)给的奖。”

他接着说下去道：“为了赚钱，拿起别家出版的书就原样照印，原书的错字本就不少，翻印自然错得更多，一页书出现几个错字成了常事。国家规定图书错字不得超过万分之一，有的书却达到千分之一，百分之一。错字连篇，印那些乌七八糟、胡编乱造的书倒也罢了，可印的却是‘古典名著’，岂不是辱没文化。还有些地方，拉名人作虎皮，拖大款充财东，出什么‘全书’，编什么‘文库’，究其内容，亦无非诸子群经、‘二十四史’，全是重复出版，大开本，特精装，装的却是错误百出的滥污货！”

我见老友越说越生气，怕他血压升高，便劝他道：“大款出钱印书，总比给钱给歌星小姐好，犹贤乎博弋吧！拉名人作虎皮也可以理解，《四库全书》的总纂也要找纪晓岚嘛。”他说：“纪晓岚可不是做外包装的皮，他是皮里面的楦头，扎扎实实起作用的。《四库全书》领衔的是皇六子、皇八子，还有一个和珅，那十多位正总裁才是老虎皮。纪晓岚！如今的纪晓岚在哪里？就是纪晓岚，拿钱受礼不做事，也早成和珅了。”

“好啦好啦，”我打断老友的话，问他，“照你看，什么是该出却没有出的书呢？”老友把一直拿在手里的《清代版刻一隅》一扬，说道：

“这两百种清代刻本都是善本，排印影印了的不过几种而已。像陈作霖《炳烛里谈》，黄钺《泛桨录》，博明《西斋偶得》，《蒋辛田先生遗书》中的《流民十二图》，周亮工《字触》，章实斋《庚辛之间亡友列传》，都有社会文化史的内容；《菊谱》《艺菊志》《第一香笔记》《续茶经》《墨表》《猫苑》等书，是少有的自然史、工艺史资料；《蜀遗迹辨》《华圃图志》《出塞日纪》《咏怀古迹》和《秦淮杂诗》，详记了地方风物和古迹，我以为都有出版的价值。至于那些精刻的女词人集、女诗人集，如徐湘苹的《拙政园诗馀》，喀尔喀部女史兰保莲友的《芸香馆遗诗》，顾贞观之姊文婉的《栖香阁词》，还有极具文物玩赏价值的《红楼梦酒筹》《红萼轩词牌》，以及用韩信的“淮阴侯印”打头的《西京职官印录》，如果影印出售，经济效果也未必会很差吧。”

离休以后，不再过问出版界事。编辑远道约稿，无法应酬，只好将老友的一番乱谈稍为摘录，就此交卷。

猎奇札记

（1996.7）

老朋友的好处之一是，彼此间说话不必太客气，因此有时候难免有些受不了。例如上个星期便有位还在编辑岗位发挥馀热的老朋友来信责问：“多次约稿，迄未惠允，岂吾兄于白乐天、李鸿章、乾隆皇帝之外，于今日之事，统统无话可说耶？”

我从来就怕老朋友生气。有人打过一个很好的譬喻，老朋友有如口袋里的钞票，去了一张就少了一张，不能不珍惜。于是便寻来今年自家订阅的报纸，希望能从上面找到一点可以写文章的材料，好向他交卷。我早已离休，又是中风病人，高居八楼之上，除理发外难得一履平地，“于今日之事”，只能从电视屏幕和报纸上略略得知；而屏幕上的东西稍纵即逝，留不住印象，平时看报亦颇疏略，甚至来不及一寓目，即被老伴和小保姆拿走，只好急时抱佛脚来翻残存的旧报纸。

报纸翻过一张又一张，文思却如太监吃春药，始终不来神。于是渐渐变成了通常的浏览，也就是所谓走马观花，只拣特别醒目的多看几眼，庸俗一点说简直就是猎奇，跟文事完全不搭界了。从一月份翻到六月份，“猎”到的倒也有几条。

［淮安献肝人安然度周年］ 一九九五年，淮安市席桥乡西邱村二十二岁的少妇席爱梅的丈夫张寿银，因患晚期肝癌住进江苏省人民医院。该院有一项治疗晚期肝癌的最新科研成果，因无人愿意活体供肝，一直没有应用临床。席爱梅得知后，当即表示愿意一试。该院遂组织五十多人的专门班子，从席爱梅身上切下三分之一肝脏，移植到其丈夫身上，将其丈夫有癌肿的肝脏全部切除。结果其丈夫奇迹般地生活了十二天，超过了国际异体供肝存活天数的最高纪录。权威人士说，这将开创我国医学上治疗晚期肝癌的新纪元。在社会各界及当地政府的关心支持下，席爱梅健康状况日益好转，目前她已能从事一些轻体力活动。

乍见“新纪录”“新纪元”，我不禁一喜，以为可以写一篇为之叫好的文章，这正是老朋友主持的杂志所需要的。但仔细一想，心里又不禁产生了一点疑问，即这位二十二岁的乡村少妇是怎么“得知”，怎么会“愿意一试”的(新闻要素五个W中的Why)。她知不知道，“国际异体供肝存活天数的最高纪录”还不到十二天？如果她知道，切下自己三分之一的肝，最多也不过使丈夫再“生活”十二天(我很难说，如果不做换肝的大手术，她的丈夫还能活多少天，也许还不止十二天吧)，那么，她当然可算是为夫捐躯了。可是我若加以表彰，岂不等于专制时代礼教信徒歌颂割股剜肝的烈妇了吗？须知连喜欢诛十族的永乐皇帝，也曾下诏禁止旌表这种“节烈”，认为“不仁莫此为甚”的啊！如果她不知道，而只是糊里糊涂地认为，切下自己三分之一的肝并不怎么要紧，却可以换来丈夫的健康和家庭的幸福。那么，为了取得这一“最新科研成果”，创造这项“最高纪录”(其实应该算作两项纪录，因为“献肝人安然度周年”也是一项纪录)的“权威人士”，岂不是也该扪一扪自己的心肝吗？

［女青年在澡堂中毒之后……］ 今夏的一天，广西钦州某厂女澡堂里，由于一台煤气换热器的内部穿了孔，煤气经由蒸汽管道进入了女澡堂。靠近门边的两位女工嗅到了煤气味，慌忙套上衣裤，逃了出来。她们出来就喊：“里面还有一个人！”“快把她弄出来！我们不行，她又高又大。”于是，有几个男人想冲进去。“不行！人家姑娘一丝不挂的，男人哪能进去！”“叫她家里人来！”“她家在外地。”“她老公呢？”“人家还没结婚呢。”“那有没有男朋友？”后来才找来一个小伙子，走进了澡堂。外面的人又喊：“一定要帮她穿好衣服，才能抱出来！”一会儿过去了，没见小伙子出来，人们又开始了各种猜测。最后一位老工人总算推开了守门的女工，冲进去抱出了姑娘；随即又有几个人进去，把昏迷的小伙子抬了出来。那位老工人说，他进入澡堂，只见小伙子倒在姑娘脚边，手里拿着姑娘的上衣，姑娘的裤子已经拉过了膝盖。据医生说，早五分钟，姑娘也许还有救；再迟五分钟，小伙子也没命了。

一个姑娘死了，一个小伙子也险些死了。“死人的事情是经常发生的”，似不足为奇。奇就奇在她和他本可以不死，如果不把“穿不穿衣服”看得比死生更重。而尤奇的是，这是在与死生毫不相干的旁人眼里和口中的“穿不穿上衣服”；而死者和几乎成为死者的人，对于此种“群情”也就是舆论，却只有听命的份。记得古书中记载过一位“烈女”，为了不在别人面前暴露自己的裸体，宁可被火烧死。今之准“烈女”，虽说自己是不是宁死也不能不穿衣服尚待证明，其坚决不允许别人不穿衣服总是确实无疑的了。万一小伙子为了服从这一律的舆论送了命，群众可能会为他送上一个花圈（当然是用公款买的），心里却也许还要埋怨他手脚不麻利，帮姑娘穿裤子穿得不够迅速敏捷吧。想到这里，想写一篇歌颂青年工人舍己救人的文章的念头又不禁烟消云散了。

［新词新义进入《现代汉语词典》］　近日面世的《现代汉语词典》新修订本（商务印书馆版），增收了日常用语新词九千馀条，几乎占了原书的六分之一。它们包括：歌星、倒爷、大腕儿、大款、的士、托福、热狗、桑拿浴、卡拉OK、MTV等等。在增加新词条的同时，也删除了一些过于专门或过时的条目。医学方面如：软骨病、肾结核等；社会科学方面如：经验主义、世界主义、人本主义、安那其、德谟克拉西……

浏览至此，我的第一反应是，自己这册一九七八年版《现代汉语词典》得好好保存，以后说不定会成为珍本。至少自己得了肾结核，或者外孙、孙子得了软骨病，还可以看一看，取得一点起码的常识吧。至于什么“德谟克拉西”“赛因斯”，陈独秀、胡适之等喝多了洋墨水又“过于专门”的人讲讲则可，吾侪小民本来认不得，用不着，大概也真过时了。不然的话，何至女青年在澡堂中毒之后，得穿好衣服才能抱出来；又何来淮安献肝人安然度周年，要感谢社会各界及当地政府的关心支持呢？

报纸翻完了，猎奇所得，虽不很多，也不太少。老朋友要交的卷子，却依然交不出。当然不是无话可说，但他想要我说的话却还是说不成，至少在这一回。为了不得罪他，看来仍须努力。

一片二片三四片

（1996. 12）

一片二片三四片，五片六片七八片，九片十片十一片……

乾隆皇帝的这几句诗，因《宰相刘罗锅》而天下闻名。我没有恭读过御制诗集，对它们却似曾相识，想查一查出处。而手边只有一部《清稗类钞》，《巡幸类·高宗南巡赋诗》云：

沈文悫公尝扈从高宗游幸西湖，严冬大雪，高宗戏吟曰："一片一片又一片，三片四片五六片，七片八片九十片……"沈鞠跽而前曰："请皇上赏与臣续。"高宗许之。沈吟曰："飞入梅花都不见。"高宗击节称赏，且解貂裘赐之。

电视里沈德潜变成了刘墉，因为"不是历史"，无须辩说；"飞入梅花"改为"飞入草丛"，也许是迁就布景的缘故，却不禁使人有点金成铁之感。

电视片的水平如何，非我所敢多谈。此刻只想稍微谈谈皇帝的诗，因为现在已经没有皇帝了，谈谈大概还不要紧。

学过点历史的人都知道，专制时代的皇帝，在权力的等级上是至高无上的。年轻的朋友们却未必都知道，乾隆皇帝作为一位“诗人”，他在诗歌创作的数量级上也是至高无上的。梁章钜《浪迹丛谈·诗集之富》云：

> 乾隆一朝御制以集计者五，分卷者四百三十四，分篇者四万二千七百七十八，而《乐善堂全集》三十卷，更在前焉。

从古至今诗做得多的，唐朝数白居易，有二千八百多首；宋朝数陆游，人称“六十年间万首诗”，实数亦有九千多。而乾隆所作，在位期间的五部御制诗集，加上即位前和退位后所作，竟相当于陆游的五倍，白居易的一十六倍，几乎等于《全唐诗》二千二百多位诗人全部存诗的总和，这真如《四库全书总目》所云：“自古吟咏之富，未有过于我皇上者矣。”

可惜的是，万岁爷的这四万多首诗，能够在天下后世人们口上和心中流传下来的，却连万分之一，不，连四万分之一还不到；直到这一次，才有了这经过加工变形了的四分之三首“一片二片三四片……”

皇帝作为国家最高领导人，本只须对社稷安宁、人民福祉负责，完全不必靠笔墨功夫来“作秀”。当然皇帝也是人，也具有人的欲望和爱好，若真有魏武之诗才，后主之词格，徽宗之笔力，亦未尝不可以诗词书画名家，虽然这对于国运民生未必是好事。无奈我们的皇上当"文华天子"之心虽切，却不够格充当"魏武之子孙"，以阿斗般的才质，偏想克绍箕裘，在文化上露一手，破"自古吟咏之富"的纪录，正所谓心有馀而力不足，于是只好"一片一片又一片"，靠沈德潜等文学侍从之臣帮忙了。此盖是悲剧，非滑稽戏也。

沈德潜替皇上当枪手，清人多有记载。《清稗类钞》说乾隆曾一次交诗稿十二本叫沈德潜改，命之曰："改几处，均依汝。"这时君之爱臣，可谓无以复加。在一首赐诗中，甚至公然说"我爱德潜德"，又恭维沈的"诗当不朽照千秋"。可是，当沈德潜老病退休后，"圣眷"便渐渐衰减了。最不可思议的是，据《清实录》记载，乾隆四十三年十一月癸丑，忽然发出一道上谕，借徐述夔《一柱楼诗》一案，对死去的沈德潜大加斥责，说沈"并未为国家丝毫出力，众所共知"，又骂沈"贪图润笔，为囊橐计，其卑鄙无耻，尤为玷辱缙绅"，宣布"将沈德潜所有官爵及官衔谥典尽行革去，其乡贤祠牌位亦一并撤出，所赐祭葬碑文派……查明扑毁，以昭炯戒"。这与其说是专制帝王天威莫测，喜怒无常，还不如说是靠秘书笔杆子放创作卫星的主子想将枪手焚尸灭迹。

我读史时常想，跟装斯文"搞文治"的圣上帮忙或帮闲，恐怕比跟自称无赖无法无天的刘季朱温们干活更加危险，此吴学究之宁肯跟托塔天王而不要白衣秀士也。沈德潜忝为"江南老名士"，于保身之道其实并不高明。一句"飞入梅花都不见"，当时虽拿到了一袭貂裘这个特等奖，殊不知已蹈"庭草无人随意绿”和“空梁落燕泥”之覆辙，也就种下死后扑碑的祸根了。

在服侍皇上作诗这件事情上，纪晓岚似乎要比沈德潜聪明。何刚德《春明梦录》中记有一则故事，大意是说有次纪晓岚随侍乾隆游幸白龙寺，寺里的钟声一响，乾隆就要吟诗（不然怎么能弄出四万几千首），起句云：

白龙寺里撞金钟。

一听如此高雅的诗句，纪晓岚忍不住扑嗤一笑。乾隆的脸色立刻大变，斥问纪何敢如此不敬。纪晓岚闯了大祸，但他脑子特别灵，随即恭恭敬敬回奏道：“陛下出口成章，竟得一副绝妙好联，故臣喜极而笑。”乾隆问是何联语，纪奏曰：

黄鹤楼中吹玉笛。

并云：“陛下所作，与唐人此语相合，岂非一副绝妙好联？所谓文章本天成，妙手偶得之，真真可喜可贺。”于是龙颜大悦。

纪大烟斗本有将“刘玉树小住芙蓉庵”对“潘金莲大闹葡萄架”的本事，这不是旁人轻易学得到的。次于纪氏一等的还有梁绍壬在《两般秋雨盦随笔》中介绍的一位李总兵。乾隆的诗集刻成后，普赐天下文武百官，他也得到了一部，照例须上谢表，赞颂御制诗的思想性和艺术性。这种颂歌也是不大好唱的，以前朱洪武就砍过几个上谢表拍错了马屁的官儿的脑壳。

李总兵的谢表却做得十分精到，其警句云：

> 乍聆天语，真目所未睹之奇；
> 欲赞徽词，凛口不能言之惧。

得到的评语是“立言最为得体”。我则觉得这里很有几分幽默，也就是高明的挖苦话，虽然代李总兵作谢表的师爷未必有这贼心贼胆。

然而，御制诗在御体康泰时虽然占尽了风光，改朝换代后身价就一落千丈，也是不争的事实。《清稗类钞·考试类·龙汝言一体会试》记述，乾隆皇帝龙驭上宾后，嘉庆皇帝便亲口说过：“南方士子，往往不屑读先皇诗。”他虽然奖赏了能背诵“先皇诗”的龙汝言，却并没有对“不屑读先皇诗”的士子们怎么着，因为这时候需要崇拜的已经不是先皇而是作为新皇的他自己了。我甚至怀疑，“一片一片又一片”和“白龙寺里撞金钟”此类遗闻佚事得以刊布流传，恐怕还是新皇和新皇的侍从们有意安排的结果。有位外国文人说得好，若是憎恨某人，希望他跌一点价，最妙的办法便是把他那些荒谬不通的诗文印出来示众。试想一想，如果创造了“自古吟咏之富”纪录的先皇头上耀眼的光环不减损一点，新皇的形象又怎么能够突现出来甚至后来居上呢？

据说，有的人一生只作过一首诗，如“劝君莫惜金缕衣”的杜秋娘。这一首诗不朽，这一个人也就不朽了。白居易、陆游的诗做得多，多了就不免夹杂平庸之作，但他们毕竟是真正的诗人，所以仍有不少好诗传世。香山居士已经死去一千一百多年，放翁“身作稽山土”也已经快八百年，“司马青衫”和“沈园柳老”之类佳句名篇，却仍能保持其不老的生命，此亦即是真正的文学艺术的一点为帝力所不及的力量。我们的乾隆皇帝升遐还不到二百年，却只剩下可说是他作也可说不是他作的“一片二片三四片”，在插科打诨的电视片中充当笑料，这固然是他过河拆桥扑毁“江南老名士”墓碑的报应，岂不也应验了共产党的一句话，“群众的眼睛是雪亮的”吗？

溃堤以后

（1997.3）

从报纸上看到，领导一再强调要保证大江大河安全度汛，“哪个地方出问题，由那个地方党政主要领导负责”。这时我正在病床上打吊针，枕旁只放一册《清稗类钞》，里面正好有一则《高家埝河决案》，说的是一百七十年前发生在江苏的一件事。原来那时候哪里溃堤成灾，那里的“主要领导”也是要负政治、法律责任，不是换上夹克便装，到灾民中去走一转，拍几个电视镜头，便可以完事的。《清稗类钞》原文为文言，现译述如下，算是讲个故事吧。

道光四年(一八二四)十一月，苏北发大水。在一次风暴中，高家堰十三堡的大堤决口，洪泽湖水泛滥成灾，淮安、扬州两地区几乎全部被淹。皇上得知后，极为震怒，派大学士汪廷珍、尚书文孚前往查办。

第二年正月间，汪、文一行经过一段时间调查取证之后，到达清江浦(今江苏淮阴市)南河总督衙门。当时黄河不入山东，由此东流入海。在黄河北岸万柳园河督衙门辕门外站班等候的人员有：两江总督(江苏、安徽、江西三省最高军政长官)

孙玉庭、漕运总督(负责从南方向北方运输粮食的行政长官)魏元煜、南河总督(负责江苏、安徽境内黄河水利工程的行政长官)张文浩以及他们属下的文武官员。

官员们站立了一些时候，只见一人骑马奔来，高声喊："中堂(大学士的称呼)请漕台魏大人准备恭请皇上圣安!"听到只招呼漕督一人，孙玉庭和张文浩便知道自己已经被撤职，得准备接受处分了。

汪、文一行进了衙门，魏元煜跟着入内请过圣安，仍复退出。接着，便传呼孙、魏、张三人接旨。这时中门大开，有四位办事人员捧护着皇上亲笔用银朱写的谕旨出来，肃立在专门设立的香案前，孙、魏、张三人跪下听宣。当听到："孙玉庭辜负国恩，疏忽职守，犯有不可原恕的罪错，皇上问孙玉庭知罪否?"孙玉庭连忙摘下自己的官帽，口称"孙玉庭昏愦糊涂，辜负天恩，只求皇上从重治罪"，同时不住地往地上碰头。谕旨随即宣布："孙玉庭革去大学士、两江总督职务，听候处理。两江总督一职，由魏元煜代理。"魏元煜叩首谢恩。

钦差继续宣旨："张文浩于防汛时不接受正确意见，刚愎自用，处置失宜，以致造成此次洪灾，使人民蒙受巨大损失，其罪行尤为严重，皇上问张文浩知罪否?"这时张文浩已经换下官帽官服，听后伏地痛哭，自称祸国殃民，罪该万死，求皇上明正典刑。上谕："张文浩革职后立即拘禁，先加刑具在当地示众两月，再从严究办。"执法人员早已将刑具准备好，乃是用木板做成的一副枷，长宽各尺馀，上用黄绸覆盖(因是皇上特命，用于枷系大臣，故减小减轻，并加黄绸)，拿来枷在张文浩的颈上，便将他带到河堤上示众去了。

接着便召集道、厅、营级官员齐跪庭中，宣布旨意："钦差临行时，皇上当面交代，自古刑不上大夫，何况张文浩官居总督，为什么还要戴枷示众？乃是因为，国家最重人民生命，设官行政都是为了保护人民。堤防决口，人民生命不保，百姓家园被毁，被迫漂荡流离，实是朝廷的耻辱。故不能不严惩负有直接责任和领导责任的官员，以示国家对民命的重视。两淮官民，务须体会皇上的用意。"

然后，汪、文一行回京复命。张文浩最后定罪，被充军发配伊犁。

这则故事是讲完了，有人也许会说，大水大风都是天灾，河督大人戴枷充军，总督大人撤职查办，未免过重。为此我特别查了《清实录》，原来在高家堰决口之前，张文浩已因办理河工不善，迭经上谕切责，还被"拔去花翎，降为三品顶戴"；孙玉庭也因未能"早为参奏"张文浩，受过降级处分。高家堰决口后，派汪、文南下察看，又先查问过有关道厅官员，知道在黄汛来时，各道厅曾禀请堵闭御黄闸，放泄洪泽湖水。而张文浩固执己见，不肯听信，应闭不闭，应开不开，以致湖水过高，掣塌口门二处，坍卸石堤一万一千馀丈，故此张确实应负主要责任。道光四年十二月己未，即汪、文到达清江浦之前，皇上还批阅过孙玉庭一道奏章，孙奏称堤防决口，"实由暴风狂猛，人力难防，张文浩但为节省启闭钱粮，迟堵御黄坝，蓄清过旺（黄汛到来前所蓄清水水位过高），转致棘手"，竭力为张文浩也就是为自己开脱。皇上批云："风暴由天，蓄清过旺亦由天乎？……误国溺职之人，朕断不能姑息也。”

“风暴由天，蓄清过旺亦由天乎？”这一问问得好，我们不能因为它是皇帝的批语便以人废言。堤垮了，垸子倒了，当然是因为水太大，是天灾。但人在天老爷面前从来就不是无能为力的，不然，又何必要修水利？何必要设官施治，花费百姓的钱粮？自古国家皆以社稷民生为重，农田(社)、作物(稷)和老百姓受了巨大损失，享俸禄的地方长官即不能不负其该负之责。看来，专制君主所施行的虽是人治而非法治，但当关系“人命至重”的时候，亦不得不依法办事，办几个负责任的封疆大吏。要讲历史的话，这也算是一种历史吧。

《清稗类钞》提到的“大学士汪廷珍、尚书文孚”，中华书局印本把文孚错印成“文学”。查《清实录》道光四年十一月辛亥，“命吏部尚书文孚、礼部尚书汪廷珍驰往江南查办事件”，文孚列名在前。又查萧一山《清代通史》所附《清代宰辅表》和《清代军机大臣表》，汪廷珍于道光五年以礼部尚书协办大学士，则其充协揆尚在命往江南之后(也有可能在其到达清江浦之前已授协揆，故能称中堂)。文孚则嘉庆二十四年即入军机，四年又加太子少保，位望实在汪前。而被查办的孙玉庭，却在道光元年就以两江总督协办大学士，四年闰七月授体仁阁大学士，仍督两江，资格比文、汪更老。孙是两朝重臣，政声一直很好，这次也是因张文浩牵连受过；只因为他是地方上的一把手，“守土有责”，即不能不负其责。其时他已七十二岁，第二年就以“编修”退休，降了一十二级(大学士为正一品，编修为正七品)。又过了十年，他“重赴鹿鸣”，才赏了个四品顶戴，旋即故去，到死也没能官复原职。

一百七十年前，对防汛疏忽，溃了堤，死了人，负有直接责任和领导责任的地方主官，其处理经过情形就是如此。史云，“以古为鉴，可知兴替”，但不知说古是不是太过时了。

西关古仔

（1997.4）

初见“西关古仔”这个书名，不知所云。稍事考查，才知“西关”指旧时广州城西门和太平门外一片地方，它北接流花湖，南滨珠江白鹅潭，西至大坦尾，东至旧城墙（即今人民路），大约相当于现在荔湾区这个范围。这片地方挨城墙一线从二铺、三铺直至十铺（铺广州人写作甫）是繁华的商业区，迤南是十三行、沙面等华洋交会的码头，西边有荔枝湾、泮溪诸名胜，多私家园林、富人别墅，北部和中部还有许多地方种菜种花养鱼，颇有乡村风味。整个“西关”，乃是广州土风民俗最丰富，地方特色最鲜明的一处地方，也可以说是老广州的代表。

“古仔”则是指喜欢“讲古”的人，讲的乃是上起清末民初，下至“大跃进除四旧”这一段时间内的事物，也就是两三代人以前的事情，其实算不得怎么古。不过今之少男少女，大概不听别人讲便不会知道这些；就是我这六七十岁的人，因为少走四方，孤陋寡闻，不讲也同样不知道，有人愿意来讲讲“古”，自然是十分欢迎的。

“西关古仔”讲了武林旧事、饮食风味、七十二行和童谣儿戏四个方面的内容，大有可观。如七十二行中卖白榄、卖鸡公榄、卖不倒翁、卖蝈蝈、卖捏粉公仔的。卖白榄的叫卖云：

沙榄啵，茶窖货，一分钱，买两个。
唔好食，咪逗货！食落爽甜无渣啵！
食过好食呢，再嚟(来)就卖过啦！

所云茶窖货，是指广州近郊茶窖地方所出白榄，绿皮中带黑沙点，据说口感最好。书中详叙卖榄人“通常肩挑两箩，下铺青蕉叶，上堆白榄，另外以一个小罐装水，叫卖的时候，不时地在白榄上洒水，用以保鲜”，这是我这个湖南人从未见过的。尤其有趣的是卖鸡公榄的：

他们用竹和纸制成一只七彩公鸡，大小依身自定，中间腹背通空；然后将自己套在里面，用一条过肩带把彩鸡提起来，人行“鸡”亦行。所卖的榄有甜、有咸、有辣。甜的是和顺榄，咸的是甘草榄，辣的是辣椒榄，都放在鸡腔里。一分钱买两个，味道任选。

卖时先用大笛(唢呐)吹一个鸡叫，然后再喊。由于有彩鸡和大笛，对小孩的吸引力就更强了。

我颇好吃，故于饮食风味的介绍尤为注意，比如说艇仔粥、白灼虾、鸡仔饼、王老吉凉茶等的来历，因为闻所未闻，很增加了些人文方面的知识。如“南乳肉”原来不是肉，而是炒花生，“取花生肉，在南乳(腐乳)酱水中先浸泡一夜，使之入味，然后风干；再取一口大铁锅，内装大粒黄砂，与花生肉一齐炒脆”，即可上街叫卖南乳肉了。又如“瓦缶掌 礼云饭”，原是取蟛蜞(珠江三角洲小溪流中所产一种小蟹)的卵子，放在米饭中，用瓦缶掌(罐)一焗而成。还有“礼云黄布蛋”“礼云扒鲜笋(茭白)”“礼云扒冬菇”等西关名菜，都是用蟛蜞卵(礼云子)加工而成的。

童谣儿戏部分介绍了六十九种西关儿童的游戏，绝大部分都伴有歌谣，一部分歌谣又出于民间的故事传说，这也是我很感兴趣的。每个人都有自己的童年，我们固不必说什么“大人者不失其赤子之心者也”，但也不应该做了公公就忘记了做孙子的时候。何况童戏童谣(当然得是真正的童谣，不是新编宣传品)是民间礼俗的根源，欲了解研究普通城乡老百姓的生活，往往得从此入手。如“点虫虫”歌云：

点虫虫，虫虫飞，飞到荔枝基(种荔枝的地方)。
荔枝熟，摘满屋，屋满红，伴住个细蚊公(婴儿)。

这明显是广东地方的歌，而玩“猜呈沉”时所唱的：

呈沉剪，呈沉包，呈沉糯米叉烧包；
老鼠唔食香口胺，要食豆沙包。

虽也带广东色彩，但“呈沉、剪、包”即是长沙儿童所玩的

"铜锤、剪刀、布"，我自己六十年前也玩过。可见各地儿童游戏异中仍有相同，这也是大一统的中国的一种特色。

探索事物原始是一件很有意思的事情，在这方面，"西关古仔"也发生过一些错讹。如萨奇玛本是满族的甜点心，后来才遍及各地，见富察敦崇《燕京岁时记》(北京古籍出版社曾出版过)，并已成为常识。书中却说是西关一个卖点心老汉被骑马的官人辱骂，才取了"杀其马"作点心的名字。但假如作为民间故事来听，则和别的故事并无不同，所以亦不必胶柱鼓瑟，强作解人来辨证了。

总之，我是很喜欢"西关古仔"的。关心天下大事、国家大事固然很好，只讲讲西关一个地方的鸡公榄、粉公仔亦未尝不可。正所谓贤者识大不贤识小，贤人还是让给贤人去做吧。

哲学的惊奇 （1997.10）

惊奇是哲学所从生，

有时却止住了哲学。

——S. H. Butcher

见到《画说哲学》这套“几个愚蠢的哲学家写给聪明的中学生看的书”，很是佩服。

我们已经有了许多给中学生看的书。说文学的，说科学的，都不算少，说革命人物和革命历史的则更多。唯独没有说哲学的书，就我所知。

古汉语无“哲学”一词，十九世纪末将 philosophy 译为“哲学”的是日本人。sophia 义为“智慧”，philo 乃“爱……”之意，合二而一便是“爱智慧”。故“五四”时代的先贤们将 philosopher 译为爱智者并不错，如果用它来代替有点吓人的哲学家，《画说哲学》作者就不必自谦“愚蠢”了。我则更愿称之为“思想者”,英文本来也有这个意思。因为思想乃是哲学的载体，没有自由思想便不会有哲学的发生，没有思想自由便不会有哲学的发展。

《画说哲学》已出七本，不一定每本都写得十分好，但主旨总在教年轻人要学会自由思想，要争取思想自由，这一点闪现着“爱智慧”的光芒，无论如何是值得感激的。它又巧妙地采用了“画说”的形式，比如在讲到苏格拉底把“认识你自己”看做哲学的最高要求时，用漫画的手法，画着一个人双手摘下自己的头颅，那惊奇的睁大的眼睛面对着无头的躯干，使读者产生了强烈的印象，从而领悟到“认识自己”有时确实比认识外部世界更难。

书中有一节介绍帕斯卡尔的名言“人是一根能思想的芦苇”，指出这句名言的意思是，肉体的人不过是像芦苇一样平凡的生物，既脆弱，亦无高低贵贱之分；只是由于精神世界的巨大差异，人才分出了高贵和平庸，以至高贵和卑鄙。精神世界就是思想，也就是“灵魂”。而智慧和才华都是属于灵魂，而不是属于肉体的。王尔德去美国，入境的时候，海关官员问他有什么财物要报关，他回答道：“除了我的智慧，什么都没有。”这说明智者只看重自己思想的价值，并不看重物质的财富；至于世俗的权力、地位，那就更不在他们的话下了。

书中接着又讲到了古希腊爱智者第欧根尼。威名赫赫的亚历山大大帝在征服东方后凯旋时，途经第欧根尼住地。这时第欧根尼正躺卧在地上晒太阳，亚历山大纡尊降贵地走近去问他：“我能为你做些什么呢?”得到的回答却是：

请走开，不要挡住我身上的阳光。

最早用中文记述这个故事的人是郭嵩焘，他在光绪五年二月十六日的日记中写道，“言性理之言尤莫多于希腊”，接着陆续记载了“退夫子”（泰勒斯）、“琐夫子”（苏格拉底）以下诸人的事迹和学说：

> 杜知尼(即第欧根尼)名尤著，常住木筒中，刻苦自励，讥弹一世。(希腊王)亚力克山太来见，……言：“请告诉我，何事可以帮助你？”杜知尼言：“我求你闪开一步，莫遮我的日光。”

郭嵩焘把哲学称为“言性理之言”，其实《性理大全》与柏拉图、亚里士多德的著作不大好相比，先秦诸子还差不多。庄子对楚王使者说“吾宁曳尾于涂中”，气概虽少逊第欧根尼，毕竟还相去不远。中国人的智慧并不比外国人差，但不知怎的，我总觉得咱们前人的智慧多用于实际的方面，法家纵横家无论矣，就是孔孟的仁义也总落脚在修齐治平上，更不必说后世的朱熹、王守仁、曾国藩了。“言性理之言尤莫多于希腊”，良有以也。

英国 Butcher 教授指出求知（to philomathes）是希腊人的特性，他们有一种超越利害的好奇心，总是要找出事实后面的原因，要找寻为什么的答案，这正好就是 philosophy 的特性。Butcher 说，古代中国、印度、埃及的建筑师都知道，三角形各边之长为三、四、五时，则三、四两边当互为直角。但这些地方从来没人问为什么会如此，直到希腊人出来，才问这理由，给这答案。Butcher 写道：

在基督前约千一百年前中国一个皇帝周公所写的一篇对话里……那对谈人曾举示他这有名的三角的特性。皇帝说，真的，奇哉！但他并不想到去追问其理由。

这段话见于《瓜豆集·希腊人的好学》篇中，周作人在“一个皇帝周公所写的一篇对话”句下按云：“这是什么文章一时记不得，也不及查考，敬候明教。”此次我便查考了一下，原来出于《周髀算经》：

昔者周公问于商高曰：“窃闻乎大夫善数也……请问数从安出？”商高曰：“……折矩以为勾，广三；股，修四；径，隅五。……得成三、四、五……此数之所生也。”

把周公说成“中国一个皇帝”，可见英国教授于中国历史尚有隔膜，但他对这段对话的理解却大致不错。周公确实没有“追问其理由”，商高也没有那样做，接着说的是“禹之所以治天下”，即如何平矩、正绳、望高、测深、知远，全是勾股术在测量上的实际应用。

于是 Butcher 在“皇帝说奇哉”之后说出了他自己很精彩的一句话：

这惊奇是哲学所从生，有时却止住了哲学。

这句话我想恐怕是对的。

周公隔我们是太遥远了，孔夫子便久矣乎不复梦见他，何况我辈。我所知道的是，自秦皇焚诗书、汉武黜百家以来，主流文化思想渐定于一。加之科举制度行之千馀年，国家以考试取官，士人以做官为目的，应试成为“士子之职业”(曾国藩家书中语)。自由知识阶层不能形成，自由思想就难得出现。偶尔有之则不仅不合“法”，甚至还被正统派认为不合情理，李卓吾的被认为“非圣无法，邪僻荒谬”便是好例。结果自然是哲学被“止住”，思想自由只能是奢望。

近代以来，情况当然有了变化，郭嵩焘也知道第欧根尼了。但教育重功利轻理想、重物质轻精神的学风一直存在着。郭嵩焘在伦敦时，知道日本留英学生二百馀人，学习文法工商各科的都有，“学兵法者甚少”；而中国十几个留学生全是学军事的，严复进的便是格林尼治海军学校。郭嵩焘以为这是在“舍本逐末”，很是忧虑。十几二十年后，果然在英国学海军学得并不差的中国人被“学兵法者甚少”的日本人打败，连“哲学”这个名词也不得不从日文引进了。

后来我们也有了现代哲学家，冯友兰先生的学养即很受尊重，但我觉得他从四十年代的《贞元六书》到七十年代的“评法批儒”，总想使学术为政治服务，急于为世所用，这就和躺在地上晒太阳请皇帝走开的“犬儒”相去远矣。我们也有过要“学一点哲学”的时候，但那是“斗争哲学”，学是为了斗，斗来斗去，斗到中学、大学甚至小学都停课闹革命了，欲“爱智慧”又岂可得。就是到今天，我们的中学生和他们的家长们，在考虑升学择业的时候，又有多少人能够超越实际利害，而从自己的理想和“爱智慧”的兴趣出发呢？金岳霖说他学逻辑是因为觉得这“很好玩”（见一九九七年第九期《读书》），今天还有多少人能这样说，这样想？

欧几里得讲授几何学时，有弟子问：“我为什么要学这个，学了有什么好处呢？”欧几里得便叫听差拿两角钱给这位弟子，说：“他是要用学到的东西得好处的。”《希腊人的好学》的作者赞叹古希腊人追求纯粹知识而不单求实用（其实实用何尝不在其中）的精神为不可及，说是有的人“专讲实用，结果是无知亦无得，不能如欧几里得的弟子赚得两角钱而又学了几何”，我亦深有同感。

当然，为大多数人的教育不能不讲求实用，每个人不必要也不可能都成为庄子或第欧根尼。但是每个人都可以像欧几里得的弟子那样问一问“为什么”，问问为什么要如此，为什么会如彼。这样即使培养不出“爱智者”的气质，至少也能够知道世界上还有别样的人在别样地学习、生活和思想。

湖南的官

(1997.11)

中国从来是“官本位”的国家。这则小文所讲的几个小故事，讲的是敝省湖南历史上的几个官，有大官，也有小官，聊供谈助，也算是对桑梓作的一点小贡献吧。

第一个故事是“梁抚台饿饭”。乾隆三十六年，梁国治(阶平)任湖南巡抚，一省之长少不得要到州县视察，用今天的话说就是下去检查工作。下去，当然要在下面吃饭，照例由随从人员安排。这位梁抚台一贯自奉俭薄，又总怕给下属和老百姓添麻烦；他的随从人员中，却不免有的想跟首长出差，多少捞点油水。到了某县，这些人见县里备餐太“不懂味”，十分恼火，自己又不便发作，便故意压着不传开饭，想教抚台大人发饿肚子脾气。谁知梁抚台过午不食也不做声，一直坐在桌前看禀帖，批文牍。挨到申时(下午四点多钟)光景，所有随从都饿得受不住了，见抚台还是不闻不问，没法子只好传开餐。两顿饭做一顿吃，梁抚台却一如平时，饭后传见知县，处理公事，也一如平时。

第二个故事是“陆抚台求雨”。乾隆四十九年到五十年间，任湖南巡抚的是陆耀(朗夫)。这是个有学问又能作诗的人，有诗句“能开衡岳千重云，但饮湘江一杯水”。其廉政事迹甚多，曾拒受盐商“例规”三万两，移作接济岳麓、城南两书院贫苦学生的经费。此处只讲他的“求雨”。原来在湖南巡抚之上还有个湖广总督(驻武昌，辖湖北、湖南两省)，是位满人(不记得是特成额还是伊里阿)，来到长沙阅兵，照例必须招待，陆耀却不去陪吃。这位总督也想做好官，不拿架子，见抚台没来，便打轿到抚台公馆看望。这时陆耀正在吃饭，只有韭菜、豆腐两样菜，总督见了不禁惊讶。这本是陆的常供，他却不愿沽名，托辞“近几天正在求雨，戒杀生，所以简陋得很，让大人见笑了”。总督回到行馆，见到满桌酒菜，忙骂自己随从，怎么不知道此地正在求雨，命把酒席撤了。

一连两个故事都是讲招待上官的，讲多了恐怕喜欢办招待的同志不高兴，第三个故事就讲一讲“黄土老爷”。黄土老爷是诨名，本名寿嵩，北京旗人，光绪十一年(一八八五)由吏部派充湖南靖州吏目。州吏目也是命官(公务员)，职级在县典史(副县长)之上。他到了长沙，往藩台衙门交部文，吏房按陋规伸手要钱，他不给，事情就办不成。实在他也无钱可给，单身来湖南的盘缠都是借的，早已用光。没能在藩台衙门办好手续，无法去靖州上任，他流落在长沙，衣衫当尽，食用俱无，只好挖黄泥卖，每日挣十几文糊口，晚上则代巡夜人打更，睡在街口窝棚内。有次藩台涂宗瀛坐轿子从藩正街出来，遇上他卖黄泥与人争价，一口京腔引起了涂的注意，停轿问为何喧闹。他陈述时自称“卑职”，藩台有些奇怪，以为他是神经病，也就罢了。不久后，他又因坐在窝棚内打更，被查夜小吏发现，抓起来要打屁股。这时讲出身份，拿出吏部文书，才知他也是一位命官。事情经县、府报告到藩台那里，藩台猛然想起那个自称“卑职”的人，立刻传见，又向靖州查问。靖州回复：新吏目一直还没有到任，代理者正愁无法交卸。于是衙门很快给他办好手续，又拨了一些银子给他作用费，消息传开，长沙城里都知道出了位黄土老爷。

黄土老爷到藩台衙门辞行，藩台着意慰勉，对他说：“老兄受委屈了。我请府、县送了一点银两，到靖州去安家应该差不多了。经过这番历练，老兄更加体察了民情，一定能胜任愉快，希望好好努力。”他鞠躬答道：“谨遵大人训示，但所赐银两却不敢受，已经送回长沙县库了。”藩台惊问何以不收，他说：“吏目官虽然小，也有一份朝廷俸禄。卑职是吃过苦的人，此去布衣蔬食，总比卖黄泥巴强得多，要更多的钱做什么？还是留着备公家作开支吧！”藩台大为叹服，黄土老爷的名声从此进一步传遍了三湘。

旧时花价

（1998. 1）

长沙虽是古城，却非繁华都会，消费水平历来不高。我在此生活前后垂五十年，见到鲜花成为大宗消费品，还是近年来的事。长沙的花事不仅比不上广州、上海、昆明，就比更为内地的成都、洛阳也差得远。

其实在过去，长沙也是有花市的，而且出现过很高的花价。近阅《湘绮楼日记》，光绪三年(一八七七年，距今正好一百二十年)王闿运移寓长沙营盘街，三月十九日记云：

楼居颇躁，芍药十盆，仅开一花。

这楼上盆中的芍药花，当然不会是自家栽种，而是从花市买回来的。三月五日记长沙花市情形云：

午至储备仓看牡丹，有紫者一朵，遣问价七千。

储备仓为长沙旧地名，应在今粮道坪、皇仓坪一带。“千”即铜钱一千枚，又称一吊，是当时通货常用计数单位。

牡丹自古称花中之王，价位最高，白居易咏牡丹云，“一丛深色花，十户中人赋”，并没有开出实价；许浑的诗写得具体一些，“近来无奈牡丹何，数十千钱买一窠”，一窠至少总有十几朵，那么一朵就价值数千钱了。王闿运所见紫牡丹七千一朵，比唐朝时候恐怕还要贵。

“七千”在当时是一笔不小的数目。从《湘绮楼日记》中看到，该年二月十九日因有人乞借，“搜家中，仅二千四百钱”。三月二十六日“遣子弟辈上湘(潭)县考，欲以数千钱与之，借至四五家，竟不可得”。若以一千钱折银一两计，这朵紫牡丹的身价约合银币十圆，大约相当于现在一千元左右，可以称得上高贵了。湘绮楼中日常存钱不到此数的三分之一，当然也就买它不起。

没有人买的货物，是不会有人卖的。可见一百二十年前长沙城里，也有买得起紫牡丹之类名贵鲜花的主顾。这当然不会是王闿运这样的文人，他只能把它当作稀奇物记在日记里。

但即使在当时，长沙鲜花消费的普及程度和繁荣程度，似亦不如成都。这样说的证据是，王闿运家在长沙过年，日记中从没有买鲜花的记载，也未记过有人送花。而光绪四年冬他应聘到四川尊经书院掌教，十二月二十七日抵成都，二十九为除日，即有友人元卿来寓所“送梅二枝，一红一黄，黄者甚香”。三天后，他给夫人梦缇写信，说成都地方：

> 冬暖如春……江梅、海棠殆可同时，……最与居游相

适，惜无缩地法，令诸女妇妾侍卿暂一来游也。

看来他对成都的气候和成都的花事都很满意。

王氏从长沙到成都，水陆行经四十九日。若在今时，无须“缩地法”，夫人和女公子有半日便能飞去陪他看花。不过，“妇妾”纵然可以换上助理、秘书等等名目，却也不一定方便和太太小姐一道坐飞机来。此亦今昔之不同欤，未可知已。

曾府家酒不必喝

（1998.8）

首先是曾国藩的家书，接着是他的全集，以及一涌而上的关于曾国藩的各种各样的书的大量出版，使得在中国大陆销声匿迹了几十年的这个历史人物，又一下子红火起来，形成了一股不大不小的“曾国藩热”。

电视荧屏上也开始出现曾国藩的形象了。我不喜看历史题材的影视，只在换频道时偶尔一见。仿佛是在一部写太平天国的戏里，一个戴花翎着补服的黑胖子在力竭声嘶地发号施令，指挥开炮……最近又在市场上见到了一种“曾府家酒”，明显是抄袭“孔府家酒”的牌子，不过包装得更加华丽，还在酒瓶和瓶盒上印了曾国藩的头像……

在我看来，过去曾国藩的被禁锢和如今曾国藩的被炒热，都是不正常的，都是荒唐(甚至可以说是滑稽)的闹剧。

曾国藩确实是一个历史人物。在清朝咸同年间，他处于重要的地位。研究这一段历史，离不开这个人；研究传统文化与现代化的关系，也不能不涉及他。他有一套政治哲学和政治权术，有对伦理道德的理解和实践，有他的人格魅力。他的一部分著作（比如说家书）的确有可读性，即使在禁锢时期也不绝如缕便是证明，一旦开放自然而然拥有大量的读者。对于这样一个历史人物，对于他活动在其中的那一段历史，研究者当然可以有种种不同的看法。

早在戊戌变法失败，体制内变革在专制王朝统治下成为不可能，汉族精英在孙中山、章太炎旗帜下开始密谋造反时，就有人骂曾国藩。不主张革命的梁启超、黄遵宪也骂过他，骂他不该帮满人扑灭洪杨。“五四”将德先生、赛先生请来以后，激进的知识分子对传统文化感到失望，憧憬一个新的社会，要打倒“孔家店”，曾国藩也在要打倒之列。“五四”反传统的伟大意义是不容否定的，但钱玄同、吴虞等人在那时的矫枉过正，亦无须奉为金科玉律。

奇怪的是，毛泽东一九一七年八月二十三日以“如婴儿之得慈母”的心情，给黎锦熙写了一封长信，在信中评论近时人物时却写道：

> 今之论人者，称袁世凯、孙文、康有为而三。孙、袁吾不论，独康似略有本源矣。然细观之，其本源究不能指其实在何处，……愚于近人，独服曾文正，观其收拾洪杨一役，完满无缺。使以今人易其位，其能如彼之完满乎？

毛泽东当时心中的偶像，毫无疑问是“曾文正”，而且只有“曾文正”（独服！）。但到共产党同国民党进行“两种命运的决战”时，毛给自己的首席历史学家范文澜下指示，要反对

"大地主大资产阶级的复古反动"。范奉命写成的《中国近代史》,便把"汉奸刽子手"的帽子给曾国藩戴上了。

"汉奸"帽子戴在曾国藩头上合适不合适呢?曾氏出生于清嘉庆十六年,中国由满族人做皇帝已经做了五代,经过一百六十七年了,辛亥革命后实行的也是五族共和,满洲并非外国。至于说"刽子手",打内战当然要死人,作为统帅对战争应负的责任,怎么会等于"铁臂膊"和"一枝花"的责任?作为战犯判刑,罪名也不会定为"刽子手";即以总司令应负的责任而言,曾国藩亦不会比白起、赫连勃勃、张献忠、山本五十六等人更大吧。

我觉得,近几十年中,在曾国藩身后是非这件事情上,至少存在着两个问题:

第一,不能客观冷静地对待历史和历史人物,总是从此时此地的政治需要,也就是从功利主义的目的出发,来给古人定性,给历史硬套上这样或那样的模式和"规律"。尤其可笑的是,居然幼稚到了这样的程度,凡是被定性为"反革命"和"阶级敌人"的人,就把他的言论、文字禁锢起来,以为如此便可令其永远消灭,在世界上流行的就只有自家唯一的真理了。

第二,"凡读书识字者"(在这里我不想用"知识分子"这个词,故只好借用曾国藩习用的说法)的绝大多数,都不肯用、不敢用、不能用自己的脑子思想,总是习惯地或被迫地接受官方的指示,以领袖和导师的说法为说法。某些时候,大部分甚至绝大部分读书人,都自觉地或不自觉地充当了应声虫和吹鼓手,以至竞相趋附,争取配合,牟取个人的小小功利(或赚点钱，或出点名，或捞点“政治地位”)。编电视，炮制曾府家酒……，亦属此类。

上一代历史学家对曾国藩早就进行过认真的研究，陈恭禄、蒋廷黻诸人的著作中，均不乏平实的论述。可惜的是，他们在“读书识字者”中只占极少数。知识未能普及，思想尚待启蒙，相当一部分读书人凭政治需要来知人论世，大多数人则只知盲目服从，这便是在上者能充分利用上述两种人以行其意的根本原因。

作为“五四”的后代，作为一个追求“五四”先贤的目标即民主与科学的人，我决不会“独服”曾国藩，把他视为我的导师。但作为一个历史学者和学术编辑，我又决不能同意把曾国藩的著作永远禁锢起来，不赞成在历史研究中对曾国藩简单化地肯定或者否定。对于宣言“独服曾文正”和大骂“汉奸刽子手”，我都是不能赞成的。

我的意见是：曾国藩的书可以读，“曾府家酒”不必喝。因为这种既失旧味又无新意的东西，不过是投机牟利的劣等货，只能败胃口，即使它再热。

滚灯的花纸

（1998. 10）

不记得是哪一年的春节联欢晚会上，有一出叫“滚灯”的小节目，是由川剧丑角和彩旦表演的。那丑角剃得精光的脑壳上放一盏点亮的油灯，顶着灯巴着一条板凳上下翻滚，却能始终保持灯盏的平衡稳定，类似杂技高难动作的技巧给我留下了印象，至于剧情则看过之后便忘记了。

最近重翻周作人《儿童杂事诗》，“丙编之三”咏清末绍兴过年时街头所卖“花纸”（年画），诗云：

> 滚灯身手好男儿，画出英雄气短时。莫笑闺中甘屈膝，陈风古有怕婆诗。

> 花纸有滚灯者，不详其本事，画作男子伏地，头顶烛台，女人着红抹胸戟手指麾。《诗经》中《彼泽之陂》一篇，牟默人说是陈人怕妇诗，见所著《诗切》中。昔与故友饼斋读及，诵“涕泗滂沱”及“有美一人，硕大且俨”语，辄相与绝倒。

这诗和注从前看过也就罢了，如今和春节晚会上的表演联系起来，感觉便鲜明得多。再看丰子恺为这首诗作的插图，男人穿着长袍马褂，头顶烛台跪在女人面前，很忠实于诗注的描写，但这是不是周作人所见花纸的原样呢？丰子恺比周作人只小十三岁，桐乡距绍兴亦只二百馀里，二人儿时所见事物应该差不多，难道丰氏印象中的花纸便是这样的吗？但穿着长袍马褂头顶高烧烛台是无论如何没法“滚”的，更不要说做出各种动作了。

后来又从民俗专家王树村发表的材料中见到了两张清末民初花纸的原样，一张题“妻打男”，现藏彼得堡东方博物馆，一张题“滚红灯”，现藏维也纳民俗博物馆。前一张中男人顶着的是一盏煤油灯，用手护着，身穿长袍，似亦不便翻滚。只有后一张才像是舞台上的样子，比较接近于电视荧屏中的表演。年画画法和故事内容各地不同，都画作女人手持鞭杖、男子宛转乞怜却是一致的，主题也就是“怕妇”——怕老婆。

“滚灯”表演似不限于川剧，湖南巴陵戏亦有“皮庆滚灯”一折。皮庆嫖赌成性而怕老婆，一夕归迟，被罚跪顶灯，燃着的油灯用头顶着，在台上就地打滚，“灯不倾斜，油不外溢”，见《新编剧种志》。乾隆时人李斗著《扬州画舫录》，卷十一记艺人王大“置碗头上，碗中立纸绢人数寸，跪拜跳踉，至于偃仆，其碗不坠……其后安庆武部（戏班名）习其技，置灯头上，谓之滚灯”，大概就是戏曲表演的滥觞。

至于戏中怕老婆的情节，则大概是后来加上的。“牟默人说是陈人怕妇诗”的原文三章是：

彼泽之陂，有蒲与荷。有美一人，伤如之何。寤寐无为，涕泗滂沱。

彼泽之陂，有蒲与蕳。有美一人，硕大且卷。寤寐无为，中心悁悁。

彼泽之陂，有蒲菡萏。有美一人，硕大且俨。寤寐无为，辗转伏枕。

周作人《读诗管见》文中，谓牟氏之说“虽多似诙诡，然亦颇有适切者”，以“涕泗滂沱”,“有美一人，硕大且俨”句“解之为陈人怕妇诗，岂不极似？徐读一过，直令人忍俊不禁”。“怕妇”真有那么可笑吗？

但怕老婆确实是中国笑话小说戏曲里常见的题材，此乃男性中心社会的一种折射。其实穆桂英、樊梨花一类英雄是不曾有过也根本不可能有的，世界上真正讲女权的地方故事里从来见不到这种女超人，正如每天吃牛排的人不会像我们在“三年自然灾害”时那样夜夜梦见大饼。男子汉在戏园子里看到台上被老婆整得满地打滚的丈夫，哈哈大笑，深觉开心；散戏后喝二两酒，再回家去在呵欠连天守着门的老婆身上“雄起”一番，恐怕不是什么罕见的事。至于如今电视荧屏上的“滚灯”，恐怕就只剩下纯粹搞笑的功能了吧，但愿如此。

上供和还愿

（1998. 11）

上海的城隍庙仍然很有名，城隍老爷的声名则想必不如从前，因为他下台实在很久了。但我知道，古时的城隍神，乃是阴间掌正印的地方官，和阳世上的知府知县一样为民父母，权威是大得很的。老百姓们事神亦犹事官，少不得要供奉，尤其是在需要求福或是免祸的时候。

所供奉的第一当然是钱，烧冥锭纸钞还比较好办，不像对活的老爷们得送硬通货，还得藏着掖着，不仅费力，更得费心。

居第二位的便是吃，这也是表现诚意绝不可少的。泥塑金身无法上酒店进包厢，只好把猪头三牲供献到香案上去。城隍老爷手下，还有办事的判官，执行的鬼役，都必须打点。小时曾在本县城隍庙附近待过，每天尤其是初一、十五，总见庙里供桌上堆着各色供品，有整鹅、整鸡、猪头、方肉，还有馒头、包子，以及各色糕点和水果，似乎按神的职位大小各有等差，都得照规矩办。

供品在神们享用以后如何处理，当时没有想过这个问题。最近看褚人获《坚瓠秘集》，卷四记着一个有趣的故事：明朝末年苏州有个俞胖子食量惊人，把父母遗产吃完了，便用最后四两银子在城隍庙里租下一尊“皂隶”(城隍神左右的鬼役，服色同戏台上老爷问案时站在两旁吆喝的“红黑帽子”差不多)，每天去取那里的一份供品，代为咀嚼消化。但俞胖子的肚皮太大，一尊皂隶的供品还吃不够，亲友们只得再集资四两，为他又“包”下一尊，这才能“充然果腹”。这样一直吃到明灭清兴，顺治初年俞胖子死后，亲友们将两尊皂隶转租给别人，才为他置办衣衾棺木安葬。

这下我才明白，原来过去庙里的供品，是可以由人出钱“承包”拿去吃，而且这承包权还可以转让的。皂隶的地位，不过等于如今一名法警，一尊即可收包银四两，以此类推，全庙此项收入必然可观。庙祝们笑纳之馀，恐怕还得上缴一部分也说不定。

中国本土没有产生过正经的宗教，老百姓敬神的行为却非常普及。城隍神之上还有东岳南岳、玉皇大帝，之下则有土地和灶君。土地亦犹今之社区主任，灶君则深入各家各户，简直无处不在，等于家家都有一个治安员照看着。老百姓按时按刻“敬”这些神，并不是因为对他们有什么好感，而是因为被他们管着，便不得不对他们进贡，买一个平安。如果不是想要灶君“上天言好事”，那香甜的扯麻糖又怎么会在腊月二十三摆到灶头上呢。

到庙里去敬神则更郑重一些。城隍庙属于常规，此外则想发财敬财神，怕起火敬火神，求子孙就敬送子娘娘。至于求雨敬龙王，驱疫敬药王，则知府知县也得斋戒沐浴为民祈福。反正所有敬神的都持实用主义的态度，有所求才来敬，敬时必“许愿”，即承诺比猪头三牲更多的好处，或挂幛上匾，或演戏三天，直至重修庙宇再塑金身，如宋公明对九天玄女娘娘所保证的。当然“还愿”的条件是神得应人之所求，“有求必应”的神便是最灵的神，那神庙的香火必更旺，供品亦必更多。

这种以许愿还愿、有求必应为特征的敬神，也就是人神之间的权钱交易、行贿受贿。人们这样做，或是为了祈求，或是为了报答，总之是出于自己的利益而绝非信仰。做之既久，像逢年过节提了礼品往领导家里去一样，就习惯成自然了。

既然是一种应酬和交易的关系，自然不会有发自内心的敬，更不会有真挚的爱。这便是中国人缺少真正宗教感情的原因，虽然在磕头诵咒磕诵到发昏时也可能产生一时的狂热。城隍庙里香火再旺，鸡豚再多，玄奘所述曲女城会场和梁启超笔下西敏寺院中的空气无论如何不会出现。

正因为如此，所以鉴真东渡、达摩面壁一类坚苦卓绝的行为，只能在外来宗教的信徒中才能见到。而白莲教众喝了符水打冲锋，头几个一倒随即作鸟兽散，或做顺民，或当土匪，约翰·巴尔、胡斯和贞德式的殉教者，在神州大地上亦难出现。

听说现在许多地方的庙宇又修起来了。只要有庙，就会有人烧香，估计上供还愿的一定不会少。但不知供品都折成人民币没有，如仍为食物，则冰箱易满，保存为难，还能够再招几个俞胖子来承包吗？

陈后主和晋惠帝 （1998.11）

十月六日《新民晚报·夜光杯》载季羡林先生《漫谈皇帝》文中云：

> 生长于高墙宫院之内，养于宫女宦竖之手，对外面的社会和老百姓的情况，有的根本不知道，或者知之甚少。因此才能产生陈叔宝“何不食肉糜”的笑话。

季先生在这里弄错人了。

老百姓断了粮，饿死了，却怪他们为什么不吃清蒸狮子头，的确荒唐得可笑。这笑衬着一层专制统治阴森的背景，简直有点近似今之黑色幽默了。但笑话的主角却是晋惠帝司马衷而非陈后主陈叔宝，这两个皇帝的年纪相差二百九十多岁，中间还隔了东晋、宋、齐、梁四个朝代哩！

司马衷是个弱智者。父亲司马炎派了位宫嫔去教他“房帷之事”，怀上了愍怀太子，生出来长到三四岁，他居然不知道有这个儿子。他的皇后(贾氏)用宫车将“城南少年”载进宫来淫乱，“见留数夕，共寝欢宴”，他也不知道。后来他的第二个皇后（羊氏）被刘曜抢去做了老婆，刘曜问他：“我何如司马家儿?”羊氏回答道：“自奉巾栉（译成现代语就是‘和你上床’）以来，始知天下有丈夫耳。”一句话便可见他是一个怎样的窝囊废。

除了“何不食肉糜”，这位司马家儿还有个流传得很广的笑话，在华林园听到青蛙叫时问左右：“这样起劲地叫着，是为了官家，还是为了它们自己啊?”周作人有诗咏曰：

> 满野蛙声叫咯吱，累他郑重问官私。童心自有天真处，莫道官家便是痴。

案云：“惠帝已非幼年，兹但取其孩子气耳。”

司马衷做皇帝从三十一岁做到四十八岁，早已成年，连蛤蟆叫都不知是怎么回事，当然不是什么孩子气，也不止是一般的痴，知堂在这里不过是我田引水罢了。

至于后主陈叔宝，则不仅不弱智，还很有一点小聪明，绝不会闹出“何不食肉糜”这样的笑话来的。《汉魏六朝百三名家集》中有《陈后主集》，收诗文一百多首。诗如：

> 留人不留人，不留人也去。此处不留人，自有留人处。

文如《护军孙玚铭》：

秋风动竹，烟水惊波。几人樵径，何处山阿。
今时日月，宿昔绮罗。天长路远，地久云多。
功臣未勒，此意如何。

放在同时文人作品中总还过得去，就是和后来皇帝的诗比亦未见逊色。

《陈书·后主本纪》的结论即“史臣曰”由魏徵执笔。魏徵不是会讨好的人，何况对于已经亡国之君更用不着讨好，但论陈后主仍谓其“昔在储宫，早标令德；及南面继业，实允天人之望”。他的毛病就是只热心文学而荒废政务，“贵臣虽有识治者，皆以文学相处，罕关庶务”，“宾礼诸公，唯寄情于文酒”。后来又沉湎女色，昵近群小，以致朝政日益紊乱，面对着积极要统一南方的强大的隋朝，自然只有亡国的份了。这正如魏徵所说：“非唯人事不昌，盖天意然也。”

“生深宫之中，长妇人之手”，也是魏徵评后主的话，即季先生“生长于高墙宫院之内，养于宫女宦竖之手”的原本。其实，所有王朝自“二世祖”以下，除了帮着父亲一同打天下的曹丕和李世民，哪一位嗣皇帝不是“生深宫之中，长妇人之手”的呢？但作为生物的人，他们之中仍会有优秀和庸愚的区别，这一点和平民百姓是一样的。优秀者如康熙，不仅能自学三角几何，还能亲自耕田布谷，知道一些稼穑的艰难；庸愚者如司马衷，便只会问“何不食肉糜”了。陈叔宝虽难称上智，亦绝非下愚，不过是一个更不争气的李后主和宋徽宗。“一江春水向东流”和瘦金书他写不出，禽虫鸣叫系自然非关人事总还晓得，不然的话又何能作出“丝调听鱼出，吹响间蝉声”的诗句来呢？

隋兵灭陈，后主抱着孔、张二妃躲在胭脂井里，没有以身殉社稷。被俘献长安后成了杨坚的统战对象，列席筵宴时照样饮酒赋诗，还表示“愿得一官号”，被讥为“全无心肝”。此即其名声历来不好的原因。其实这亦不过把性命看得重，和刘禅、李煜一样，是人性软弱的表现。比之隋炀帝那样残民以逞，玩完自家天下，斫去自家头颅倒还罢了，再搭上千万小民性命也毫不顾惜，这种软弱总还比较无害。

写随笔未必查书，误记一二人名是难怪的。我自己在《看成都》文中，即曾把刘长卿的一首诗误为刘禹锡作。写这则小文，只是对陈叔宝、司马衷的事感到兴趣，借此谈上几句，凑凑热闹。陈叔宝无论矣，司马衷以开国雄主之后成了现世宝，如果不相信是报应，从遗传变异的角度来看也许更值得研究，当代不是也还有这样的活例子吗？

为“大象”叫好

（1999.1）

《文汇读书周报》问我去年印象最深的是哪本书，答以朱正著的《一九五七年的夏季》。《深圳特区报·读书》又问我去年(于出版界中)感觉最好的是哪件事，我想了想，答曰：是河南教育出版社改名“大象”。

现实世界的生活本来是多种多样的。古语云，“人心之不同，如其面焉。”亿万人中亦难得找到两副一模一样的面孔，此特型演员之所以能售高价也。而心之所思，也就是意识形态的内容，总要比血肉之躯更为复杂。如果都像仓库保管员管螺丝钉，只有 12×40、16×50 的区别，将复杂一律变为简单，方便是方便了，其如一大堆螺丝钉还是组装不成一部机器何，更何况再复杂灵巧的机器也不是人耶。

有些事物强调整齐划一是必要的，例如军队，几连几排几班，必须统一服装向右看齐齐步走。但若各行各业全都穿上号褂子，姓尹的一律叫尹向东，姓柴的一律叫柴源茂，则不仅单调得可怕，公安机关要破案捉人也太不容易。因此，我对于各类出版社一律冠以相同的名字只以地域相区别，跟人民银行、新华书店一模一样，久已感到不耐烦。河南教育出版社能够大胆跨出改名的一步，即使只改一个名，也就值得我特意为它写下这五百字了。

土话有书对

（1999.3）

长沙人把“没有”叫作“冒得”，说“冒得搞”，相当于普通话说“没办法”。出门碰到熟人，问“吃饭冒”，答道“冒”，写文章也可以这样写。现在广东话时髦，也有人将“冒”写作“冇”。

偶阅梁绍壬《两般秋雨盦随笔》，卷一有《毛》一条，引《佩觿集》云：“河朔谓无曰毛。”又谓苏东坡写信邀人吃“毳饭”，对客人解释毳字由三个毛合成，即是“盐也毛，萝卜也毛，饭也毛”的意思。还引高文典册为证，《后汉书·冯衍传》：“饥者毛食。”就是说，肚饿的人没饭吃。

在北方话和长沙话里，“毛”和“冒”为一音之转。由此说来，我们长沙土话也是“有书对”的了。

四十九年前参加土改工作组到衡阳县达义乡十保搞试点，第一次听到当地人把“他屋里”叫作“己屋里”，觉得不好理解。后来读古书，突然想起，这个“己”岂不就是“其”，也就是“他的”意思吗？

看来，在方言里可能保存着古音的痕迹，这是很有研究价值的。更可见古文之“文”，其实也是当时的大白话，不过汉文不是拼音文字，“语”和“文”分开了而已。

“文革”中坐牢，牢友中有一江华瑶民，是因误烧山林被判刑的。有次说起江华大山竹林中产一种在地下专门吃竹根的“竹老鼠”，挖出来用火烧了吃，“味道没得比它再好的，讲起来就要流口水”（劳改犯当然更是如此）。问他用什么东西点火来烧，他鄙夷我的无知，答道：“木叶，当然是木叶呐。”

其时我正在囚室中默写《楚辞》，“袅袅兮秋风，洞庭波兮木叶下”等警句常盘旋在脑中。想不到湘夫人出场时的景物，居然在椎鲁无文的瑶民的叙述中得到了印证，不禁兴奋了好久。

《楚辞》号称难读，《离骚》我一直没有读懂，《神曲》和《浮士德》也一样。其实它成书时看来也记下了大量俗语和俗信，说不定在当时还是一本通俗的书呢。

改字诗

（1999.4）

过去的滑稽文学里，有一种所谓“改字诗”，即将人们熟知的诗中的字和词略加改易，借以对人事进行调侃，因为人们熟知的诗以唐诗为多，所以又叫作“改唐诗”。《湘绮楼日记》丁亥（光绪十三年）五月二十五日记云：

> 城中诸少年改《长恨歌》咏卞、龚事，云曾重伯所为，遣问之，答云二陈作也。

此时王湘绮住在长沙，改《长恨歌》咏的是长沙城中事，王氏和曾重伯又都是长沙名人，这便引起了我的兴趣，想找寻究竟。

寒斋书极少，翻检的结果，只在《南亭四话》中找到一首长沙地方的“改《长恨歌》”，南亭亭长介绍的本事是：

> 湖南某提督以纳妓女祝金莲，致兴大狱，奉旨派恩承、薛允升二人查办。邑绅有刘琨者，是薛房师。某提督央刘说项，后遂含糊了事。

所改诗句有：

> 将军好色思倾国，带勇多年求不得；祝家有女初长成，养在堂班人尽识。
>
> 涂家胖子长沙客，能以孝廉见年伯；为感将军辗转恩，遂教首县殷勤觅。
>
> 三人钉拐奔如电，大街小巷飞名片；上至司道下府厅，几处茫茫皆禀见。
>
> 鸦片烟盘五云起，其中三万多银子；中有一人记不真，丙申师弟参差是。

“堂班”即妓院。“涂家胖子”是一位“孝廉”即举人，先为某提督介绍妓女，后又帮他拉上刘琨的关系，送了五万两银子给刘琨、薛允升，“年伯”为其对刘琨之尊称。“首县”指省、府所在地的县令。“丙申”则是薛允升中进士的年份，刘薛二人“师弟”的名分便是这一年确定的。此类语词今天的读者或不易了解，在当时却是通俗的了。

丙申为光绪二十二年，已在丁亥后九年，诗中未涉及姓卞的和姓龚的，可见《南亭四话》和《湘绮楼日记》说的并不是同一首诗，但亦可见当时改诗风气之盛。

改字诗多用于诙谐讽刺，不是正经作品，但要改得好也不容易。大抵原诗须得是人们十分熟悉的，改易的字句亦不宜生涩，更不宜多，尤须有滑稽之趣。儿时听本家长辈说，他光绪年间在城南书院肄业，尝与二三同学在南门外里仁坡坐茶馆，见一炸麻花女子姿色颇佳，遂与通款曲，随后往访，则不见踪迹矣，乃改崔护诗：

> 去年今日此门中，人面桃花相映红。人面不知何处去，桃花依旧笑春风。

为改字诗一首曰：

> 去年今日里仁坡，人面麻花相对搓。人面不知何处去，麻花依旧下油锅。

听得我哈哈大笑，时间虽然过去了六十年，至今仍然记得。后来又从明遗民谈迁《北游录》中读到，御史李成纪巡按江南，颇善饮，苏人改唐诗刺之云：

> 去年今日此门中，铁面酕醄相映红。铁面不知何处去，酕醄终日醉春风。

由我看来，还不如本家长辈所作的一首有趣。

“麻花依旧下油锅”虽然有趣，格调并不高。但也有高手之作，虽仍属滑稽打油，却能隐刺时事，谈言微中，等于在涂饰庄严的丈八金身鼻尖上涂上一点白粉，那便是有意义的讽刺诗了，读之虽未必人心大快，至少也可以小快一下，康有为揶揄张之洞的一首即属此类。

张总督湖广时，开办汉阳铁厂和纱麻丝布四局，纱麻产品用布包运销各处，本是德政。但他过于标榜自己，以效法曾文正(国藩)相号召，云："文正治家有方，为总督时犹日课家中妇女日纺棉花四两。予设四局，亦文正公经纶家国意也。"又颇好色，曾纳武昌文昌街茶馆女为妾，时人讥之。他还很迷信，本欲移督署鹦鹉洲，后因三国时黄祖开府于此不吉，乃止。章太炎遂改李商隐"紫泉宫殿锁烟霞"诗调侃之：

> 汉阳铁厂锁烟霞，欲取鹦洲作督衙。玉玺不缘归载沣，
> 布包应是到天涯。而今梁上无君子，终古文昌唤卖茶。
> 地下若逢曾太傅，岂宜重问纺棉纱。

除了铁厂、鹦洲、布包、文昌、纺棉花这些活典外，"玉玺不缘归载沣"指溥仪幼稚、摄政王无能，"梁上无君子"则指梁鼎芬先附张而又叛去，切合时事，一时传诵。

不久前《三湘都市报》上有何云波一文，介绍了讽刺贪官污吏腐化生活的一首改字诗，可见这种体裁的生命力还是存在，现凭记忆默写如下：

> 当官不怕应酬难，万盏千杯只等闲。美酒壶中腾细浪，
> 珍肴腹内走泥丸。桑拿一洗周身暖，麻将通宵夜不寒。
> 更喜佳人肤似雪，三陪过后尽开颜。

文人之苛

（1999.8）

“苛”即苛刻，苛虐。这本是统治者的一种性格，指其对下诛求无度，督责过严。《礼记》云“苛政猛于虎”，《诗序》云“哀刑政之苛”，便都是这么一回事。谈起专制时代的文禁和文网，也少不得用上这个字，因为它是明朱洪武、清雍正统治的特征。

历史上的文人，大多数不是统治者，而是被统治者，是文化专制的受害者，是“苛”的对象。当然也有例外，比如李斯，在毁害韩非、建议焚书时，也显得那样的“苛”，那样心狠手辣。但他早已削尖脑袋钻进“核心”，成为了统治者，不复是文人身份了。但即使是当上丞相的李斯，最终还是斗不过厮役出身的赵高，被夷了三族，他在全家被杀时对儿子说：

> 吾欲与若复牵黄犬俱出上蔡东门逐狡兔，岂可得乎！

很有形象思维色彩，仍是文人当行本色，但紧接着挨的拦腰一刀，却比韩非吞毒药还要痛得多。

李斯为了名利，紧跟秦始皇，不得不身体力行，虽可恨，犹有可说。令人不解的是，历史上竟还有这样的文人，他一不是当朝一品，二不是文化班头，并未挤入统治者的行列，为君为师的责任全都没有，吃着自家的老米饭，偏要以文化监察御史自居，对文人和文事的态度甚至比统治者更“苛”，清朝人潘德舆便是一个妙不可言的例子。

潘德舆，号四农，山阳人，是一位举人，著有《养一斋集》，其中诗话十卷，有云：

> 予欲世人选诗读诗者，如曹操、阮籍、陆机、潘岳、谢灵运、沈约、范云、陈子昂、宋之问、沈佺期诸乱臣逆党之诗，一概不选、不读，以端初学之趋向，而立诗教之纲维。盖人品小疵，宜宽而不论，此诸人非小疵也。

公然主张将曹操阮籍等人的作品一律枪毙。

说他妙不可言，妙就妙在力主严办的同时，却又说“人品小疵，宜宽而不论”，仿佛执行的政策仍然是“从宽”。看来，曹操在铜雀台上玩几个女人，阮籍跟酒家老板娘吊吊膀子，宋之问和沈佺期受一点贿，这类问题本可“不论”。那么，为什么“对酒当歌，人生几何”“薄帷鉴明月，清风吹我襟”“前不见古人，后不见来者”……这些千百年流传不朽的名作，却必须“一概不选不读”呢？唯一的理由，便因为这十个人是他所说的“乱臣逆党”。

在《中国大百科全书·中国文学》卷里，这十个人都有专条，除了对宋之问、沈佺期二人的“人品”(这却是养一斋认为“宜宽而不论”的)略有微词外，并未作任何否定的评价，更无一人被戴上“乱臣逆党”的帽子。陆机、潘岳、谢灵运、陈子昂、宋之问五人确实是被杀的，但或死于政局纷争，或死于仇敌告讦，或死于冤狱陷害。且不说他们没有举兵造过反，即使在专制统治下造过反的，如黄巢、牛金星，恐怕也不能永远说成是乱臣逆党吧。阮籍、沈约和范云等人，不过在统治者倒台后没有为之“守节”，用春秋笔法来说就是事过二主或身历两朝(沈约则身历宋、齐、梁三朝)。如果这算是“逆”，又该如何评价一九四九年成群结队的起义将领？何况阮籍他们只是逆来顺受，并未举旗起义或弃械投诚呢。至于曹孟德，他倒没有身历两朝，只因他儿子在他死后取代不中用的刘协做了皇帝，他就成了名单上的头一名，这里真用得着聂绀弩的警句,“奸臣曹操是篡贼曹丕的儿子”了。

民国前期军阀混战时，一边称讨贼军，一边称靖逆军，“贼”和“逆”都是打击对方的口号。你可以这样叫我，我也可以这样叫你。究竟谁是贼谁是逆，老百姓是弄不明白也无须弄明白的，只求能在炮火连天中草间偷活就不错。文人如不想学“可怜跑死阮忠枢”，到某一边去领薪水，也是大可不必操这份心的。

这里说的有点离题了。其实我的意思不过是，所谓乱臣逆党奸臣篡贼的帽子太大，当时压得死人，过后看来却往往并不那么合式。正如过去国民党说共产党领苏俄卢布，领导人要“国际”指定，代表大会也要到莫斯科去开，就是“赤色帝国主义的走狗”……一九四九年后这些说法又成了反革命的毁谤和污蔑，是非岂不是颠倒过来了吗？

尤其是在只论诗文，而不是帮古人写档案作结论的时候，似乎不必一定要把当时就未必很对头的政治帽子从历史灰土里捡起来，双手捧着硬往已经不能作声了的古人头上戴。也就是说，不必那么“苛”。

潘德舆做八股只考上一个举人，其文章《养一斋集》也没几个人看，偏要替汉献帝、司马昭来出气，讨伐他们的“乱臣逆党”，欲令天下人都“不选不读”曹孟德、阮嗣宗的诗文。究竟他是不甘寂寞，还是心理失衡呢，不便妄加揣测，但不管怎样，朱洪武、清雍正都没有禁止，顶讲究“诗教”的朱文公亦未加指摘的这些文字，他却要如此义愤填膺地反对，一副悻悻然不共戴天的样子，称之曰“苛”，总不至于十分冤枉。

中国的文人（再往前叫儒生）有一种遗传病，对于暴政从来俯首帖耳，日常生活中遇横逆之来亦退让唯恐不及，唯独对于同类却“气”特别盛。文网稍宽时，生怕大家呼吸轻松，总想制造一点能够锻炼成文字狱的材料出来才甘心，好像统治者不“苛”他反而不好过似的。这可以称之为想“苛”的瘾，不知道几时才能根除。

历史上文人吃“苛”的苦头太多了。如果文人还要帮统治者拨草寻蛇，不断地从活着和死去的同类中找“乱臣逆党”，不断地把禁书的单子开出来，那么，文人作为一个整体，挨整只会挨得更加厉害。

二千二百年前，秦始皇坑了四百六十多个儒，文人谈起来至今痛心疾首。但《史记》明明写着，这四百六十多人中的大多数，也是在“案问”时“互相告引”攀扯出来的。大约是最初被“案问”的人觉得别个没有被“案问”，自己心理不平衡，也就是犯了“苛”的瘾吧。

统治者的事不好说，我只希望被统治的文人们对于同是文人的人和文不要太“苛”了。为世间多留下几篇“月明星稀”之类的文字总不是什么坏事，因为我们和我们的后人不能只读《养一斋集》。

自己的话

（1999. 11）

大半生和文字打交道，却没写得几篇“纯文学”的散文。写出来的东西，不属于自己的职业，便属于自己的学业，没多少“文学性”，当然更谈不到有什么“文章之美”。这多半是由于缺乏才情，少半则由于缺乏心情，全是自己的缘故，丝毫不能怨别人的。

外国人说，“愤怒出诗人”。舒芜将朱正著《一九五七年的夏季》比作太史公写书，以为愤怒亦可出史家。那么，愤怒可不可能出文章呢？从杨恽《报孙会宗书》、斯威夫特《育婴刍议》、鲁迅《为了忘却的纪念》等古今中外的例子看，应该说是可以的，我却愧无这样的力量和胆量。

美的文章写不出，愤怒的文章又不敢写，事实固然如此，但毕竟也有自不量力和按捺不住的时候，也写过一点职业和学业以外的东西。如若说这些东西亦偶有可取，即是写出来的都是我自己的话。先圣昔贤有的话确实讲得好，如孟德斯鸠临终所云，“帝力之大正如吾力之为微”，我便很是喜欢；但如要引用或发挥，则须经过自己咀嚼品尝，把几十年的辛酸苦辣与相调和，结果便是从自家炉锅中舀出来的了。

各种宗教的信条，各门各派的戒律，我一直很少遵从，拜上帝会的“讲道理”和义和拳的“张天师传言”更是从不相信。偶有所感，发而为文，一定是自己有话要说，而且这话一定要是自己的话。尽管它可能说得不深不透不艺术不正确，总归是我自己的话，不是鹦鹉学舌也不是吠影吠声，这是唯一差堪自信的。

当然，说自己的话，只是普通人的普通行为，不值得标榜，何况说的亦并没有什么精义或新奇，不过是些普通的道理或常识。如说治水须“疏”(把河湖中的泥土挖出来，使水道或蓄水处加深)，而不能“堙”(把岸上的土挖了堆起来御水，最后都到了河里湖里，水位反而越来越高)，这在大禹时代即已成为常识，又有什么新奇呢？平民百姓日常所讲的也是各人自己的真实感受，如说肚子饿了要吃饭，不能只吃糠或小球藻，或者靠精神的力量硬撑着不吃，此亦即是老实话，只有惯打官腔或宣讲圣谕的或者才会有所不同。

这些并无精义或新奇之处的文字在报纸副刊或杂志上发表，每每被称为“散文”或“杂文”。什么叫“散文”，什么又叫“杂文”呢，对此我自己从来搞不清楚，写的时候也从未想过，只是用自己的笔把自己想讲的话写出来罢了，别人愿意叫它作什么，在我是无关紧要的。出版社想要将它们印成书，使之不致澌灭，可以多几位读者，这在我当然也愿意而且高兴。虽然是自说自话，说出来也就是给别人听的，悄悄地自言自语固未尝不可，但那样未免太寂寞一点了。

有几篇文字发表后曾经引起过一点讨论，如《忆妓与忆民》便是。但争论我是从不参加的，自己的话说出来，本未奢望所有的人都愿听，都同情，只要有几个人听听便足够了。既然我是一个自说自话的人，当然也会尊重别人自说自话的权利，只要他不去求阎王爷或判官或牛头马面来将我罚作哑巴便好，这在此时此刻也许还不至于吧。

记得匡互生*

（1999. 12）

进医院前两天，赵海洲同志送我一册他新出的散文集——《生命的延伸》。

初识老赵是在四十五年前邵阳的一家报社里。那时彼此都年轻，工作流动性也大，相识不久，就各自东西了。四十五年后喜得赠书，随带至医院。展卷首见作者近照，资江边绿鬓少年头发已经斑白；接着读书的内容，则真是“庾信文章老更成”了。

文章用不着戏台上喝彩，只想谈一点读后感。集子里有两篇，都是写他的同乡匡互生的。这不禁使我惊喜，他还记得匡互生，还记得这位早已被淡忘了的“五四”先贤。

匡互生何许人？请允许我从北师大的校史资料中，摘录几位先生的回忆。周予同先生回忆道：

> 五月四日上午，各校代表开会，提出“外争主权，内

* 曾作赵海洲著《匡互生传》代序。

除国贼”的口号，当时匡互生最起劲。大家相约准备牺牲，我和互生都写了遗书。午后，队伍往天安门前集合。经总统府、外交部，一路高呼口号，直奔赵家楼曹汝霖家(传说曹、章、陆三卖国贼在此开会)。曹宅大门紧闭，旁只一小窗，镶有玻璃。互生一拳把玻璃打碎，手上满染着鲜红的血，就从这小窗很困难也极危险地爬进去，将大门打开，于是群众蜂拥而入。我们找不到卖国贼，便要烧他们阴谋作恶的巢穴，互生拿出火柴，我们把卧室里的帐子拉下，放起火来。

云刚先生回忆道：

匡互生一九一九年北京高师毕业，回长沙任第一师范教务主任，当时毛泽东在一师附小当主事。匡互生参加了毛泽东创办的新民学会，他们又一起组织了文化书社。匡互生想请毛泽东到一师任教，但那时有规定，到一师教书的，必须是大学毕业生。毛泽东没进过大学，怎么办，匡互生就在规定中加一条，附小的主事可到师范任教。于是，一师毕业的毛泽东，破例担任了一师的国文教师。

朱光潜先生回忆道：

匡互生任春晖中学教务主任，他和无政府主义者有些来往，特别维护教育的民主自由。春晖的校长是国民党中央委员。匡互生建议改革，要让学生有发言权，要实行男女同校，被校长拒绝，互生愤而辞职。我跟他采用同样态度，一批学生挽留不住，跟我们一同跑到上海。教师中周为群、刘薰宇、丰子恺、夏丏尊等也转到上海，原在上海的朋友胡愈之、周予同、刘大白、夏衍、章锡琛也陆续参加，创办了立达学园，学园有教育自由的思想和作风，在军阀统治下传播了新鲜空气。

叶圣陶先生回忆"一·二八"事件后，立达学园损失巨大，说匡互生为了筹款：

不但是足无停趾，简直是饥不得食，渴不得饮。这时宝庆家中来电报，说他父亲病故，他带眷奔丧回籍，只一个星期，把丧事匆匆办完，便单身赶回，忙着把学园附设农场产的鸡蛋运出，卖得钱买学生食物和鸡的饲料。不料这时又来个电报，报告他母亲逝世了，于是他又第二次奔丧。家中连遭大故，学校又受了重大打击，大家以为即使是匡先生，也难免会灰心。但匡先生仍然匆匆办了丧事，又单身赶回来了。

巴金先生回忆道：

学园七月恢复，互生年底就因肠癌进了医院。他起初不肯就医，把病给耽误了。他是这样一个人，不愿在自己身上多花一文钱。他为学校筹款，一天在马路上被撞倒，给送到医院诊治。医生要他每天喝点白兰地，他去喝了一杯，花去八角钱。他说：“我哪有钱吃这样贵的东西，钱是学校需要的。”以后他就不再喝了。我有位姓伍的朋友，到他友人林的住处去，刚巧法国巡捕因共产党嫌疑来逮捕林的朋友郑，把三个人都捉去了。我们拿不出钱行贿，有个朋友提出匡互生，说他认识在法租界工部局有影响的李石曾。我们就去找他，他一口答应去找李作保。一天大清早，有人叩我的房门，原来是互生。他进了房，从公文包中掏出李石曾写的信，看到信中只写两个名字，便说：“这对姓郑的不利，我把信拿去再找李石曾改一下。”第二天一大早，他又把改好的信送来。不用说，被捕的人都保释出来了。朋友伍今天还在北京工作，他一定没有忘记五十多年前这件事。

可是，这样一位火烧赵家楼的英雄，这样一位把一师毕业的毛泽东请到一师教书的人，这样一位为了援救共产党员带病不停奔走的人，这样一位连一杯白兰地都舍不得喝，一心办学献出了生命的人，这样一位在叶圣陶、朱光潜、周予同、巴金心中长存着光辉印象的人，近几十年来却被不应该地冷落了。

就在病房中看老赵的书的时候，碰上一位外地来的病友，名牌大学毕业，如今“做政府工作”的，说他有亲属在邵东廉桥。五十年代初我到过廉桥，对那里的黄花菜和朝天椒印象很深。他对这些毫无兴趣，却好谈政情人事，有次兴高采烈地说："如今邵阳总算出人了，某某到了省里，某某还进了北京。"我说："邵阳从来就是出人的嘛，比如你们廉桥的匡互生……"他一听愕然，忙问："匡互生？现在在哪里？搞什么工作？"我只好含糊应对："搞教育的，抗战前就死了。"他才松了一口气："哦！"

现在是名人多的时候，最出名的当然是那些"到了省里""进了北京"的高官，其次则是舍得赞助、投得起资的老板，这都是有作家、文人跟在屁股后面作报道，写特写，编传记的。再次则影星、球星、歌星、舞星……请看各地各行所编名人录，哪一本不是厚厚的呢？想不到匡互生却只能得到一声"哦"。

然而，总算有了赵海洲这两篇文章。匡互生地下有知，也可以少破岑寂了。

学与商

（2000.1）

传统读书人多轻商。《儒林外史》里的牛玉圃，只能算读书人中的败类，在新认的侄孙面前，也要装出一副看不起盐商的样子。予生也晚，已在“九一八”事变之后，对读书人轻商的情形亦曾亲见，不全是从《儒林外史》里看来的。

可是，公认为传统学人最后的代表的陈寅恪先生，却在我出生前十多年便发表过相反的意见。一九一九年九月八日的吴宓日记中，记载过陈先生的一段话：

> 孔子尝为委吏乘田，而其事均治，抱关击柝者流，孟子亦盛称之。又如顾亭林，生平极善经商以致富。凡此皆谋生之正道。我侪虽事学问，而决不可倚学问以谋生，道德尤不济饥寒。要当于学问道德以外，另求谋生之地。经商最妙，Honest means of living（谋生之正道）。若做官以及做教员等，决不能用我所学，只能随人敷衍，自侪于高等流氓，误己误人，问心不安。

下面还有几句对“妄倡邪说，徒言破坏”的批评，如今看来颇有违碍之处，且不必引。

在这里我只想指出，陈氏所揭橥的原则——事学问者不可倚学问以谋生，是颇有几分道理的，至少在“理想国”中应该如此(吴宓系因译述柏拉图《理想国》而及陈氏之言)。因为学人如倚学问以谋生，即不能不随人敷衍、屈己从人；做学问写文章如成为营求名利的手段，即不能不牺牲独立性和纯粹性，水平和价值均不能不大打折扣。

但另一方面，人既然是生物，便有生活要求。李后主填词、宋徽宗作画的条件，千百年才得一二。故常人自不能不寻求维持生活的手段，即使有志于学艺；陈氏所反对的，只是把自己从事的学艺充当手段罢了。

舍此他求，则四民之中，除去士子的本业，还有农工商三条路好走。务农，做工，都需要力气或手艺，非读书人所能，于是“经商最妙”便成了合乎逻辑的选择。这也是在到了哈佛，读过柏拉图，能用洋文表述“谋生之正道”的人才能作出的结论，因为他们早就走出《儒林外史》，进入现代社会了。

为委吏、乘田，无须“道中庸而极高明”，孔子无非把这类小差使当作谋生的手段，而这类差使亦没有妨碍他删诗书订礼乐，成为一代宗师。庄子当漆园吏的情形恐怕也差不多，他绝不会对上司朗诵《逍遥游》或《养生主》。

就是陶潜、杜甫以至写《儒林外史》的吴敬梓，也是靠别的来源生活，没有谁领取过一文稿费。而陈先生虽志行高洁，敢于遗世独立，却不能不以“做教员”终其一生，此今昔之不同也。然则，“于学问道德以外，另求谋生之地”，又岂易言哉！

时至今日，情形又已大变。人们的观念，早已由轻商变为重商。“学者”“文人”早已职业化，各有各的组织和单位，而工薪微薄，诱惑甚多，故从企业家那里取得金钱于面子和里子均有极重大之关系，得之则群以为荣焉。有钱的老板“赞助”出了几本书刊，开了几场讨论会，也就成了名誉理事、名誉主席。如果偶发雅兴，“讨个小”之后还想“刻部稿”，代笔和捧场者自然大有人在。至于那些靠经营或色艺发了财的“名人”“名女人”，其传记、小说、写真、写假更是汗牛充栋。看起来，这些名人、企业家倒真是“于学问道德以外”，找到了进一步赚钱赚名的大道和乐土，不知陈氏地下有知，会作何感想。

我虽不敢言“经商最妙”，亦断乎不敢轻商。在读了陈氏关于顾亭林的话以后，还真希望在“儒商”中能出几个肯追慕亭林先生的人，并不奢望他写《日知录》，只要他在醉饱之馀有兴趣弄弄学艺时，能照先生《与人书十》中说的，要弄就自己去“采铜于山”，不要专门从“文人”“学者”手里“买废铜充铸”，便很好了。

其实，以读书人经商而大大成功的，还有一位范蠡，应该说他比顾亭林还有名得多，不知道为什么陈寅恪没有提及。也许是他在“左提鼓，右援枹，以应(吴国)使者”时所云：

余虽腼然而人面哉！吾犹禽兽也。又安知是浅之者乎?

这种勇敢和坦白只能是古典的，今人断断乎做不出，所以也就不敢将他树作典型了吧，虽然有西施小姐三陪总会有人艳羡。

画中画外

（2000.10）

黄永玉这回回湖南，送了我一幅画，画的是白香山谒鸟巢禅师，互为问答。这张画纯用白描，他的画展上引人注目的两个长卷——《湘灵变奏曲》和《苏州拙政园》也纯用白描。听内行说，白描最能见画家的功力，因此我很喜欢。

我于画艺绝对外行，故不能评画，更不要说评判画家的功力了。然读黄永玉题画有云：

> 余画鹭荷，不过藉彼写诸般感觉耳。

那么我也可以来谈谈自己的感觉吧。

我确实是全凭感觉，才喜欢上黄永玉的画。而且还是因为读过他的文章，先喜其文；因文而及人，与其人接触后，于其性情思想有了几分了解，亦甚喜之；然后才观其画，从中又进一步感受到其性情思想，便不禁深喜其画了。

在画展开幕前一天，我和画家差不多谈了一整个下午。我们从山鬼谈到湘君湘夫人，从“北魏”讹为“北味”谈到“大托铺的笑话”，从做旧诗谈到前辈诗人，从窄而霉小斋谈到药草堂，又从周作人谈到叶恭绰、张伯驹。关于张伯驹，画展上有一张画，他便给我讲了画的本事：

“说什么大家，张伯驹先生那才是真正的大家，真有才气，也真有见识。世家子弟，见得多嘛。其实我只见过他两次。第一次很早，我见识了这位大家，他则当然不会认识什么黄永玉。第二次就值得说一说了。

“那是‘文革’后期在莫斯科餐厅(这是当时北京唯一对大众卖西餐的餐厅)，一位穿旧棉短外套，戴旧毡帽的衰颓老者，佝偻着坐在餐厅最偏僻的角落里，只叫了一盆红菜汤。服务员对他的那个态度呀，就不用说了。我一看，呀，不是张伯驹吗，便悄悄对服务员说：‘不要小看那老头，他可是中国的文化呀！’

“张伯驹戴上右派帽子后，便离开了北京。‘文革’开始，又被遣送农村。还是毛泽东见到他吊陈毅的挽联，才把他弄回北京的，给八十元一月。不然的话，怎能进莫斯科餐厅，来喝红菜汤呢？

“他喝汤的神气，极为小心珍重，生怕抛撒了一点(但还是撒了不少在胸前)，而且喝得津津有味。我见了就想道：这可是和袁寒云他们吃遍了各国大菜的人啊！

“在莫斯科餐厅，点了菜，即使是一盆红菜汤，也会送上黄油面包。张先生喝完汤后，从怀中掏出一条手巾。你说是条什么手巾？是一条红绸小手巾。将这条手巾铺在餐桌上，接着极其小心地将黄油涂上面包，两片面包一夹，放到红手巾上，再极其小心地将手巾对角扎起，扎牢。然后慢慢站起，提起这个珍贵的手巾包，走出餐厅去了。”

听到这里，我忍不住问：“潘素呢？为什么不同他一起来，照护他一下？”

“我想潘素是病了。红手巾应该是潘素的。用红手巾包起来带走的面包，也应该是带回去给潘素的。”黄永玉道，“潘素也画得好。她原是张伯驹赎出来的，读书画画，都是张伯驹教的。”

第二天，在展厅里，我在《大家张伯驹先生印象》这幅画前伫立了许久。画上有很长的题记，字太小，看不清楚。我想大概写的便是这一桩本事。

我于其前徘徊不能去的，还有《寒塘渡鹤影》(用《红楼梦》中史湘云句，目录上不知怎的印成“闲塘渡荷景”了)、《一枕万响围》和写吴敬梓(“记得当时，我爱秦淮”)、左辅(“浔阳江上恰三更”)词意的几幅。以现代手法写古人词意，我比较能够理解，感觉自然也就更亲切有味。

但给我震撼最强烈的，却是被钉死在十字架上的耶稣，和那立在莲花台上的观音。这是两个极端，彻底牺牲和慈航普度，都代表着对人类的爱。爱虽伟大，其如无边的苦难何，故虽具千手千眼，上十字架恐亦难免。

伸冤在我，我必报应。

《耶稣》题上了这句话，把这句话作为题目，写出来，恐怕就是画家创作这一帧摒弃彩色单用黑白的丈二巨幅的本心吧。

开一只眼闭一只眼的猫头鹰，“文革”批“黑画”时是典型，这次的请柬和展品目录上都用上了。我也在它面前站了些时，心中想的却是旁边《雏荷图》所题的一句：

余作世人多云幽默诙谐，然未知个中之凄怆颜色也。

Why?

（2000. 12）

近日无新书读，只好看报。忽见大字标题“救救东北虎”，看后方知全世界的东北虎只剩下四五百只，我国“用先进的技术手段，把万顷林海像梳头一样梳过一遍，结果仅发现七只”，于是某省对外经济贸易厅所属土畜产进出口公司遂联合有关方面，办了一处“猫科动物饲养繁育中心”，几年来繁育了八十多只虎。可是一只虎一天要吃七八公斤牛肉，外加奶粉鸡蛋，八十多只虎日食万元，“中心”至今已贷款一千多万，财政补贴二百多万早已用尽，只好发“SOS”求救……

据说新闻写作必须说明五个W，即When（何时）、Where（何地）、Who（何人）、What（何故）和Why（为何）。“救救东北虎”当然是一条新闻，何时何地何人何故都明白了，唯独最后一个W——为何要这样做，真使我百思不得其解。

事关老虎，所知甚少，只得去查《简明不列颠百科全书》：

> 虎为猫科中最大的种（按此可知“猫科动物繁育中心”这个名字取得真有水平），原产于欧亚大陆北印度部分地

区到东南亚。栖息于林区杂草丛生泥土潮湿松软之处，于夜间捕食各种动物，包括鹿、野猪、孔雀，并有攻击象和成年野牛的记录。温暖地区的虎可在任何季节生育，寒冷地区的则于春天产仔，一窝二三仔，也有五六仔的。幼虎和母虎共同生活到第二年，直至长大能自行捕食时为止。

咱们中国也把强争豪夺叫虎攫龙拿，把猛吃暴吃叫狼吞虎咽，一贯敬仰虎的爪牙和胃口。还有“四十如虎”这句名言，足证虎的性能力之强。可见虎在自然环境中自谋生活自行繁殖悉无困难，何必“像梳头一样”在林海中把虎寻出来“饲养繁育”呢？

过去实行计划经济，一切都按条条块块分管，老虎的隶属关系似不在“对外经济贸易厅”，除了虎皮和虎骨（最近有了国际禁约，大概“贸易”也做不成了）。现在搞市场经济商品生产，谁都不会做只有投入没有产出的赔本生意，八十多只虎日食万元，一千二百多万已经花掉，还得日复一日地继续开支下去，专业“土畜产进出口”的公司何以要如此做？智商不高如我者，“白头搔更短”也回答不出来。

老虎养不起，就放虎归山吧，据说也不可能，因为“在铁笼中长大的东北虎已野性泯灭，丧失了捕食的能力”。这一点我深信不疑，因为据另一处动物园专家报告，“曾将一鹅投虎笼中，虎不识鹅，潜嗅之，鹅在虎鼻上戳一嘴，虎竟大骇奔逃”。还有人说，久关的母老虎都成了拒绝异性的雅典娜，公虎则成了坐怀不乱的柳下惠，如潘金莲所切齿痛恨的，“祭都祭不起来”。为了“繁育”，人们只能将公虎麻醉后人工采精，再将母虎麻醉后人工授精。电视还报道过虎妈妈不肯哺乳，要用奶瓶喂牛奶，或找母狗当奶妈。这样“繁育”出来的虎，从未接触过“林中杂草丛生”的环境，又不能从小学习“夜间捕食”的本领，只能坐在铁笼中吃牛肉，“珍稀”也许还可算“珍稀”，想不“濒危”又岂可得。国家即使再有钱，一千几百万地拿出来把它养着，辛辛苦苦采精授精，喂过牛奶再喂狗奶，恐亦不能延迟反而只会加速大自然中老虎的灭亡。

古人云：天道有常。又云：天何言哉，四时行焉，万物生焉。天就是大自然，天道就是自然规律。人固为万物之灵，但亦和老虎一样为万物之一，亦不能违背自然规律即逆天道行事，更不能像梁山好汉那样凭自己的好恶来“替天行道”。把老虎捉到动物园来观赏，乃变而非常，只能偶一为之。硬要把山林中的虎全捉起来饲养繁育，即使没有视虎为商品的牟利之心，也是违反虎性和人性(都是天性)的事，只能费力不讨好。人应该用自己的智慧去了解大自然，适应大自然，努力做到“物吾与也”(一切生物都是人类在大自然中共存共荣的朋友)，这样才能从大自然得到回报。如果仗着一点物质文明的技术手段，硬要“替天行道”，到处“向自然开战”，以万物为刍狗，毁林烧荒，剥虎皮，割虎鞭，剜虎骨，虎固难逃厄运，人亦不能不受惩罚。

以色列沙漠研究所的专家们说得好：“本·古里安过去要向沙漠开战，没有取得成功，现在我们要学会和沙漠和平共处。”“向自然开战”“征服大自然”，叫得最起劲的是前苏联，什么白令海峡筑大坝阻止北冰洋寒流南下啦，李森科培育的春小麦获得性可以遗传啦，用核爆炸使西伯利亚几条大河倒流灌溉中亚大沙漠啦。如今作豪言壮语的人已归黄土，鄂毕、勒拿、叶尼塞诸大川还在滔滔北去，恐怕永远不会掉头来为已经独立的外国服务了吧。只有核泄漏事故至今还在使人民受苦难，这惩罚就大了。

我非动物学者，亦非环境保护主义者，读报偶感，遂来谈虎，岂真敢摸老虎屁股哉？非为虎，实为人也。虎虽厉害，究是畜牲，说它它也不懂，只要注意莫踩它的尾巴就是了。人却是万物之灵，虽有时不免糊涂，还可以寄以希望。这也只有一句话，千万别太热心替天行道了，还是先学会顺天应人，让众生在大自然中和谐相处，少做点采生折割的蠢事吧！

元旦发笔

（2001.1）

元旦起床，照例坐到书桌前，量过血压以后，望着昨天留在桌面上的几张空白稿纸，忽然记起了小时候“元旦发笔”的故事。

那总是在大人的安排下，洗漱后被叫去坐好，磨墨展纸，用大楷毛笔写下“元旦发笔，大吉大利”或者“元旦发笔，万事如意”八个大字，随即将其粘贴在壁上，“功课”便算完成，可以顽要到正月十六看龙灯了。

及至“作文成篇”也就是十岁以后，“元旦发笔”的字句便渐渐可以自定。记得写过的有“江南春好”，有“桃符万户更新”，还有“庭前垂柳珍重待春风”，当然都是抄现成的。

进中学后，“横扫千军”变成了在 Watermen 瓶子里蘸墨水的 This is a pen，寒假期间的这一堂功课才消歇。

而在长辈人中，凡家蓄笔砚者，此风大约一直绵延到了解放以后，包括乡间冬烘先生和“耕读传家”即略有文化的农工商人等在内。我还记得这样一个笑话，也可以说是文字游戏，一乡老儿“元旦发笔”作了首无韵诗：

今年好，烦恼少，不得打官司。
养猪大如山，老鼠个个死。
做酒坛坛好，做醋塔塔酸。

贴在墙上，却被人念成：

今年好烦恼，少不得打官司。
养猪大如山老鼠，个个死。
做酒坛坛好做醋，塔塔酸。

今年元旦，编辑先生叫我“发笔”。我于此道久已荒疏，又和乡老儿一样容易被人误读。讲“大托铺的笑话”，被认为“贬斥古典诗词”；说“八十老人御女”，又戴上“反对伟大诗人”的帽子：几几乎“少不得打官司”。而来访来约稿的人却总还有，也是我很害怕的事。真希望新的一年里这两方面的麻烦都能够少一些，让我把“学其短”的事情做完。于是便提笔写下了这么几句：

今年好，烦恼少，不再受批评。
无人来约稿，访谈也暂停。
文章只学短，少写少劳神。

千年谁与再招魂

（2001.1）

几千年前的情诗传世的并不少，有如《诗经·国风》和《旧约·雅歌》里的那些。情书却很罕见，尤其是像“实寄封”那样的原件，就更加罕见了。我却可以介绍一件出来，先将全文抄录如下。写信的当事人已经死去二千馀年，应该没有侵犯隐私的危险了吧。

奉谨以琅玕一，致问春君，幸毋相忘。

写信的“奉”乃是汉朝的一位征人，信的全文十四个字是写在竹简上的。

那时候还没有普遍使用纸，字写在竹木削成的薄片上，叫作简牍，后世研究书法的人称之为汉简。这一枚汉简，系民国十九年在西北沙漠中汉代居延境内出土，最初摄影发表在《流沙坠简》书中，原件现藏台湾“中央研究院”历史语言研究所。

当时出土的“居延汉简”有一万多枚，七十年代又继续发掘采集到近二万枚，都是汉武帝末年（公元前一世纪）到东汉中期（公元二世纪初）的军政公文、钱粮簿籍、法律文书、买卖契约等，也杂有一些私人信件。这些都是研究汉代历史的第一手资料，十分珍贵，但绝大多数文字简古，内容琐屑，格式固定，普通人看起来会觉得枯燥。

奉写给春君的这一件却异乎寻常，它具有强烈的个人感情色彩，字也写得特别好。春君当然是一位女性，琅玕则是青玉雕成的饰物（曹植《美女篇》句云“腰佩翠琅玕”）。此简因寄赠琅玕而写，中心意思则是“幸毋相忘”，所以是一通情书。

这位戍守在居延烽燧中的征人，苦苦思念着远方的春君，特地觅得珍贵的饰物，想托付给返回内地的信使带给她，还写下了这件简牍也就是书信，衷心希望她不要淡忘了对自己的感情。不知为何写好的书信却未能发出，就此流落在荒寒大漠中了……

时光流逝了二十个世纪，两千年前的烽燧早已夷为沙土。当时那位在如霜的月光下倚着雉堞，默望着寂寞的沙原，静听着悲凉的芦管，为了情人而深夜不眠的男子，他的身子骨已经在大自然中不知轮回转化了多少回，可是这一片用十四个字（是墨写的还是血写的呢）热烈恳求“春君幸毋相忘”的情书，历经两千年的烈日严霜、飞沙走石，却仍能以美的形态和内涵，表现出那番血纷纷白刃也割断不了、如刀的风头也无法吹冷的感情，使得百世之后的我们的心仍不能不为之悸动，从中领受到一份伟大的美和庄严。

有实物为证，这枚汉简，真可以称之为不朽的情书了。

周作人六十年前翻阅《流沙坠简》时，见到这件摄影，有诗云：

琅玕珍重奉春君，绝塞荒寒寄此身。竹简未枯心未烂，千年谁与再招魂。

在他的七绝中，我以为这是写得最好的一首，因为它传达出了超越时空的感情，也就是永恒的人性。

长沙近年也新出土了一批吴简，因为偶然的机会看到过一些，却绝未发现有像奉致问春君这样有意思的。看来那时我们长沙人即已鄙视浪漫注重实际，懒得隔上万千里路来说什么“幸毋相忘”之类的空话，心思和笔墨都用在问候长官或者记明细账上了。

刀俎之间

（2001.7）

周实的眼睛是一双聪明人的眼睛。从照片中看，它虽然透彻，却又多少有点迷糊；虽似开心，却又隐藏了几分愁苦。

杂志上刊登的小说，第二页便是作者的大幅照片，照片上引起我注意的便是这一双眼睛。虽然周实并非佳丽，而是个五十好几的汉子。

我本是一名“传统阅读”者，这称呼大约相当于遗老，跟不上潮流。事实上我确实是三十岁以后基本不读新诗，五十岁以后基本不读小说(无分新旧)。有什么办法呢，前人便说过：

> 少年游冶学秦柳，中年感慨学辛苏，老年澹忘学刘蒋，皆与时推移而不自知者，人亦何能逃气数也。

秦柳亦何尝不佳，但老年福薄耳。当然也有自称“年方九十”的“老来青”，那是身心禀赋非常，能够与时俱进的健者，对之只有惭愧。

这次却因为这一双浓眉下的眼睛，破例地有了翻看《刀俎》

的兴趣，当然小一半也是为标题所吸引，此则与自己曾被置于刀俎之间，多少有过些这方面的体验有关了。

十个短篇约略不到六万字，正好一个钟头看完。

十个短篇，写了戚夫人、甄妃、方孝孺、朱高煦、屈原、李斯、司马迁、袁崇焕、商鞅和鲧。这十个人分别被“加工”成人彘，被鸩死，被诛十族，被炮烙，被沉潭，被腰斩，被阉割，被凌迟碎剐，被五马分尸，被殛毙。我的天呀：

> ［那一刀］　依惯例从左腰切入，将脾脏均匀地一分为二，但刀口走到脊椎骨时，却怎么切也切不动了。没办法，刽子手和他的两个助手只好摇摇头抬起铡刀，将他一百八十度扭转，再切入右腰，将肝脏均匀地一分为二。然而，当刀口再碰到脊椎骨时，又怎么切也切不动了。于是，只好三人合力，摁住刀把，憋气一压，才喀嚓一声，将整个人身一刀两断。这样，他的上半身跌到刀的这一边，下半身跌到了另一边，鲜血就像泉水似的咕嘟咕嘟直往外冒。下半身的两条腿青蛙一样乱蹬……

还有：

> 一轮明月，又大又圆。……圆月下的沙丘，冷冷冰冰。沙丘上堆积着倒毙的战马，死亡的将士，还有一望无际的糜烂在马骸周围的心脏、肺叶、肛门、情感、灵魂……

上面写的是李斯被腰斩和永乐的幻觉，都立刻给了我强烈的刺激，使我感到了害怕。越是怕，就越要看。奇诡的，有时甚至是荒唐的构想，却又由逼真到简直可以闻到血腥味的描画充实起来。我仿佛竟回到了四五十年前读《恶之华》，读《炼狱》，看比亚兹莱所画《莎乐美》中的人头时，心灵的战栗更多于毛骨之悚然。

中国的廿四史，本就是一部相斫书，推而广之，四大部洲亦莫不如此。希特勒、斯大林、奥斯维辛、卡廷……杀的人还少吗？二十世纪在非洲还有吃人的总统和君王，敲骨吸髓用上了高科技，这又驾周实的描写而上之了。

周实用冰冷的手术刀解剖着古老的历史，却不是在写“历史小说”，更不是说历史故事，而是在诉说亘古不变的人性，诉说人性的不完全，人的软弱和无力，还有从人性中异化出来的狼性和狗性。在这些方面看得多了，想得多了，写得多了，无怪乎周实的眼神透彻中现出些迷糊，开心时隐藏着愁苦了。

我忽然想，写《刀俎之间》时的周实，恐怕也有过在刀俎之间的感觉吧。你看他写的方孝孺、司马迁、李斯、商鞅、鲧，岂不都是有能力做事也想做事的人吗，结果却都做得不讨好。杀他们的并不是非人，也不是敌人，而是他们自己为之做事，甚至竭力为之做好的主人，还有就是熟人和友人。周实没有写楚霸王，霸王之死也很有特点，是自杀之后被支解的，死之前他对吕马童说：

> 若非吾故人乎！

林汉达译为：

> 喝，老朋友也来啦！

真是绝了。还有罗马大将凯撒被暗杀断气时留下的名言：

> 你也来了，布鲁特斯？

亦有异曲同工之妙。《刀俎之间》在鲧头上高高扬起青铜长剑然后一挥而下的手，是一只“和鲧的手一模一样的手”。能想象得到，写到结尾这几句时，周实的嘴角一定挂着一丝冷笑。

但周实毕竟是个聪明人，他会适可而止，也会有办法使人们读来不过于沉重。我是在今日凌晨四点到五点看的，看到《腰斩》时，有点喘不过气来了。但再看下去便是《宫》，“斗胆犯上的——割鸡巴”。当鸡巴不是长在自己两腿之间时，读来就比较轻松了。在浓墨重彩叙述太史公被“宫”时，却捎带写了公牛被宫以后：

> 即使有成群的母牛哞哞叫着擦肩而过，它也只能“宁静致远”，处艳不惊，顶多只是抬起头来，傻乎乎地回望一眼。

写到公猪被宫以后：

> 即使母猪用那肥臀日日夜夜揉着拱着，它也安详得像位绅士，眨眨眼睛，摇摇尾巴……

又不禁莞尔而笑了，这大概也就是“传统阅读”之所以始终不能“上层次”的原因吧。

废墟中的财与色 （2001. 9）

地震、火山一类自然灾变，使人们突然死亡。灾变中留下来的遗迹，有的保存了人在死前的形态，看看也很有意思。袁枚《子不语》中便有如下一则，今译如下：

> 雍正九年冬天，山西一带地震。介休县有个村子发生地陷，陷没的面积达一平方里左右。大部分村落成了深坑，破坏状况看得很明显；也有些房舍的结构并未破坏，而是整个陷没到地底下去了。后来人们在这里进行发掘，掘出了一处姓仇的宅子，家具器皿全部完好无损，家里的人也在，只是都成了僵尸。家主人正在用天平称银子，右手中有个银元宝，抓得紧紧的，掰都掰不开。

古人记自然现象大都疏略，往往掺杂想象，或摭拾陈说，这是科学思想发展史要研究的问题。袁子才好语怪力乱神，本篇却并非虚构，因为一七三一年山西确实发生过地震。而其记事简洁，能够抓住有特征的细节，所以很有资料价值。

关于庞贝（Pompeii）古城废墟发掘的记载中好像也写过类似的事情，僵尸也在用天平，不过紧抓在手的不是元宝而是金币。反正都是钱，可见人在死到临头时，抓住了的钱也是不会放手的。财之于人，可谓重矣。

这件事情很引起我查考的兴趣，便去找关于庞贝的书，一时却无法找到。康有为曾游历庞贝，但他在《意大利游记》中没有记僵尸用天平称金币，却记了：

> 男女交媾者四床……大门立一男像，阳具极长大，有一人以权衡称之。

因而慨叹："于是见罗马之淫风极矣。"

康有为所见的男像，海南出版社新出的《世界性艺术图鉴》中有一庞贝废墟文物的摄影，乃是幅残破的镶嵌画，以权衡称极长大的阳具的原来并非别"一人"，而是长着极长大的阳具者自己。不知和康氏所见者是不是同一件？

不管怎样，说罗马人重色总是不错的，虽然这幅画并不是他们临死时的创作，但"交媾者四床"一直保存至今，当地男女之大干快上，也可算得泰山崩于前而色不变了。

康圣人没注意抓着金币不放手的僵尸，只记了这些事，大约他老人家所重亦在此不在彼吧。

古籍出版感言

（2001.10）

一九八二年在北京为古籍整理出版召开的“京西会议”，我曾应召参加，在会上提议新编出版《曾国藩全集》，这是我搞古籍整理的开始。二十年转瞬即过，当时同组讨论的十七人（白寿彝、夏鼐、谭其骧、顾廷龙、史念海、瞿同祖、朱士嘉、杨廷福诸先生）大半作古，回忆起他们的言谈笑貌，真有不胜今昔之感。

那次会议的基本出发点，是“为了子孙后代，得把宝贵的文化遗产继承下来”。虽然也谈到要培养专业人才，要进行专门研究，要设机构搭班子，都是从这个基本点出发，为这个终极目标服务的。所以才强调加强文科教育，强调让小学生读点古文，强调让更多的人看得懂，强调古籍的今译。

编辑出版工作很难说是古籍整理的主体，却是它的终端。在一个退休编辑的我看来，古籍出版可以分成三个层次：

第一层是为“更多的人”服务的。也就是当时特别强调的，“仅作标点、注释、校勘、训诂还不够，要有今译，争取做到能读报纸的人多数都能看得懂”的书。这应该是基础，是大头。旧时中华书局、商务印书馆可以自行编印发行教科书，现在至少在古文、古史方面，应该还能够这样做。

第二层是为读书时学文科，成年后对文化遗产有兴趣，愿意读古籍、古诗词、古代笔记杂书、古旧小说的人服务的。这些人的阅读趣味和欣赏水平会逐渐提高，小部分会渐渐养成批评研究的能力，总体看来像个金字塔。

第三层是为研究者和高级读者服务的。金字塔的顶尖不会很大，却是当代学术研究和图书出版水平的标志。此种图书的品种和印数都不必太多亦不可能太多，尤不应该像《传世藏书》那样，用重排的办法(必然错得多)，重复出版早已饱和的通行本。

第一层是基础。没有基础就不会有塔身，更不会有高高的塔尖。二十年前刚经过“文化大革命”，传统文化到了不绝如缕的状态，书荒十分严重。小组会上发言的老专家们，无不认为后继乏人是古籍整理的最大危机。正是有见及此，当时才强调要“加强大学的文科教育，并从小学开始，就让学生读点古文”。

出席和列席“京西会议”的，还有几位五十岁左右的学者，现在早都是学科学术带头人了。他们中有些人的学术成就，现在已经达到甚至超过了他们的师辈。我向来不同意“一代不如一代”的悲观论调，从总体上说来，人的智能和知识积累总是在进步的。在信息化时代里，人们的方法和手段进步得更快，作研究出成果当然也快，编辑出版亦是如此。但这些仍然代替不了打基础的工作。即以二十年前还在老先生面前谦称晚辈的人来说，他们如果不是“从小学开始”就努力，如果没有接受五十年代、六十年代的培养教育，今天能接好这个班吗？二十年前五十岁左右的人，今天也七十来岁了。而今天在大学、中学、小学课堂里的青少年，又有多少对传统文化感兴趣，愿意“读点古文”的呢？我们的古籍整理出版工作，在引导他们，为他们服务这方面，按照《指示》的要求来检查，又做得怎样呢？

言念及此，我更应惭愧。我本是在“京西会议”之后才从普通出版社调到古籍出版社的，可是二十年还未过半就“离队”了，虽然不完全是由于我自己的原因。《走向世界丛书》计划出书一百种，还只出齐第一辑三十六种，便中止了；其馀的看来只能交给别人，如果还有人愿意接手的话。十年前开始选百字短文，加上自己的释读和读后感，曾以《学其短》的名目在报刊上发表过一些。近来觉得可以告一段落了，即拟将其印成一本，算是自己从事古籍整理出版工作的一个小小的纪念。

少出泡沫书

（2002. 2）

《文汇报》“关注出版业的平庸期”，连打几次电话叫发表意见，老实说这几百字我硬是不想写。因为第一，我已退休多年，早已脱离出版业，俗话说“开船不管岸上人”，隔山渡河的议论不仅容易讨人嫌，事实上也难说得对。第二，我本身就是一个平庸的人，自然也就是一个平庸的出版人(过去的)，哪有资格侈谈什么平庸不平庸？但来电话中反复说，作为书的读者，谈一谈总是可以的嘛，如是遂匆匆写下了这些话。

如今常听说泡沫股市、泡沫经济。我没有资格评论整个出版业的事，但觉得现在出版的书，好的固多，却也有相当一部分可以称之为泡沫书。看起来很大一堆，亦显得灿烂缤纷，五光十色，其实一大半却是“搅”起来的泡沫，没有扎实的内容，也不能够经久。

这是十分可惜的一件事，可惜了宝贵的人力物力，更可惜了读者的宝贵光阴。看来不少人对此是不满意的，我则以为，这不能光责备出版业的从业者。因为出版只是大文化的一个组成部分，不太可能脱离整个文化状态来要求出版有特别优异的表现。所以，文化复苏时期有出版的复苏，文化繁荣时期有出版的繁荣，而当搞笑剧占领了舞台，写武侠小说的被尊为大师，硬伤触目皆是的“文化散文”居然畅销的时候，出版业之进入“平庸期”（如报上所说的），也就是势所必至的了。

出版又是一项产业，是整个社会经济的一部分。过去编、印、发行都在计划经济的轨道上运行惯了，领导体制、人财物的管理都是下边听上边的。如今脚和身子算是“进”了市场，头脑和双手又还被原有的关系制约着。这种被制约着的“市场经济运作”，有点像戴着枷锁跳舞。做出版工作的人，任你多么能干，只怕有时也力不从心。

但上面又是要求“多出书，出好书”的，还要求“进入市场”，要求从业人员的收入和利润挂钩。于是乎大家只好来搅泡沫，这泡沫主要有两种：

一种是为了打短平快的畅销书。搞来搞去，眼睛总盯在教材、教辅或变相的教材、教辅这一块上。奶酪只有这么大，都视之为活下去的命脉，想来争割，在选题策划、前期投入等方面的大量重复大量浪费便必不可免。即使是纯奶酪，倒下去的水太多，搅和的人太多，也就被搅成了一大堆泡沫。

第二种是为了遵行功令而炮制的“获奖书”。上面设立各种奖项的用意当然是好的，但请看我们过去的商务、中华、开明、生活，看人家的牛津、剑桥、小学馆、讲谈社，哪个是为了获奖而组织出版的呢？人家也有图书评奖，但那是学术范围内和社会舆论界的事情。这总要在图书出版若干时日以后，至少要经过再版，经过读者的筛选，评论界的长期讨论。绝不会由临时“请”的评委来一次评定，更不会由长官意志来决定。

如今有的出版社，迫于功利和功令，就是只抓两头，一头是跟风狂抢畅销书，一头是以“投入”来炮制“获奖书”，结果两头都只“搅”出了若干泡沫。只要看看，这些年真正在读者中产生大影响的书，其中有几本是“获奖书”，不就明白了吗？

但是，我劝朋友们也不必过于着急。人固难于胜天(形势)，但能干的人总还可以发挥自己的几分能动性。少出一点泡沫书，认真扎实地出几本经得起时间检验的，现在有人看，将来也有人要看的书吧。一个编辑一年出一本，全国一年也就有几千本，泡沫里头也就有一点耐咀嚼有营养的硬东西了。

民意和士气

（2002.4）

去年夏天，王稼句君提到《林屋山民送米图卷子》，说是一九四八年北平“彩华印刷局”印的一本书。我心想，卷子不就是将书画裱成的手卷吗，怎么印成了书，“林屋山民送米”又是怎么回事呢？于是写信去问，旋即收到了王君转请赵国忠君寄来的复印本，果然是一册书，首为胡适题签及亲笔序文，末为版权页，有字六行：

林屋山民送米图卷子

珂罗版印壹百册

保藏兼发行者：暴春霆

承印者：北平彩华印刷局

版权所有不得翻印

中华民国三十七年六月初版

“中华民国三十七年”即一九四八年，胡适的序写成于是年一月九日。没过多久，胡就坐飞机离开即将被共产党接管的北平，北平随后也就改称为北京了。

林屋山民送米却是发生在一八九〇（光绪庚寅）年底的事情，肇源于林屋山（太湖洞庭西山）角头司巡检暴方子“得罪上司”被撤职。巡检为从九品，是最起码的芝麻官，其去留本不足道。但此芝麻官得罪上司是因为“遇催租蠲赈事一意庇民”，他又因廉而贫，撤职后无钱搬家，甚至无柴米做饭，所以民众都同情他，给他送柴送米。旬月之间，来送者达八十村，七八千人，太湖厅、苏州府、江苏省都为之震动。

暴方子的祖父和著名文人俞樾（曲园）同榜进士。方子的官职虽小，却与俞曲园关系密切，因此苏州太湖一带的文人也很同情他，并为山民的义举所感动。明年（辛卯）春，诗画名家秦敏树（散之）画了幅《林屋山民送米图》赠他，并题了诗。俞曲园也作长歌相送，末几句云：

> 君官山中有年矣，止饮太湖一杯水。不媚上官媚庶人，
> 君之失官正坐此。乃从官罢见人情，直道在人心不死。
> 薄官不能一朝留，清风可以百世祀。　　　　……
> 君今归矣斯图传，披图谁不知君贤。岂无大官解组去，
> 投来瓦石盈其船。

此唱彼和，题咏渐多。暴方子将这些画和诗裱成一个手卷，甲午（一八九四）年带着北上，在京师和关外又请吴大澂、吴昌硕等人观题，卷子的篇幅不断加长，内容也不断丰富。第二年方子不幸病逝，其后人将此卷子视为传家之宝，宣统和民国年

间，仍有名家在上面题诗。及至一九四八年，方子之孙春霆随部队到了北平，带着这个卷子准备精印若干份，以利保存。胡适一见，连称："写得好，题得好，事迹更好。"当即应允为之作序。接着，张东荪、冯友兰、朱自清、黎锦熙、陈垣、俞平伯、游国恩、沈从文……都在卷子上作文作诗，徐悲鸿还补画了幅《雪篷载米图》，终于印成了这样的一册。

据了解，暴春霆交彩华印刷局印成的一百册书，只分赠给题跋诸人，并未对外发售。他本人在北平解放后成了"旧军官"，卷子原件和家藏所有图书，都在"无产阶级文化大革命"中付之一炬了。赵国忠君收藏的这一册，可能出自俞平伯家。究竟在这一册之外，还有没有"彩华版"的《林屋山民送米图卷子》流落在民间呢？应该是有的吧。

《林屋山民送米图卷子》的内容很丰富，大致可以分为三个部分：一部分是一九四八年胡适、张东荪等人的题记，最可注意；一部分主要是清光绪辛卯、甲午两年间俞曲园、秦散之等人的诗书画，也有很高的艺术价值，我则更看重其艺术以外的价值；还有一部分则是暴方子本人和林屋山民送米的材料，更具有胡适称之为"中国民治生活史料"的价值。

中国的"民"，向来是被"治"于人的。"治于人"的民众，对于"治人"的政府和政府官员，总会有各种各样、或好或坏的意见，这便是民意。社会的"民治"的程度，全视民意能不能伸张，起不起作用。暴方子因廉而贫，又能"遇催租蠲赈事一意庇民"，民众就同情他；上司因其"不媚上官媚庶人"而撤他的职，民众就不同意。七八千人送米，一人送两斤即达一万几千斤，怎么吃得了，自然是有意向上司示威，也就是民意的表现。

关心国家社会的读书人，对于民意总不能漠不关心，若发而为议论，或者托诸笔墨，而能表现出不阿附官方的独立的精神，这种精神便是可宝贵的士气，它是民意的体现和升华。暴方子被撤职，就有人写“夺民廉吏来何速”；林屋山民送米，就有人写“官如能造福，民岂不知恩”；到处都是贪官污吏，就有人写“寄语当今婪索辈，洞庭山下有廉泉”，都表现了峥嵘的士气。

在不停滞的社会里和有信心的政权下，民意和士气总是能够伸张，对政府起到强大的监督作用的，这就是民治的社会和民治的国家的标志。清朝末年当巡检的暴方子，尽管民意支持他，士气鼓舞他，如果举行普选，他当选肯定不成问题；但“百姓之讴歌，万不敌上官之考语”“不获乎上，则民不可得而治”，他终于还是被罢了官。可见在当时，民意和士气是不被尊重不得伸张的，国家社会的状况如何，也就可想而知了。张东荪先生在《林屋山民送米图卷子》上有一段议论：

曲园（致暴方子)函札，谓“今之官场无是非可言”。其时距清之亡不过十馀年，然即此一语已足证清之必亡矣。窃尝读史，每当革命之起，其前必有一黑暗时期，无是非、无赏罚、固不仅贪婪无能而已。……此《馈米图》，在春霆本以表彰先人品德，而吾以为大有历史价值，即此一事亦已足证清室之必亡。盖未有贪污横行、是非不辨、赏罚不明而能永临民上者也。

贪污横行，是非不辨，则国必亡，这话说得多么精彩。

林屋山民送米的四年之后是甲午大败，又六年是庚子大乱，又十年发生辛亥革命，清朝就玩完了，说这一段是黑暗时期当然不错。但不管怎样，林屋山民还可以给被撤职的暴老爷送米送柴，俞曲园、秦散之他们还可以给罢官归去的暴方子题诗作画，暴本人只要不当这个鸟官，还可以抱着送米图卷子大摇大摆地进京出关，干自己想干的事。由此可见，即使在那样的黑暗时期，民意和士气虽不受尊重，不得伸张，也还是不绝如缕的，这也就是清朝虽亡而中国不亡的重要原因吧。

一九四八年胡适等人所题的诗文，各抒所见，都很精彩。如冯友兰先生写道：

近年以来，我们亲眼看见，许多官吏对于办理政治，只顾自己的考成，不管百姓的死活。而中国之大，尚没有发现一个像方子先生那样以直道忤上的廉吏。于此更可见方子先生的行为是难能而可贵的了。

陈垣先生却写道：

《旧唐书·崔暐传》载辛玄驭之言，谓："儿子从宦者，有人来云'贫乏不能自存'，此是好消息。若闻'赀货充足，衣马轻肥'，此是恶消息。"凡世当大乱之后，恶消息必多，然好消息亦自不少。

春霆所示之图，虽旧闻，亦一好消息也。

各说各话，观点并不相同，却都肯定《林屋山民送米图卷子》和暴方子事件的重要意义。这种“不一律”正是真正的民意和士气的本色，是强制“舆论一律”的专制独裁者不能接受，也不敢接受的。

其中我尤其喜欢朱自清先生题的那首白话诗的最后两句：

这幅图这卷诗只说了一句话：傻心眼儿的老百姓才真公道。

可见士气本与民意相通，“傻心眼儿的老百姓”正是发议论的“士子”发扬意气的道德基础，这就比曲园老人的“不媚上官媚庶人”更具现代意识，也就是在政治上更加自觉了。

朱先生在诗末署云“春霆先生嘱题，朱自清，卅七年”。这很可能是他最后写的一首新诗，对于一位诗人来说，也就可以称为他的绝笔了。但在观察的深刻上，张东荪先生文章的结尾更可称为警策，他写道：

春霆以是图遍索人题，余披览之馀，感慨或与人不同：当清末季，岌岌可危，士大夫犹欲竭智尽忠以谋挽救，顾终无济，岂非病已深入膏肓耶？则今日读此图能不令人感慨系之。

这种“感慨系之”，生逢盛世有福了的我们应该不会再有。但感念畴昔，多思者仍不能不为一介书生之竭智荩忠忧国忧民而感动。书生本是最没用的人，却又“偏好事好出主意”(朱自清句)，虽然他们的主意总是“无济”的；岂止无济，常常还要惹火烧身，或者被当成毒草诛锄掉。小官儿暴方子撤了差，幸得林屋山民送米，才不致饿坏；大教授张东荪撤了差，罪名更大，想送米的只怕也不敢登门了。

但书生也有值得羡慕的东西，就是他的思想和文章。暴方子“广征”而成的这份“卷子”，包括他亲笔写呈上司的禀帖，张东荪的“未有贪污横行，是非不辨，赏罚不明，而能永临民上者也”的议论，便都活得比他们的肉体久长。若无此一卷流传，无论如何暴方子这个人我们是不会知道的。语云，“纸墨寿于金石”，当然更寿于个人的生命。我来介绍这册《林屋山民送米图卷子》，亦无非想借纸墨延长一点书生意气，就是能让它再不绝如缕些时也好。

太行山故事

（2003. 8）

中国山多，人也多。若问全国十几亿人最熟知的是哪座山，我想那一定是太行山。因为“天天读”过“老三篇”，都知道有一座太行山挡路，自己的任务就是“每天挖山不止”，以期“感动上帝”来把山搬走。虽然太行山至今还纹丝不动，山名却早已“深入人心”，加之《我们在太行山上》一唱好多年，什么山还能有太行山这样的知名度？

现在我再锦上添花，来讲一个太行山的故事，却是从前人笔记中看来的。

为了讲它，先还得讲一讲汉字。汉字的特点之一便是多音多义，比如说“大”字，它既可以读“大”（大小），又可以读“代”（大夫），又可以读“泰”（大极）。又比如说“行”字，它既可以读“形”（进行），又可以读“恒”（道行），又可以读“杭”（银行）。这在口头上谁都分得清，望文生义时却不免夹缠。尤其是读“泰”的“大”，后来都写成“太”了，“大太不分”，更易混淆，于是便引出了这个太行山的故事。

说的是古时有主仆二人出外旅行，行至大山前，见一座石碑，上面刻着“大行山”三个字。主人十分高兴，大声道：

“今天见到太行(杭)山啦!”

“老爷您认白字了。”仆人说，“这碑上刻的明明是大行(形)山，您怎么念成太行(杭)山了呢?”

主人见仆人无知，便告诉他，这里本来是太行(杭)山，碑上的“大行”二字应该读“泰杭”。仆人却坚持说是“大行”(形)，认为主人认了白字不服输。

后来主人有点生气了，仆人便说：

“何不干脆找个本地人问一问，如果真是太行(杭)山，我宁愿老爷您扣掉我一吊钱工钱，算是认罚；如果是大行(形)山呢，您便奖给我一吊钱去喝酒，好不好?”

主人见仆人又蠢又倔到了这样的程度，反而转怒为笑，便答应了他。正好路边有一所学堂，主人心想找读书人问问更好，便带了仆人进去，见到一位教书的老先生，请求在学堂里稍事休息，随后便向老先生说明原委，请他裁判。

老先生听后，笑呵呵地指着仆人，对主人说：

“您就赏一吊钱给他喝酒吧。”

“如何，我说的不错吧!”仆人快活地叫了起来，立刻向主人讨了一吊钱，兴冲冲地出外买酒喝去了。

仆人一走，主人便埋怨老先生道：

“您是读书识字的人，怎么也跟着蠢奴才说话呢?”

老先生一直在笑着，听主人这样一说，笑得更厉害了，回答道：“您也真是的，出一吊钱算什么，让这蠢东西一世不认得太行山，岂不好吗。”

这则故事，我所见最早的文本，在宋人李之彦《东谷所见》中。明人赵梦白《笑赞》、清人金埴《不下带编》、梁绍壬《两般秋雨盦随笔》等均有记述。清人重考据，对别人讲的故事也要来认真，《不下带编》引《资暇录》云：

太行（杭）本俗称，当以太行（形）为正。《山海经》：“太行（形）山一名五行（形）山。”《列子》直作“太形”，则形乃本音也，知之者鲜（上）矣。

我查了一下，上面所引都出自郝懿行的笺疏，郝氏乃是严肃认真的学者，他的考证是可信的。梁绍壬《两般秋雨盦随笔》也引以为证，说：“此仆之考核，胜乃主多多矣。”清末周荇农《思益堂日札》亦采此说，并认为读“泰杭”与宋代以来应制文字中讳“大行”二字有关，因为新死的皇帝皇后叫“大行”，所以山名就不能不避讳。

对于我来说，此类考据文字，读来均不免有买椟还珠之感。到底是行还是形，专门家也许可以去讨论，像我这种不搞学问的普通人觉得有趣味的，却是学堂老先生最后说的那句话，而以赵梦白的文本最为隽永：

你输一次东道不要紧，让他一世不识太行山。

梁绍壬的按语也很妙："老儒之言，颇有意味，盖有真是非，遇无识者，正不必与之辨也。"

在我们一生中，硬要将太行山叫做大形山的情形，恐怕也见到过不少回吧。将遍地碉堡的小叫花子国家称为"社会主义明灯"，将考场交白卷的考生称为"学习模范"，如今张艺谋拍的影片又将焚书坑儒杀人无数的暴君称为"护国护民"的"英雄"了。当一阵风压倒一切时，吾侪小民还敢"与之辨"吗，也只能"让他一世不识太行山"，去他妈的算了。

好在太行山仍旧岿然不动地屹立在中国大地上，上帝却如尼采说的那样"死掉了"。山本来是移不开挖不动的，移山填海，无非梦呓，何况并没有人真去挖过一锄头。

小说家言

（2004.5）

我们的古典文学，成绩最好的当然是诗。但我能背诵“气蒸云梦泽，波撼岳阳城”和“妆罢低声问夫婿，画眉深浅入时无”，却不记得也不愿去记《临洞庭上张丞相》《近试上张水部》这类题目。想起前人所说，在西欧诗国英、德的文学史上，找不出《呈歌德相国》《上培根比部》之类诗题，于此即可见中西文化之差异。盖人家的文学只是文学，我们则即使是纯文学亦坚持“官本位”，总不忘“政治挂帅”者也。

从诗又想到了小说。《汉书·艺文志》：“小说家者流，盖出于稗官。”颜师古注：“稗官，小官。”如今的作协主席之为副局级是矣。既出于官，当然得恪遵官方的功令，最要紧的便是承担起“教化”小民的任务。而民智未开，象征主义、意识流……看不懂，只有神道设教，而最通俗也最有效的设教方式，便是将人物塑造为神，以发挥“榜样的力量”。接受了这样的“教化”，小民们便渐渐地成为信众，“榜样”则成为偶像了。

拿古典小说来说，《三国演义》号称“讲史”，真的历史人物诸葛亮借东风拜北斗，完全被神化了。《水浒传》的高太尉蔡太师和三十六天罡也是真人，后者被写成“洪太尉误走妖魔”放出的魔头，才演出前七十回后五十回的许多故事。连《西游记》和《封神榜》一类神话小说，亦必从唐太宗和唐三藏、商纣王和姜太公等真人说起。无论如何离奇变幻，在信众心目中，他们仍然是值得效法的好人、必须敬畏的能人或应该谴责的坏人。

小说如此，戏剧更是如此。包公关公，都具有超人的神力，能够“探阴山”，还能“月下斩貂蝉”；但他们又是历史上真实存在的包拯和关羽，一个吃嫂娘的奶水长大，一个走麦城被割了头颅。如此有鼻子有眼，有档案可查的“真人真事”，其“高、大、全”的形象，就具有比泥塑木雕更大的亲和力，也就有更大的教化作用。

长期潜移默化的结果，信众便习惯将小说戏剧中的人视为神，但造出来的神同时又被当作真人。戏台上演多了《平贵回窑》《大登殿》，西安便“保存”下来了王宝钏的“寒窑”。“打虎上山”的杨子荣“原籍”何处，不也有苏北和东北之争吗？听说他的儿子还是孙子还上了电视，正在争取烈属待遇。

最近看到一篇小说《沙家浜》，它也写阿庆嫂救护了郭建光，两人却发生了性关系。胡司令虽想缴郭建光的枪，却也是抗日的，还去攻日军炮楼，想救出新四军伤员。最要不得的是，这个胡司令居然也上了阿庆嫂的床，还逼阿庆去舍身炸碉堡……于是，“《沙家浜战士足迹》编辑委员会”和“常熟市百万沙家浜人民”纷纷抗议了，沙家浜镇的镇长(中文系毕业的)说：

阿庆嫂和郭建光的形象，已经成为一种民族的记忆，一种英雄形象。这个小说给我们带来的影响还蛮大的……因为我们沙家浜人原来出去招商引资也好，发展经济也好，一提沙家浜，别人都是肃然起敬的……现在我们出去别人要跟我们调侃……很多新四军老战士提出要通过法律手段对其(小说作者)进行制裁，我们当时有几种方式，一种就是向上级汇报情况，因为我们是全国爱国主义教育示范基地，这个是个正常的渠道。……(作者和编者)他们觉得自己写的是一个人在现实世界中可能性的存在，进行的是一种纯文学的探索……我们国家这么多年的社会主义文艺理论，它还是一个主流的意识形态……不会是一个主编不会连官方媒体、杂志办刊方向都不知道，这个应该是基本常识。

结果当然是发表小说的刊物作检讨，主编辞职了。

我是懂得一点“基本常识”的，因为它和我在前头所作的分析完全一致。阿庆嫂这位茶馆老板娘虽是戏剧中人，但她在沙家浜这片真实的土地上，确实“已经成为民族的记忆，一种英雄的形象”；“春来茶馆”也成了真正的“革命纪念地”，成了人们心目中的净土，不允许演床上戏了。既然如此，小说《沙家浜》的作者，又何必再来作“纯文学的探索”，何不让阿庆嫂仍旧照样板戏写的那样，在没有阿庆的“春来茶馆”里，在光天化日之下，将“胡司令”和“参谋长”们玩弄于股掌之上，一心来延续“芦荡火种”呢？

果戈理的人物

（2004.5）

中外书籍插图，都是古已有之。中国的“精神文明”据说优于外国，在这方面却难称先进。鲁迅小时候“最初得到，最为心爱的书”，“图像几乎全用直线凑合，连动物的眼睛竟都是长方形的”（《朝花夕拾·阿长与〈山海经〉》）。周作人谈到旧小说绣像时，也“还记得貂蝉的眼睛大而且方，深觉得吕布之入迷殊不可解”（《书房一角·画谱》）。这些长方形的眼睛，比起《十日谈》中人物和《列那狐》中动物有表情的面目来，给人的感觉真是相差太远。即使同在东方，“明刻精品”《金瓶梅》的“大闹葡萄架”“兰汤邀午战”诸图，持与日本大略同时的春情小说插画相较，也精粗立判。西门庆那两支细胳膊，断然支不起那硕大无比的胴体，而西川助、矢野诸人的春画中，则除了对人体某一部分作夸张外，整体仍能合乎解剖学的常识。

“五四”以后的文学书籍，尤其是翻译作品，才渐渐有了像样的插图，鲁迅于此功莫大焉。其自译的小说《表》和《坏孩子和别的奇闻》，都分别用上了 Bruno Fuk 和 Maiutin 的著名插图。他介绍出版并为之作序的《小彼得》《夏娃日记》等译作，也收入了 George、Ralph 等人的插画，这些比译文更为有名。《〈夏娃日记〉小引》将 Ralph 的插图和清季任渭长画的瘦削怪诞的人物相比，说前者对于中国“看惯了斜眼削肩的美女图的眼睛”很有澄清的益处，再明白不过地说明了“引进”对“提高”的意义。这些再加上他译介的插图专辑《〈士敏土〉之图》《一个人的受难》《〈母亲〉木刻十四幅》和《〈铁流〉插图》等等，对于现代文学插图的确起了开山和指路的作用。而我特别喜欢的，尤其是果戈理《死魂灵》的插图。

我喜欢果戈理，首先是由于耿济之译的《巡按》和《狄康卡近乡夜话》。他那“带泪的微笑”，很打动我的心。鲁迅“硬译”的《死魂灵》比较难读，但有了 Agnon 精彩的插图，阅读的兴趣依然未减。第七章写梭巴开维支，当大家分头走向筵席时，他却一径跑向早已看准的一尾大鲟鱼，在别人先用小吃下酒谈天之间，很快就把它吃得干干净净，待到主人请列位来“尝尝这天然产物”时，“却看见这天然产物只剩下一个尾巴了”。画中的梭巴开维支，便是迅疾坐到鲟鱼面前正准备埋头大嚼的样子，真是入木三分啊，一个饕餮的、鄙吝的乡村地主的尊容，岂不正是如今“大口吃四方”的贪污村官的写照吗？

鲁迅译的《死魂灵》可能不大好销了，浙江文艺出版社新出了郑海凌的译本，可以为证，这却不能怪俄罗斯画家所作的插图。鲁迅在一九三五年写过这样的话：

> 听说果戈理的那些所谓“含泪的微笑”，在他本土，现在是已经无用了，来代替它的有了健康的笑。

这就只能称之为胡说了。

人所共知，在斯大林统治下，人们岂止是“含泪”，而是大量地流血。在俄国各地新立的受难者纪念碑像的脸上，哪里有什么“健康的笑”呢？如今斯大林早已不在，果戈理的“含泪的微笑”却依旧长存，因为伟大的文学艺术的力量是超时空的，它远远超过了专制独裁者的统治力量，更不必说为之梳头搽粉的宣传力量了。我以为，跟斯大林时代“遵命文学”炮制的“典型人物”不一样，果戈理和 Agnon 笔下的人物还活着，而且不仅仅活在梭巴开维支们的国度里，虽然他们狼吞虎咽的美食不会只是鲟鱼。

黄遵宪百年祭

（2004. 5）

忍死犹寻民主梦，河清难俟海难填。先生逝去江山在，叹息光阴一百年。

公度先生逝世前，犹惓惓以开国会行民主为念，有诗云：“日去不可追，河清究难俟；倘见德化成，愿缓须臾死。”倏突已经百年，思之唯有叹息耳。

【后记】 黄遵宪逝世百周年纪念会精制四十米长卷倩人题咏，钱仲联、饶宗颐、李锐、于光远诸老珠玉在前，本不敢献丑，辞不获免，草此聊表寸心而已。

几人垂泪忆当时*

（2004. 8）

嘉兴范笑我君在图书馆工作，经营“秀州书局”，辑印书籍多种，得见者如《古禾杂识》《寇难纪略》《药窗诗话》《沙家浜》等，都是嘉兴本地人（最早的生于乾隆时，最晚的还在上班）写嘉兴本地事，属于乡邦文献，不高谈“理论”或凭空“创作”，故为我所珍重。我籍贯平江。平江从汉灵帝熹平年间建县起，已有一千八百多年历史，地属湖南岳阳，居民却讲赣方言，文化上很有特色。我从抗战胜利后到长沙读高中，即未再回平江住过，于故乡文物实在生疏。老来怀旧，有时也想找点平江人写平江事的书看看。也许是在平江已经没有什么“关系”了的缘故吧，结果却总是难得。所以不久前得见《毛简青》一书，我的心情，居然和收到范君寄来新书时差不多一样高兴。

平江是著名的老革命根据地，共产党烈士甚多。毛简青是事迹突出的省军级烈士之一，原来却是富家出身的大知识子。

平江位于湘赣边境大山中，与江西修水（义宁）即陈寅恪的

* 原题“烈士原来是才子”。

家乡接壤，两地俱为出才子的地方。这里古有李次青，今有李锐，都是有名的才子。毛简青读中学时，读《诗经》："式微式微，胡不归？微君之故，胡为乎中露。式微式微，胡不归？微君之躬，胡为乎泥中。"便将它译成了：

天要晚啦，天要晚啦，
为啥不回家？
要不是官家事儿多，
我哪会露水珠儿夜夜驮！

天要晚啦，天要晚啦，
为啥不回家？
要不为主子养贵体，
我哪会浑身带水又拖泥！

老师和同学即以才子目之了。

毛简青是一座占地近十亩的深宅大院中出生的独生子。平江虽在大山中，至今还是"贫困县"，但在汨罗江边的冲积地上，仍有一些"金窝银窝"。清末民初，全县首富的村便是浊水的金窝村，村中的首富则是毛简青父亲这一家。

出生于光绪十七年的毛简青，在家乡和岳州读过私塾、小学和中学后，于民国二年往日本留学。九年之后的一九二一年，他在东京帝国大学取得经济学硕士学位回国，当年冬天在长沙，便由另一位平江人李六如(《六十年变迁》的作者)介绍，参加了刚刚成立的中国共产党。

毛简青留学时，曾在象牙图章上刻下：

> 羌笛一声何处曲，流莺百转最高枝；深秋帘幕千家雨，落月楼台一笛风。

这颗图章如今还保存在“毛简青烈士故居”的陈列室中。

入党以后，毛简青当过湖南省委委员、六大(在莫斯科召开)湖南代表团书记和主席团委员、湘鄂西分局《红旗日报》社长兼主编。他在《红旗日报》上发表的作品，如一首“宝塔诗”：

穷
工农
可怜虫
被人雇佣
身在黑暗中
不辨南北西东
常不免坠入牢笼
共产党似暮鼓晨钟
唤醒世界上一班痴聋
才知衣食住靠我们劳动
豪绅地主坐享天地也不容
推翻旧社会我们要做主人翁

“暮鼓晨钟”约略留有才子笔墨的痕迹，整个精神则已经完全革命化，深秋帘幕和落月楼台的影子再也看不见了。

毛简青把全身心都献给了革命，自觉叛变了自己的出身和阶级。一入党，他就将自己在长沙教书和任职的每月工资三百圆银洋中的二百八十圆作为党费，按月缴纳给住在清水塘的毛泽东杨开慧夫妇。有时还要从平江家中要钱，以应其不时之需，被毛泽东戏称为“财神菩萨”。后来回平江组织扑城暴动，到上海主持“互济会”（救助被捕同志及其家属的机关），去莫斯科开六大，他都要寡母拿出了现银和金条。这些事迹，都有他生前好友又是同志的李六如、谢觉哉的记载。

可是，就是这样一个走出“平江首富”的深宅大院，放下日本帝国大学硕士的架子，捧着一颗纯洁的至诚的心来参加革命的才子，在他入党十一年之后的一九三二年，在湘鄂西苏区（洪湖）“肃反”中却被当成“反革命”处理，成为烈士了（烈士身份是一九五一年确定的）。

和毛简青同在报社工作的谢觉哉也是“肃反对象”，名字也上了黑名单，只是由于在敌军一次突击“清湖”时被俘，才侥幸逃过这一劫。解放后谢（他比毛简青大七岁）作为南方老革命根据地慰问团总团长来慰问毛家时，出示了他感叹毛简青和自己“肃反”经历的四首诗；

> “好人”不比“坏人”贤，一指障目不见天。昧尽良心横着胆，英贤多少丧黄泉。
>
> 愚而自用成光杆，偏又多猜变毒虫。一念之差成败异，

教人能不战兢兢。

自残千古伤心事，功罪忠冤只自知。姓字依稀名节在，几人垂泪忆当时。

黑名单上字模糊，漏网原因是被俘。必须自我求团结，要防为敌作驱除。

“为敌作驱除”，就是帮着敌人杀自己人。李锐为《毛简青》一书所作序文中说，“据统计，在十年内战‘肃反’中被错杀的达十万人之多”，难怪也曾上过黑名单的谢觉哉要“垂泪忆当时”了。

毛简青不过是这十万分之一。但因为他本是一位才子，是一位高级知识分子，他的成为烈士，就有了不一般的悲剧色彩。又因为他是平江人，由也是平江人的作者写了出来，对于我这个平江人，就有了更不一般的意义。故草此文，算是为“几人垂泪忆当时”的诗篇作一脚注。

古人写书房

（2004.10）

古埃及和巴比伦五千年前就有了书，但那时的纸草书卷和黏土书板，模样和现代的书很不相同。中国的简策（册）起源于西周，去今也将近三千年，那用皮条或麻绳“编”起来的，近时在长沙、江陵、临沂还出土过，虽然皮和麻都已腐朽，只剩下一支支竹简。

一支竹简上最多写十多个字。《老子》五千言一张大纸可以印完，竹简却要一大堆好多斤。庄子说“惠施多方，其书五车”，试想五车书得有多大的房子来装。因此古人读书放书，也必有专用的书房，写书就更不用说了。

但就我所知，“书房”一词（包括书屋、书斋、书室等别称）却出现较晚。“秘阁书房次第开”“仰眠书屋中”和“书斋望晓开”都是唐人的诗句，更早写书房的好像不多。

查《古今图书集成·考工典》第七十五至第一百十六卷宅、堂、斋诸部，有关于卧室、药室、佛室的叙述，独无书室，唯“椅榻屏架”条中有云：

书架及橱俱列以置图史，然亦不宜太杂，如书肆中。

这些架上橱中所置的“图史”，看来是为了陈设，而不是为了读的。那么，陈列书架书橱的屋子，恐亦不能称为书房，而是主人休息待客的处所。

明清之际，江南士人的读书趣味和生活情调，精致化到了最高程度，这时书房的设置才比较常见。李笠翁《闲情偶寄·居室部》有一节论“书房壁”，颇多精义：

书房之壁，最宜潇洒。欲其潇洒，切忌油漆……石灰垩壁，磨使极光，上着也；其次则用纸糊。纸糊可使屋柱窗楹共为一色。

这种四白落地的装修法，本来宜于书房，不仅采光好，朴素处也与读书的氛围正合。

张宗子的《陶庵梦忆》是我最佩服的文章，书中说“余家三世积书三万馀卷”，又说“大父至老手不释卷，……每至夜分，不以为疲”，写到他自家亭园楼阁的篇目也不少。有《梅花书屋》一篇云，“陔萼楼后老屋倾圮，余筑基四尺，造书屋一大间”，之后却只记叙前后的花木，言不及书。又《悬杪亭》云，“余六岁随先君子读书于悬杪亭”，也只介绍其建筑的奇巧。只有《天镜园》写到了读书生活，算是唯一的例外：

天镜园浴凫堂，高槐深竹，樾暗千层，坐对兰荡，一

> 泓漾之，水木明瑟，鱼鸟藻荇，类若乘空。余读书其中，扑面临头，受用一绿。幽窗开卷，字俱碧鲜。

此种境界，在六面钢筋混凝土中的我辈心目中，连想象都想象不出来，因为从来没有体会过。如今很有权很有钱的人，当然营造得出“受用一绿”的环境，再加上高科技设施，享受肯定要超过张岱的水平。但他们身心俱忙，“幽窗开卷，字俱碧鲜”的味道只怕也难领略。但张岱也只写了这一小段，接下去写的便是春老时运笋过园：

> 牙人择顶大笋一株掷水面，呼园中人曰：“捞笋！”鼓枻飞去。园丁划小舟拾之，形如象牙，白如雪，嫩如花藕，甜如蔗霜。煮食之，无可名言，但有惭愧。

这篇一百多字的文章便写完了。

我猜想古人会读书，会写文章，何以却不多写写自己的书房呢？大约他们把读书只看作个人私生活的一部分，未必有曾国藩那样修齐治平的志向，也不会像刘禹锡似的想作秀出风头，所以写不出也不想写《求阙斋记》和《陋室铭》那样虽以书房为题而意实不在书房的“古文”来。亦犹人人都要“居室”，写《天地交欢阴阳大乐赋》的毕竟也只有白居易的弟弟一个人吧。

立异不必鸣高

（2005. 3）

八十年前《京报副刊》推荐“青年必读书”，许寿裳推荐了凯本特《爱的成年》、法布尔《昆虫记》、鲁迅《呐喊》、周作人《点滴》等，常维钧推荐了《蔡孑民先生言行录》、《胡适文存》、周作人《自己的园地》、鲁迅《呐喊》、汪静之《蕙的风》等，吴曙天代祖父推荐的却是《孝经》《论语》《孟子》《尔雅》等。文人学者言人人殊，共同的只有一点，即所推荐的都是经过时间筛选流传下来的书，并不是新书广告。

这种推荐书目，固然不怕相同，例如《呐喊》。但更不怕立异，你可以推荐讲性爱的《爱的成年》，我也可以推荐讲旧礼教的《孝经》，让青年自由选择。

予生也晚，知道找书看时，已到抗战后期。国民党喊“国家至上，力量集中”，三青团在学校里也搞读书活动，“推荐书目”第一本便是《中国之命运》。他们推得越起劲，我越是不乐意读，宁愿下了晚自习蹲在厕所里就着昏黄的桐油灯光读《灭亡》，哪怕毛边本翻得稀烂，书页揭都揭不开。

我以为，除了上课读教科书，读书恐怕是属于各人自己的事情。公众化的“推荐”不能说没有用，但这用处到底有多大，似不宜高估。诚然，市场化的结果是做广告，流行文化则作兴赶浪潮，我却宁愿相信“桃李不言，下自成蹊”的老话。盖书籍乃是文化的载体，有点文化的人，恐怕不会太相信别人给开的单子，不管别人是多么高明。

但《京报副刊》“青年必读书”那样的推荐书目还是有用的，因为当时那些开书目的人有个性，开出来的是他个人认为“青年必读”的书。其中个性化最强烈最鲜明的代表是鲁迅，他没有推荐任何一本书，只在“青年必读书”一栏中填了两句话：

从来没有留心过，所以现在说不出。

接着在附注中写道：

我以为要少——或者竟不——看中国书，多看外国书。

一九六六年周作人在给鲍耀明的信中讲起这件事，说：

“必读书”的鲁迅答案，实乃他的“高调”——不必读书——这说得不好听一点，他好立异鸣高，故意的与别人拗一调，他另外有给朋友的儿子开的书目，却是十分简要的。

鲁迅的答案我也是在桐油灯下看到的，不过并不是在《京报副刊》上，而是在《而已集》上。当时我完全没有周作人这样的想法，只觉得鲁迅说得妙，说得过瘾。后来也见到了鲁迅给许寿裳儿子开的书目，全都是中国书，《全上古三代秦汉三国六朝文》等等，不要说读，买都买不起，但亦并未想过这前后有什么矛盾。

周作人说鲁迅“好立异鸣高”，就算是吧，我看也没什么不好。个性化比起一般化来，总会显得有点“立异”的，当然“鸣高”则大可不必，如果是为了做作。现今应邀或奉命来开“推荐书目”的人，还有不有敢于像鲁迅这样“立异”的呢，哪怕是更少更少那么一点点。

不在不通之列

（2005.9）

说一个人“不通”，很不客气了。汪中评骘时人，称其“不在不通之列”，似乎更不客气。但他又说，“读书十年，可望不通”。杨钧《草堂之灵》引此语后，接着说王先谦辈看书五年，自称无一不通，实在无一可通，举其补注《汉书》为例，曰：

> 读《汉书》遇不可解处，偶翻王先谦之《汉书补注》，彼亦茫然，所可解者，彼亦明晰。补注之功，果在何处？

读书“遇不可解处”，尽力求解仍不得解，即是汪中所说的“不通”。此种境界亦不易达到，汪氏便费了十年以上的工夫。而求解之一法，便是多看前人注释。但如果我“所可解者，彼亦明晰”，我不解者“彼亦茫然”，这种注释便不能帮我求“通”，只能使我继续处于“不在不通之列”的地位。那么，作这种注释的人，比起我来也未必高明，顶多能够把六字考语的头一个字“不”去掉罢了。

《草堂之灵》所指出的《汉书补注》的毛病，近二十年来的注释本是更加多，也更“小儿科”了。短文不能长说，只举一句为例：

时道光三十年正月既望，××××甫识于汉皋孙氏枕流漱石之馆。

短短一句出了七条注。“道光三十年”“正月既望”“甫”“识”“汉皋”“枕流漱石”这六条我“所可解者”(最多一查工具书便可解，如道光三十年之为一八五〇年)，都“彼亦明晰”地注出来了；而我所不解却又很愿得解的“孙氏枕流漱石之馆”究在“汉皋”何处？××××与此馆又有何关呢？却“彼亦茫然”，只以“不详”二字敷衍了事，让读者去拿石头打天。

读书尤其是为书作注，总要求通。尽力以求，还是“不通”，也就罢了，但这注也就大可不作。如果硬要知其不可而为之，拼命去抄工具书或前人的笺释，品格那就更低，当然比起连抄都不晓得抄的来，还要略高一点。

角先生及其他

（2005.9）

潘光旦译霭理士(Havelock Ellis)《性心理学》，堪称名著名译，卷首有题诗四首，其二云：

> 人生衣食住行私，墨翟而还孰费辞？礼失野求吾有意，风流霭氏是良师。

这“衣食住行私”的“私”，指男女之私，也就是“性”。

性对人生，本来和衣食住行同样重要，古人并不讳言。《汉书·艺文志》著录“房中八家”，比“医经七家”还多一家。出土竹帛书中，也常见有这方面的内容。但在罢黜百家独崇儒术以后，正经的“经史子集”便绝少涉及性事，不肯为此“费辞”了。潘氏的诗，实在是有感而发。

潘氏译书的功力，充分表现在所作的五百七十多条译注上。他在序文中说：十分之七的注都是用“中国的文献与习惯中所流传的关于性的见解与事例”，“与原文相互发明，或彼此印证”。他自称“一向喜欢看稗官野史”，所以引用的“关于性的见解与事例”，绝大部分均取材于此。

我并不是学者，不敢妄谈学问，但不免也有普通人常有的好奇心，总想知道一点人们过去生活的情形，性生活自然也是一个重要的方面。“经史子集”既然不能为我提供有关的知识，便只有求之于古人的笔记杂录也就是潘氏所谓的稗官野史了。当然，读古人笔记，有如披沙拣金，涉猎多而收获少，还得注意纠正迷信和偏见的歪曲，但总多少看得出一点前人生活的痕迹。尤其是“关于性的事例”的叙述，从中还能发现叙述者也就是当时的文人的见识和心态，这使我觉得更有意思。

潘氏引用的材料，多数我是都见过的，但还可以做些补充。有些潘氏未予采用的材料，亦可“与原文相互发明，或彼此印证”，这里便来介绍一点。

角先生和肉玆蓉

《性心理学》第三章谈到女子手淫时利用的工具，也就是人造的阳具，潘氏在这里加了一条注(七十一)，却格外简短，只有寥寥九个字：“中国也有，叫作‘角先生’。”其实清道光十八年(一八三八)刊行的《林兰香小说》中即有如下记载：

> 京师有朱姓者，丰其躯干，美其须髯，设肆于东安门之外而货春药焉。其“角先生”之制尤为工妙。闻买之者或老媪或幼尼，以钱之多寡分物之大小，以盒贮钱置案头而去。俟主人措办毕，即自来取，不必更交一言也。

东安门外大街为京师(北京)主要街道,“案头”就是“柜上”。这则记事,说明在一百六十多年前,“角先生”便已经在市肆公开供应,如今遍地开花的性用品商店,可以说是其来有自的了。而“买之者或老媪或幼尼”,以及“不必更交一言”的交易方式,都有性统计学和性商业史的意义。《野获编》卷六所述“入小唱谷道不能出遂胀死”的“假具”,《阅微草堂笔记》所述被误作下酒物切条装盘“举座不知何物”的“藤津伪器”,尽管出现在前,文献价值却还比不上这一则。

第三章注(七十三)“首饰盒子”一条,云女子有以骨簪一类首饰自慰的,这仍然属于使用人造的工具。此外还有利用自然物的,潘氏却并没有提到。明人谢在杭《五杂组·物部三》有这样一则:

> 肉苁蓉产西方边塞土堑中及大木上,群马交合,精滴入地而生,皮如松鳞,其形柔润如肉。塞上无夫之妇时就地淫之,此物一得阴气,弥加壮盛。采之入药,能强阳道,补阴益精。或作粥啖之,云令人有子。

无论是鲜活的还是制成了药材的肉苁蓉,我都没有见识过。但《汉语大词典》卷八中有一张图,圆柱形茎顶端密集的花序呈半卵圆状,若真“柔润如肉”,也许可以代充龟头;而茎之“皮如松鳞”,则简直有如虎鞭上的倒刺,那就够“就地淫之”的“无夫之妇”消受的了。

至于说肉苁蓉系“群马交合，精滴入地而生”，可能系据《本草纲目》而言。但《纲目》讲的原是活动话。(陶)弘景曰：

(肉苁蓉)代郡雁门属并州，多马处便有之。言是野马精落地所生。

大明注云：

(肉苁蓉)生勃落树下，并土堑上，此即非马交之处，陶说误耳。

颂注云：

旧说是野马遗沥所生，今西人云大木间及土堑垣中多生，乃知自有种类尔。或疑其初生于马沥，后乃滋殖，如茜根生于人血之类是也。

茜根色红，便说生于人血；苁蓉能壮阳，便说生于马精，其实都是想象之词。

《本草》将肉苁蓉列为草部，《大词典》也说它是草本植物。“塞上无夫之妇时就地淫之”，“时”者，时常也。草本植物又如何经得起时常折腾，恐怕一两次便会玩完，“一得阴气，弥加壮盛”，大概不会是事实。

周作人说过：

> 写自然事物的小文向来不多，其佳者更难得。英国怀德(Gilbert White)之《自然史》可谓至矣，举世无匹。在中国昔日尝有段柯古的《酉阳杂俎》，此次则此《五杂组》，此二者与怀德书不能比较，但在无鸟之乡此亦蝙蝠耳。

这段话也可以代表我的意见。大抵中国文人缺乏科学的精神，信古书信传说胜过了信观察信实验。但无论如何，像谢在杭这样能够将无夫之妇就地应急的事情记述下来，比起做八股写颂圣诗文，对学术研究还是更为有用的。

布商何某与贾人之妻

《性心理学》第四章说：兽交可以分为两类，一类的当事者多是乡僻地方低能的人，可称为 bestiality， 一类的当事者则在精神上有病态，可称为 zooerastia。霭氏原书曾举出前者的例子："一个德国的农民在法官前面替自己解释着说：'我的老婆好久不在家了，没有办法，我就找我的母猪去了。'"在谈到"利用得最多的是母猪"时，潘氏加了一条注(四十六)，引《槐西杂志》卷二云：

> 乌鲁木齐多狎邪……冶荡者惟所欲为，官弗禁，亦弗能禁。有宁夏布商何某，年少美风姿，资累千金，亦不甚吝，而不喜为北里游；惟畜牝豕十馀，饲极肥，濯极洁，

日闭户而沓淫之，豕亦相摩相倚，如昵其雄；仆隶恒窃窥之，何弗觉也。忽其友乘醉戏诘，乃愧而投井死。迪化厅同知木金泰曰：“非我亲鞫是狱，虽司马温公以告我，我弗信也。”

从前看《槐西杂志》时，只将此则视为“人与物交”之一例，像褚人获那样对“宇宙之大何所不有”略感惊诧而已。后来恭逢“伟大的无产阶级文化大革命”，跟两位右派朋友漫步长沙街头，有次看到好几张布告“集中打击破坏春耕生产的犯罪分子”，四五个人的罪名都是“兽性大发，强奸母牛”，还有“摧残耕牛身体健康”等字样。转入僻静小巷后，三人禁不住“偶语”起来。我说：“兽性再大发，强奸母牛只怕也有点为难吧。”一位朋友说：“要说摧残身体健康，也只能是摧残人的身体健康呀！”另一位朋友则皱起了眉头：“一整张一整张宣传这类事情，让外国人看了，岂不丢中国人的脸。”虽然当了右派，爱国之心却似乎仍然不减。

“强奸”母牛的几位，和霭理士说的那个德国农民一样，显然都是 bestiality 者，他们找母猪母牛，都是“不得已而思其次的权宜办法”。乌鲁木齐的布商何某却与他们不同，他年轻漂亮，有钱又舍得花，绝不会找不到女人，至少去“北里”（红灯区）“狭邪”（妓院）是会大受欢迎的，却偏要养上十几头母猪等它们发了情来“相摩相倚”，正如潘氏在译注中分析的，“则其人在性心理上恐不无变态”，应该说是一个 zooerastia 者无疑了。

社会与法律对于兽交的态度，也是《性心理学》研究的问题。布商何某的投井死是由于“愧”而非由于“畏”，由于受不了社会的鄙视和嘲笑，而非由于惧怕法律的制裁。此事之所以惊动迪化厅同知，是因为出了人命，知情的仆隶和友人不能不到官说明，才能结案；不然本人已死，还追究什么呢？但兽交如果触犯了伦常，则在古代中国也会有严重的后果。《聊斋志异》乃常见之书，其卷一“犬奸”一则中的人和犬，便都被处了“寸磔”的极刑，潘氏却没有用来作注。其文云：

> 青州贾某，客于外，恒经岁不归。家蓄一白犬，妻引与交，习为常。一日夫归，与妻共卧，犬突入，登榻啮贾人竟死。后里舍稍闻之，共为不平，鸣于官。官械妇，妇不肯伏，收之。命缚犬来，始取妇出。犬忽见妇，直前碎衣作交状。妇始无词。……后人犬俱寸磔以死。

对兽交的态度，因为民族和宗教的关系，常常有很大的不同。书中说，在色里希人(Salish)中，“犯此之人并不因此受人鄙薄，并且根本也不算是一种过错的行为”；而在中古时代的欧洲，特别是法国，“犯者和母猪或母牛，或母驴，就一并被判处荼毗(火刑处死)了”。

古代欧洲对兽交施严刑重罚，盖宗教认为此乃亵渎神明的罪孽，故犯者均不可饶恕。古代中国最重视的则是纲常名教，贾人之妻所以被寸磔，非因其与犬奸，而因其“奸杀亲夫”，不过杀亲夫的是一条犬罢了；如果没有“杀亲夫”，她是无论如何不会死的。注(四十七)引《潇湘录》说的杜修己妻，与所养白犬“奸淫无度”，亦仅仅“被出归母家，而犬仍往来不绝”，便足以证明。布商何某如果脸皮厚一些，更不至于死。卖布的又不是养猪专业户，“畜牝豕十馀，饲极肥，濯极洁”，已经是半公开了，要茶毗的话，岂不早就被抓到宗教裁判所去了吗?

盛世修史

（2005.10）

《云自在龛随笔》作者江阴缪荃孙，在清朝当国史馆总纂，在民国又当清史馆总纂，是公认的修史专家。《随笔》论修史云："马迁至欧阳修，十七史皆出一人之笔，虽美恶不等，各有体裁"；后来《宋史》有三十人纂修，《元史》有十六人纂修，反而体例参差，挂漏甚多，"此人多手杂之故也"。可见缪氏并不认同"人多好办事"，并不主张靠"众人拾柴火焰高"的办法来修史。

时行说"盛世修史，明时修志"。在说修史之前，先说说修志吧。日前购得一部大书《北京市志稿》，有一十五册，一九九八年北京出版，却是一九三八至三九年间修成的。据介绍：北京市政当局一九三八年秋设立修志处，拨款一万馀元，处长由市政府秘书长兼任，派秘书一人总管处内一应事宜，聘任总纂、分纂和特约编纂夏仁虎等十馀人分撰十四门三表，一人担任一门或一表，共二百卷四百馀万字，至一九三九年秋（仅仅一年时间），除《故宫志》一门未交稿外，便全部竣工了。

是不是粗制滥造的伪劣产品呢？却并不是。新写的出版说明云："此书不仅广泛搜集了前代的文献资料，而且保存了大量民国时期的史料，……有着其他同类文献无法比拟的价值。"我浏览了一下《艺文志》和《艺文志补》，所收约两千种关于北京"地与人"著述的目录和提要，比到国内任何图书馆去检索能得的多得多。《礼俗志》中记北京本地小吃，"驴打滚乃用黄米面蒸熟，红糖为馅，滚于炒豆面中，使成球形；各大庙会集市时，多有售此者，兼亦有沿街叫卖，近年则少见矣"，也写得津津有味。持与近年所出志书相比，说它有着"无法比拟的价值"，似乎并非过誉。

现今修史的详情无从知悉，修志的情况则多少晓得一些。即拿敝省省志中的"新闻""出版"二志而言，这两册最多顶得《北京市志稿》中的两册吧，而所花的人力、财力、时间，都不知多出了多少倍。一九三八年至一九三九年的北京断非盛世明时，夏仁虎等人何以能干得如此"多快好省"，愚如我者真百思不得其解。听说前苏联研制秘密武器，设计者多为本国的犯人和敌国的俘虏，严密监管下不仅工效特高，保密也放得心，难道夏仁虎他们也是在刺刀和皮鞭下创造高效率高质量的吗？

当事人的说法又否定了这种臆测。中央民族大学教授苏晋仁先生一九三八年至一九三九年间参加过《北京市志稿》的编纂，一九八八年又为《志稿》出版写了总序。他说，当时的总纂、分纂诸人"大都为学术界名流学者，各有专长，因而待遇优厚，礼敬有加"。"这些老辈不但对史例的制订，条目的安排，史料的选择，人物或事件的评估各抒己见，极为认真，而且从善如流，吸收年轻人来从事工作"（苏先生当时便只二十几岁），“所以这样庞大的篇幅，能于短短一年内竣工”。既然“礼敬有加”，当然不会刺刀皮鞭伺候；而“待遇优厚”，则肯定要在一万元之外加办“特供”。

现在该“点题”说说“盛世修史”了。近见报载：

> 十年中将有几千名清史研究学者参与清史纂修，以工程招标的模式由各界承包，总经费至少在六亿元以上。

几千人和缪荃孙认为“人多手杂”的三十人和十六人相比，多了不止百倍，六亿元则是一万元的六万倍，真是盛世才有的空前盛况。只不知盛世的司马迁、欧阳修是谁？如今的缪荃孙又在哪里？他们会不会来投标承包呢？

最早的照相

（2005.10）

如今老照片吃香，外国的照片且不必说，咱们中国最老的老照片是何时在何地拍摄的呢？恐怕还没人能回答明白。

八月十四日《夜光杯》介绍“旧时上海的照相”，引证王韬咸丰九年（一八五九）照相的日记，还说一八九三年出版的英文杂志《上海社会》上刊过一帧照片，拍于十九世纪五十年代初（一八五〇至一八五五），说这是“最早的上海风景照”。

人们知道，照相术是一八三九年在法国发明的，一八四〇年纽约开了全球第一家照相馆。我国第一代摄影家郎静山，珍藏过一幅一八四四年拍摄的石牌坊，是法国摄影博物馆的馆长赠送给他的，为“欧洲人在中国境内拍摄的第一张照片”，据说是船泊岸边时在船上拍摄的，但未说明地点，想必总是五口通商中的某一处口岸，也有可能是上海。

编辑出版《走向世界丛书》时，我见过些国人对海外新奇事物的记述。林鍼一八四七年在纽约接触过照相机，所著《西海纪游草》称之为“神镜”，说“炼药能借日光以照花鸟人物，顷刻留模，余详其法”。同治五年（一八六六）斌椿首次出访欧洲，在那里进照相馆照了相。张德彝当时作为随员，其《航海述奇》中记述照相的情形是：

令人端坐，不可稍动。对面高支一镜匣，相隔十数步。匠人持玻璃一方，入一暗室，浸以药水，出时以青毡遮之，不见光亮，仍放于镜匣内，向人一照，则其影自入镜矣。

这时药剂的感光速度很慢，所以人须端坐不可稍动，但已经用上玻璃湿片，并且“可印数纸”，“装潢成页”。

长沙人周寿昌在张德彝前二十年的道光丙午（一八四六）年“薄游粤东，淹留三月”，在《广东杂述》中记下了在那里见到的照相术：

坐人平台上，面东置一镜，术人从日光中取影，和药少许，涂四周，用镜嵌之，不令泄气，有顷，须眉、衣服毕见，神情酷肖，善画者不如。镜不破，影可长留也。取影必辰巳时，必天晴有日。

这种照相术比张德彝在欧洲所见的当然更加原始。“和药少许，涂四周”，即是原始的液态感光剂，得临时配制，光敏度低。故须趁“天晴有日”，而且“必辰巳时”（上午九、十点钟），还得让人“面东”（朝向太阳）“从日光中取影”，再等待“有顷”，“神情酷肖”的“小照”才能显示出来。在我见过的记述中，这便是中国最早的照相了。

《广东杂述》后来收入《思益堂日札》刊行时，加有小注云：

> 今照相法，中国人皆能之，各省皆有，但其制药必自外洋。镜亦如之，有高下数等。

此时周寿昌已到晚年，他死于光绪甲申(一八八四)。正是在这一年，美国人发明了乳胶干片，照相底片遂从“由湿到干”进而“由硬到软”。而“湿法照相”从道光末年传入粤东后，经过咸丰、同治两朝，到光绪初年，已经传遍各省省城，“国人皆能之”了。可见在生活享受方面，“国人”向西方学习的进度其实并不慢，至少比接受德先生快得多。

老童生

（2005.11）

光绪乙巳（一九〇五）年停止科举考试，兴办新式学校，到今年已一百周年。一百年前，读书人想做官出名，只有走科举考试一条路，从秀才、举人、进士一级级考上去。考取秀才叫进学（进县学读书），本该十四五岁童子去考，故称童生。周作人十四岁（光绪戊戌）初应县试，全县应考童生五百多，秀才定额只取四十名，他考列第四百八十四名。后来他在《知堂回想录》中写道："即使每年不增加来考的人，只就这些人中拔取，待到自己进学，也已在十多年以后了。"事实上来考的人必定每年增加，考不取的童生便会越考越老，成为老童生。

《儒林外史》中周学道问范进多少年纪，范进道："童生册上写的是三十岁，童生实年五十四岁。"周学道又问："你考过多少次了？"范进道："童生二十岁应考，到今考过二十多次。"过去总以为这是艺术夸张。近阅戴延年《吴语》：

> 吴县曹宗楷入泮，年已七十八，试刻卷首自篆小印曰"六十年前十八郎"，人传以为佳话。

这佳话其实够辛酸的，因为他入学时比范进还大了二十四岁。而商衍鎏《清代科举考试述录》中所述：

> 广东三水县人陆云从，入学时已百岁。

此人九十九岁时还是童生，百岁入学，比曹宗楷还要年长二十二岁，比范进则整整大了四十五岁，可算是最老的老童生了。

常听到对“应试教育”的批评，其实这不大能怪当今，因为中国读书人本有“应试”的传统，是不怕考的，有书为证。小说可以不算，商衍鎏却是停止科举前最后一科的探花，后又留学日本法政大学，民国时期应聘到德国汉堡大学教授过汉文，新中国成立后还当过中央文史馆副馆长。他来“述录”科举考试，乃是真正的权威，其说应该可信。

为官乎？为私乎？*

（2005.12）

廿四史当然不是什么供消遣的书，但其中也有不少有趣的材料，《晋书》说孝惠皇帝“在华林园闻虾蟆声，谓左右曰，此鸣者为官乎，为私乎”，便引得不少后人发笑。其实如果将虾蟆视为人，则人的一切活动，包括喊、叫、写文章，其动机不是为官（或曰为公），便是为私（或曰为己），总难出这“两为”的范围。惠帝之问，并非问得完全没有道理。

人们写作，若问为官为私，抽象地回答不易分明，最好是拿出具体的例子，然后再来判断。近日有朋友从《秀州书局简讯》上见到一首《满江红》，转述了两句给我听：“恨平生尽写，宣传文学。早岁蛙声歌桀纣，中年狗皮卖膏药。”我想，“早岁”句说的想必是当学生时跟着喊蒋委员长万岁，“中年”句则是说宣传“大跃进”放高产卫星吧。本来嘛，蛙声一片似的叫卖狗皮膏药，这种宣传文学自然是为官家效力的，也就是“为官的”，读者都不欢迎，作者后多悔恨，恐怕都很正常。

* 曾作自牧等编《半月日影》序。

而日记则是个人生活和思想的记录，是写给自己看的私房话，完全是“为私的”。曾国藩的日记，死后才由其子和门生刊行。他“以秀才肩半壁东南，挽回劫运”“屡败屡战”，表现得非常坚忍不拔；日记中却写过“东南大局，殆无可挽回之理，此心茫茫，不克自持”（咸丰十一年四月二十二日）和“念浙中贼多如故，徽州又危急如此，天意茫茫，莫知所届”（同年十二月十二日）这样的话。他讲求理学，最重修身；日记中却暴露了“房闼大不敬，成一大恶”（道光二十二年十一月十六日），“闻色而心艳羡，真禽兽矣”（同年十二月十六日）诸多隐私。看了这些，我才更加了解了曾国藩这个人；而所得到的阅读的愉快，更远远超过了读《曾文正公诗文集》。我想，这恐怕也就是“为私的”文字的一种优势。

日记既是写给自己看的私房话，按理说就不该给旁人看，但因为有人喜欢看别人的这类记述，某些作者也就愿意将自己的日记提供公众阅读。《越缦堂日记》一面写一面在外面传抄，很有些人一直对此表示不满，刘体仁《异辞录》即谓其“以《日记》为广通声气之用，不如其意，则于《日记》中贬之。因之借《日记》者不绝于门，如沪上人之读小报也”。但这并不影响《越缦堂日记》的价值，因为它毕竟有内容，又有可读性。郁达夫的《日记九种》和吴曙天的《恋爱日记》，也都十分著名，虽然前者是文学日记，后者是日记文学，却都生动地写出了人的思想和生活，都能引起读者的共鸣。

文学是纯粹的个人的活动，越是真的文学便越有个性，越是个人的，按晋惠帝的分类法都是“为私的”。有岛武郎云：

“我因为寂寞，所以创作。”这恐怕是文学写作最根本的原动力，作者只是用自己的创作在和别人说话罢了。写日记是自说自话，可能说得更率性更真实，却同样是为了排解自己内心的寂寞，写得好的，自然就有了文学的价值。

我不写日记，只每日二至三次记录自己的血压，却也愿意看看有内容的别人的日记，只要这些内容有趣，是我愿意知道的。当然，像有的“典型”那样天天记下“天天读”的心得，上交指导员转呈政委审阅后印发同志们作学习材料，则百分之百是“为官的”，我不是官，就只能敬谢不敏了。

“为官的”作品也有写得很好的，如《古文观止》里的《召公谏厉王止谤》《文帝议佐百姓诏》便是，我在《念楼学短》里也选了几则篇幅更短的。可见“为官的”文章只要写得好，我也同样喜欢，并不亚于想看别人的日记也。

童心童趣*

（2006. 3）

写童年，写儿童，若能写出童心和童趣，读来便会觉得温馨，会自然而然地发出微笑，虽然对于饱尝世味的成年人来说，这微笑有时也不免带上一丝苦辛。

古人笔记很少记述儿童生活，能特别注意童心和童趣的更少。所见者如史悟冈《西青散记》写的：

> 幼儿学步，见小鸟行啄，鸣声啁啾，引手潜近，欲执其尾。鸟欺其幼也，前跃数武，复鸣啄如故焉。凝睇久立，仍潜行执之，则扈然而飞。鸟去则仰面谰哰而呕呢，鸟下复然。

要算写得最为生动。还有舒白香《游山日记》所述：

> 予三五岁时最愚，夜中见星斗阑干，去人不远，辄

* 曾作薛原编《童年》序。

欲以竹竿击落一星代灯烛。于是乘屋而叠几，手长竿，撞星不得，则反仆于屋，折二齿焉。

沈三白在《闲情记趣》中，则说他儿时喜欢观察事物，凭空想象：

夏蚊成雷，私拟作群鹤舞空。心之所向，则或千或百，果然鹤也。昂首观之，项为之强。

只可惜此外就再难见到这样的描写。

史籍和其他正经书中的儿童，则不是神童，便是孝子，从娘胎里一落下来便看得出他最后的成就，反正个个都是“小大人”，根本不见童心和童趣了。如《宋史》写周岁的曹彬：

父母以百玩之物罗于席，观其所取，彬左手持干戈，右手持俎豆，斯须取一印，他无所视。

一手执干戈以卫社稷，一手持俎豆从事庙堂，未来鲁国公的模样俨然，印把子早就抓到手里了。

《唐书》写三岁的许法慎：

母病，不饮乳，惨惨有忧色，或以珍饵诡悦之，辄不食。

其实索乳乃是幼儿的本能（常见有母死后儿还在索乳的记载），

得珍饵不食尤其不合三岁孩子的情理，却偏要这样写，无非是为了说明他生而非常罢了。三岁的许法慎如此，四岁的孔融亦是如此：

> 与诸兄食梨，辄取其小者。人问其故，答曰："我小儿，法当取小者。"由此宗族奇之。

这让梨的故事从汉末流传下来，事情真相究竟如何且不说，记述的目的只在于取得"宗族奇之"的效果，这一点却是十分清楚的。为了宣传主流的意识形态，可以不顾人情物理，可以抹杀儿童的天性，传统礼教的精义，尽在于此。

为了宣传，即难免作伪。和"孔融让梨"比美的另一故事是"陆绩怀橘"，《吴志》说六岁的陆绩在袁术拿出橘子来招待时，偷偷将三枚橘子藏在怀中，不小心一弯腰坠落地上了，"术谓曰，陆郎作宾客而怀橘乎，绩跪答曰欲归遗母，术大奇之"。既然"欲归遗母"是行孝的好事，便尽可以光明正大地做，何必偷着藏之怀中呢？即使在今天，小孩子这样做，也是要受家长和老师批评的，不是什么光彩的事。露了马脚再"跪答曰欲归遗母"，虽可称机智，却不够诚实，天真的童心早被传统的"孝道"异化了。

有人说，欧洲到十五世纪才发现人，十八世纪才发现妇女，十九世纪才发现儿童。从儿童本位出发来看儿童，写儿童，在中国恐怕更是德赛两先生来了以后才有的事。放翁诗"白发无情侵老境，青灯有味似儿时"的意境的确很好，却只能是“已入老境”痛感到“白发无情”的人才有的体会，被父师督责着在“青灯”下课读的儿童是不会觉得“有味”的。因为他们所读的书，绝不会是《阿丽思漫游奇境记》，就连《老虎外婆》之类的民间故事，也没有格林兄弟那样的学者来收集整理，编成足以上升到文学殿堂的好书，来提供给他们。摊在灯盏前面的，不过是三味书屋中要背的“上九潜龙勿用”和“厥土下上上错”一类东西，读来又怎么会有味呢。

刘麻子的笔记

（2006. 3）

谈到笔记文，总以为这是古人的作品，其实笔记作为一种文体，在近代直到现代也并没有消亡。周作人的《茶话》可比《老学庵笔记》，汪曾祺的《五味》可比《山家清供》，张中行的《流年碎影》也差不多比得《陶庵梦忆》，还有刘成禺的《世载堂杂忆》，则完全是传统面目的笔记。刘成禺一九五三年才去世，书一九六〇年才出版，董必武题记说它“甚可喜，亦可观”，一点不错。

光绪三十二年，清廷预备立宪，派端方、戴鸿慈等大臣出洋考察，到了美国旧金山。刘成禺是端方任湖北巡抚时从湖北官费出国的留学生，算是端门弟子，此时正在加州大学肄业，常于《大同日报》上发表文章，宣传排满。端方遂令驻旧金山总领事钟某到报馆，要刘前往相见。《世载堂杂忆》记刘本人和钟、端的对话，十分精彩，介绍如下：

> 予（刘成禺自称）曰：“端方是钦差，我是主笔，两不相关，何故见他？”钟曰：“端大人说你是他的学生，凡是

他的湖北学生，都来见过，就是你一个人未去，派我来，务必挟你同去。”予曰：“报馆事甚忙，容迟时日。”钟曰：“有汽车在门，你不去，我不能回去交差。”予曰：“出报稿尚须整理二小时。”钟曰：“我坐候二小时。”

事毕同去，端、戴皆在。端介予告戴曰：“此是我学生。”指戴曰：“此是戴少怀尚书。”问予近况毕，曰：“你是我的学生，何以不来见我？”予曰：“予在报馆，卖文为学费，白日读书，晚上作文。”端曰：“我未来金山，即读汝在《大同日报》所作之文。我语汝，从今以后，那些话都不要讲了。”予曰：“我不知所讲何话。”端曰：“就是你讲的那些话。”予曰：“没有讲甚么。”端曰：“就是你天天讲的那些话。”予曰：“我天天并未讲甚么话。”端曰：“你自己还不明白，就是你讲出口的那些话。你也明白，我也明白，从今以后，都不要讲了。同是中国人，一致对外。此次考察回国，必有大办法，老弟，再不要讲了。”临行，端又曰：“我忝居老师，你屈居门人。你给我面子，那些话此后都不要讲了。”

未几，金山大地震，端由欧洲惠金五百，函附湖北回电原纸，由（留学生）监督周自齐手交。其回电为梁鼎芬覆端电。电文云：“请刘生湖北官费，此乱党也，已禀南皮（湖广总督张之洞）作罢。”而端方口中所谓“那些话”，盖排满论也。

刘成禺虽是官费留学生，因被目为乱党，官费便停发了。

看来端方为了使刘不再讲“那些话”，曾打电报替刘再“请”官费，湖北的张之洞却没有应允。接到回电时，大臣们已考察到了欧洲，端方便从欧洲汇来五百两银子，名义上是补助地震给他造成的损失，实际上是以此封他的口。结果刘成禺的口并没有被封住，宣传排满的“那些话”一直还在讲。但直到晚年写《杂忆》时，他对端方的态度仍然比较客气，比对张之洞要客气得多。

大臣们反复劝诫不要讲“那些话”，甚至不惜“惠金五百”；被劝诫者虽然笑纳了银子，“那些话”仍不曾住口，对施惠而不一味施压者却也不无好感。能够生动地记下这类有意思的故事，则今人的笔记亦不让古人了。

不要鸡心式

（2006.4）

“不要鸡心式”是曼殊和尚情殇的故事，很是有趣，也很感人。和尚俗家姓苏，即民国初年以诗文著名的苏曼殊。

苏曼殊的文章是文言文，诗是旧体诗。但他那种世纪末的气质和作派，现代的读者却能够理解，有时还很欣赏。奇怪的是，如今新旧小说里的才子和大少爷们都上了荧屏银幕，饰演过茶花女的弘一法师也风光过一阵子，西装外面着袈裟的曼殊和尚却至今还不曾露面。

“不要鸡心式”是曼殊的一句遗言。他幼时定婚某氏富家女，两小之间已经建立感情。后来他的父亲不幸死亡，生母归日本，遂被迫与某氏睽隔，并入佛寺为僧。及成年，欲赴日本寻母，因乏盘缠，随乳母之子卖花广州市中，得遇某氏女。曼殊以笠掩面，泣告因家变已削发受戒，且将东渡，劝女另字名门，无以为念。女郎却一往情深，表示一定要等他回来，知道他缺路费，又解所佩碧玉为赠。曼殊遂以碧玉易资赴日本，数年后归国，去打听女郎，她却已经愁病而死了。

这时清室将亡，从日本回来的革命党人群聚上海租界，多与曼殊相识。曼殊与萧萱同寓居正(后国民政府司法院长)家中，自道其详，并说及女郎所赠碧玉形制特殊，与流行的鸡心式迥异。他并着手将此段悲史写成长篇小说，且自绘插图，图文俱伏枕而作，运笔时每双泪承睫。还曾托萧请孙中山先生资助印书，先生时正困穷，孙夫人倾箧出八十圆赠之，卒未能将书印成。

后军阀当道，党人随孙先生南下广州。曼殊则滞留上海，至病重入宝隆医院，乃致书广州胡汉民(后国民政府立法院长)，另附一纸请转交萧萱，纸上只画一鸡心，旁书：

不要鸡心式

大家见了，都不知所云。

萧亦嘿然久之，才记起此一段故事，说道："看来苏和尚快要不行了，这是叫我代他买一块碧玉，好带着去见他地下的未婚妻呐。"于是便去珠宝店买了一块方形的碧玉，由徐谦(后国民政府委员、国民党中央常委)带往上海。

徐谦抵上海后，即赶往宝隆医院。曼殊时已垂危，瞑目僵卧，若有所待。乃近前告之曰："广州萧某托带碧玉来矣，不是鸡心式的。"曼殊张开眼睛，用最后一丝气力接过碧玉，又要护士扶起他的手，将玉贴在嘴唇上，随即气绝，这时他的脸上才浮起一丝微笑。 萧萱的好朋友刘成禺，后来根据萧的叙述，在《世载堂杂忆》中记下了这一则故事。

曼殊有一联诗："我欲乘风归去也，与人无爱亦无憎。"贪嗔痴佛家所戒，憎即是嗔，爱即是痴。看来曼殊也许做到了“无憎”，却并没有做到“无爱”。如果真的没有爱的痴心，和尚又怎么会在撒手西归时，还念念不忘“不要鸡心式”呢？

“洋气”*

（2006.5）

上海人胡式钰于清朝道光年间刊行过一部笔记《窦存》，卷三《事窦》颇记地方风俗。有一条说，“京师衣帽等物，视诸王府以为式，谓之‘内造样’，外省效之为新样”；但即使是新出的内造样，“行至苏松，亦须数年以外，而京师往往又变样矣”。道咸时上海只是苏（州）松（江）太（仓）道松江府的一个属县，说“苏松”就包括了上海。

外省服装虽学京师，但“苏松”尤其是上海地方却又有自己的特色，就是也学洋人。另一条说，妇女衣衫“边镶既阔，加以鬼子栏杆。……所谓鬼子栏杆者，‘鬼’其产，‘栏’其式也”。可见在五口通商之前，“洋鬼子”那边所产的装饰“花边”，已经开始在苏州和上海流行了。另一条又说：

> 世俗物用都以自洋来者为贵，故市井射利之徒，无论物产何地，美其名则加一洋字示珍也。更可笑者，贵游豪

* 原题“看《窦存》”。

侈，一切奢丽生色，亦争艳之为洋气。

“洋气”之见于书，我所知者，当以此为最早。

家曾祖父生于道光元年，经过了六代人，现在我的外孙女儿有时还在用“洋气”来形容时髦打扮。数十年前还在普遍使用的“洋火”“洋油”“洋伞”等语词，却早就从现代汉语中消失了。

《寞存》还记载了一些道光年间发生在上海的“新闻”，如己亥（一八三九）端阳黄浦江上翻渡船：

> 黄浦阔不三里，而潮势汹涌，近海也，虽善舟者恒患之。闵行镇每端阳并前后数日为龙舟水嬉，远近观者云集。今岁五日辰刻，浦南闸港西何家渡附近，众村人渡浦往观，时潮驶风猛，登舟张帆，仓猝未下柁，舟遂覆。舟中四十一人，溺死者三十八，内舟子三人，免者一。连日沿浦寻捞，仅得四尸。

这样的惨剧现在不会再发生，却可以看出过去上海水上交通的不便。

书中还根据新泾金村亲历者的叙述，记录了道光初年苏州河上的一次龙卷风。此人行至吴淞时暴风骤起，飞瓦折木，双足不稳，只能伏身岸下，抓紧草根。

> 见百步外挂空青龙，半身着水……而水飞如抽，蓬蓬

上腾……江中顿涸数丈，水断为两；龙不见，砰然一响，水花半天如幪，而水断又交矣。

这“青龙”应是旋风从苏州河中吸起的水柱，“江中顿涸数丈”也许有些夸张，但“水飞如抽，蓬蓬上腾”，也是上海气象史上的奇观了。

翻渡船和龙卷风的“新闻”，较能动人耳目，我更想知道的，却是服装式样之类的日常生活。《寞存》记述了妇女外出必焚香：

富有者两三娥媌婢子，手把安息香，翼轿而行，氤氲满街，奇芬袭人。其主端坐轿中，愈望若神仙。其中人家无侍女者，香插之轿口。至贫家步行效之，亦自拈一二枚，便姗于衢。

又记茶水云：

小家不能另办炉铛茶灶，虽客来，亦只洗饭锅或羹釜，以烧其水，犹是茗也，不可向迩矣。

可见那时上海还没有供应开水的老虎灶。又记酒店云：

吾乡尝有一人入市买酒，每病其淡，谓店中人曰：“尔家酒权斤两有馀，然何淡，掺水乎？”店中人曰：“无之。”旁一乡人曰：“尔家酒中不掺水，亦水中掺酒耳。”

此虽是“乡人”的话，却颇有幽默的风趣。到底是上海地方不同，“乡人”也会讲俏皮话呢。

文章的长短

（2006.5）

清人田雯在《古欢堂笔记》中极力反对写长文章，说他对长文章总是望洋而叹，只能将其当作催眠药。对此我亦有同感，尤其是在翻阅报纸时，因为每天过目的文字，报纸上的要占相当一部分，一个突出的感觉就是，长文章实在太多，短文章实在太少。

文章的短长当然不等于文章的好坏。但报纸并非书刊，更非典籍，乃是快餐式的读物，新闻也好，评论也好，最好都能在一到几分钟内看完，副刊文字也不该例外。就是长篇连载，每天切的“豆腐干”亦宁小勿大，还须首尾相应，精彩迭陈，《阿Q正传》和《奥列佛尔》正是好例。若《尤利西斯》那样好多页不用一个标点的高文，则宜印成巨册，供人细读深思，而不必登报，这也绝不会妨碍它和狄更斯作品一样成为名著。

我并不“逢长必反”，说的只是报纸的副刊，每期就是高只有几寸宽最多尺把一块版面，所以不能不“短些再短些”，这和古时的笔记很有点相同。笔记或记叙，或议论，也有“纯文学”的抒情，字数多半只有三五百，很少上千。副刊计算稿酬的方式也最好改一改，由按字数多少改为按篇计酬，如果按字数算，《世说新语》和《东坡志林》的作者要是活在今天，一篇也顶多卖得百十元。

田雯字纶霞，自号山疆子，是康熙时德州人，曾督学江南。他的笔记编在《古欢堂集》里，卷五一则云：

> 元人修《宋史》，如反贼李全一传，凡二卷六万馀字，虽览之数过，亦不知其首尾何说，起没何地。……朱子作《张魏公浚行状》四万字，犹以为少，流传至今，盖无人能览一过者，繁冗故也。南丰“为人后”“救灾”等议，谁能记诵之乎？予资钝下，读书最难，所谓“一传未终，恍已迷其姓氏；片文屡过，几不辨其偏旁”也。见文之繁冗无体要者，望洋而叹，聊以为引睡之媒而已。

朱子指朱熹，南丰指曾巩，都是大权威，这里却老实不客气把他们的文章当作反面例子，看来确实是又臭又长的裹脚布使他恼火了。

大凡享有盛名的作者，这盛名便是高其声价的招牌。如果只认招牌不认文，贸贸然奉之为圭臬，让他们在版面上当大地主，亲近后才发觉全不是那么回事，这种上当受骗的感觉，就会比被迫去改不通的文章更烦人，无怪乎山疆子要生气。

朱熹四万字的文章找不到，找到了也没勇气读。《元丰类稿》架上倒有一部，《为人后议》和《救灾议》都在第九卷中，按现今的标准来说虽然并不特别长，却同样无法读下去，因为实在太乏味了。看来冗长虽是毛病，更要命的却是“无体要”也就是没写好，读者不喜欢读，不太长也就觉得长。

卷六又有一则云：“《新唐书》索然无味，不及《旧唐书》远甚，直废之可也。”这就完全不是比文章的短长，而是比文章的好坏了。山疆子提倡写短文，其实这短文首先得是好文。即拿唐宋八大家来说，《小石潭记》和《杂说四》当然好，就是长一点的《读张中丞传后叙》也还会有人看，至于《张魏公浚行状》和《为人后议》那样的长文，不想打瞌睡的人恐怕就只能像山疆子那样望洋而叹了。

最早的自来水

（2006.6）

自来水是城市化带来的事物，十七至十八世纪伦敦和巴黎开始办自来水，广东人谢清高十八世纪末到欧洲，回国后口述见闻，于嘉庆二十五年(一八二〇)成《海录》一书，云论伦（伦敦）：

> 用水俱无烦挑运，各以小铜管接于道旁锡管，藏于墙内，别用小法轮激之，使注于器。王(政府)则计户口而收其水税(费)。

此为中国对自来水最早的介绍。但国内始办自来水，则在此数十年之后了。

我生长在长沙，二十世纪中叶这里还没有自来水。井水咸苦，食用得买从湘江河里挑上来的水，须用明矾净化。若是买“沙水”（南门外回龙山下白沙井的水），那就贵得多。

北京人过去买“甜水”也须付出高昂的代价。王渔洋诗，“京师土脉少甘泉，顾渚春芽枉费煎。只有天坛石甃好，清波一勺买千钱”，可以为证。但即使是用“甜水”泡茶，茶杯“三日不拭，则积满水碱”，难怪已故的邓云乡先生要在《燕京乡土记》中感叹：“当年吃口好水是多么不容易。”

北京的自来水到光绪三十四年(一九〇八)才开始筹办。上海因为有租界，市政建设走在前头，光绪六年(一八八〇)即有英商组织自来水公司，三年后静安寺到小东门一线便开始供水了。后来，人们便将这看成中国最早的自来水。

最近翻看清朝人欧阳昱的《见闻琐记》，才知道同治末年(一八七〇至一八七三)南京便办过“转江水入城……分数百小管，遍达号舍”的自来水。虽然这只是为了解决“江南贡院”(江苏当时称江南)中一万一千多间“号舍”的饮水问题，但在时间上仍比上海英租界早了上十年。

贡院是当时各省逢“子卯午酉”(三年一次)举行乡试(考举人)的地方。每试三场，每场三日，入场后即封门，内外交通隔断，一人一间号舍，食宿均在其中，食物是装入“考篮”带进场的，饮水却不能不就地解决。

《见闻琐录》的作者是江西人。他说，江西贡院位于湖滨：

> 水积不流，一城污秽皆聚其中。闱中井皆湖水渗入者，以其水烹茶，入碗中，碗面有黄油一重，兼其味咸，饮之令人腹痛。

士子入闱(场)，在沉重的考篮之外，还得带上一个满盛河水的竹筒，但此水“一日即尽”(大概是八股文章越难做，水喝得越多的缘故），第二天第三天还得喝井水，三场下来，很少有人不生病的。后来官府在贡院范围内挖了个贮水坑，每次封门之前，命兵丁挑来河水，供士子汲饮，“然考篮中带（贮水）器物无多，所取水亦仅供一日饮”，仍不能不喝脏水。

江南贡院比江西贡院规模大得多，情况同样是“井水秽极，士饮多病”。《见闻琐录》说，梅启照（小岩）到南京当藩台（主管全省民政财政），下决心改善贡院饮水条件，办法是：

> 转江水入城，院墙外设东西两台，安两锡管，分灌入墙内，复分数百小管，遍达号舍。自是士不饮井水，颇便之。

这里叙述得简略了一些，但江水先“转”到“东西两台”上，这“台”应是雏形的水塔，然后再通过“锡管”直送每个号舍，供给上万名士子饮用，已经是自来水的滥觞了。江南贡院遗址如今叫朝天宫，乃是南京一处旅游热点，听说那里陈列有科场考试的史料，这件事其实也可提到。

梅启照在南京做了几年藩台，光绪三年（一八七七）升任浙江抚台，旋即入京任兵部侍郎，光绪七年又出任东河河道总督（制台），提升颇快，说明他是有治绩的。在江南贡院首创自来水设施，也可算是他的一桩治绩。他后来因王树汶案办理不善被革职，回南昌后（他也是江西人），还建议当地照南京的法子“转水入闱”。但下台官员说话没人听，“当道托以无费辞，遂无如之何矣”，这却是后话了。

洗马

（2006. 6）

中国是“礼仪之邦”，最重称谓。离退休人员聚会，“老局长”“老书记”之类招呼声不绝于耳，极少听到喊名字。我们的前辈，还以使用古称为尊敬，为风雅。林纾写信给蔡元培反对北大改革，本来该称蔡校长，偏要称“鹤卿先生太史足下”。蔡元培字鹤卿，不直呼其名还算通例；但因为蔡是前清翰林，有修史之职，便用汉以前的官衔“太史”来称呼他，这就有点可笑了。而当时的风气确是如此，不如此反而要被认为失礼。

现在电视屏幕上多演“历史剧”，模拟古人口吻尤其是称谓常常出错，甚至错得十分可笑。如乾隆皇帝叫太监“给和大人搬把椅子”，曾国藩夫人喊丈夫“国藩呀”……。当然，笑过之后，又觉得不必计较这些。反正鲁迅《故事新编》亦是这样编的，人家学鲁迅难道可以指责。那么好吧，我索性也来讲个笑话吧。

且说汉朝太子太傅的属官中，有太子先马十六人。古时“先”“洗”相通，读音亦同，有时便写成太子洗马。《后汉书·百官志》旧注：“（洗马）职如谒者。太子出，则当直者在前导威仪。”“在前”就是在太子马前，也就是“太子先（洗）马”。当时这十六人的地位并不高，曹魏时仅定为七品。从晋代起，人数减少，职责变为“司经”（管理书籍），得用文人，梁、陈时“尤为精选，皆取甲族有才名者为之”，品级于是逐渐提高。到明朝已为从五品，比知县高三品，比状元特授的翰林院修撰还高两品，算是高级文化官员了。清康熙后不设太子，仍于詹事府设司经局洗马，以备翰林升转，属于士大夫心目中的“清华之职”。

笑话发生在明朝弘治年间，杨守陈已经做到了吏部右侍郎，却请求解除部务，到詹事府当洗马来修史书。耿定向《先进遗风》说，杨有次请假回乡省亲，途中以“洗马”身份入住驿馆。驿丞无知，以为“洗马”是在宫中洗御马的芝麻绿豆官，便大大咧咧地问杨：“你负责洗马，一天要洗多少匹？”

听了驿丞的话，杨守陈并不生气，反而想开开玩笑，回答道：“这没有规定，想洗就多洗几匹，不想洗就少洗几匹。”这时又听说有位御史要来住驿馆，驿丞对七品御史奉若神明，马上叫杨守陈让房间。杨说：“让是理所当然，但等御史老爷来时再让，岂不更加显得恭敬。”驿丞也表示同意。结果御史进门，见了杨守陈立即行礼，因为既是他过去的学生，又做过他的下属。驿丞也顾不得向御史老爷请安了，慌忙跪下磕头如捣蒜，求杨大人原谅。

关于洗马的笑话，还有陆釴《病逸漫记》所云：

兵部尚书陈公汝言退朝，遇太子洗马刘公定之，戏曰："君职在洗马，所洗几何？"刘公应声曰："厩马皆洗过矣，独大司马(兵部尚书古称大司马)洗不得也。"闻者为之绝倒。

这是两位大人彼此寻开心，与驿丞无知而又势利的表演不属同一层次；至于今之编剧、导演和演员属于什么层次。那就不好说了。

昨夜枯坐无聊，偶看《云南铜案》，一心想嫁给"左都御史"(一品)钱沣做小老婆的丫头片子，也在大庭广众中一口一个"钱沣"。这位钱大人写的字，是六十多年前当小学生时临过的，听来不免另有一番感觉，想笑也笑不起来。

平上去入

（2006.6）

C君是位技术专家，老来忽然想做旧体诗词，他说做诗词不难，难在分不清“平上去入”。我说你是湖南人，住上海几十年，又学了一口下江腔的普通话，“平上去入”自然难得分清，我也分不清，所以从来不敢做旧体诗词。

分“平上去入”四声，是汉语固有的特点。《南史·沈约传》：

> 约撰《四声谱》，以为在昔词人累千载而不悟，而独得胸襟，穷其妙旨，自谓入神之作。（梁）武帝雅不好焉。尝问周舍曰：“何谓四声？”舍曰：“‘天子圣哲’是也。”

胡式钰《窦存》卷二引了这两句君臣问答，以为答语十分“敏妙”。因为“天”是平声，“子”是上声，“圣”是去声，“哲”是入声，“天子圣哲”四字连读正好合上了“平上去入”。如此回答，既具体说明了何谓四声，又恭维当今天子乃是圣哲，拍上了梁武帝的马屁。

古时读书人从小受“平上去入”的训练，对这一套都是烂熟于胸中的。清代诗词名家朱竹垞，也曾举出过两个《四书》中合四声的四字句，一为“兵刃既接”一为“康子馈药”，被《熙朝新语》等书记录下来，作为“著述固已风行海内矣。即一二绪馀，亦有颖异独绝者”的代表。

我久居长沙，在长沙话里，“天子圣哲”至今仍然合乎“平上去入”，若是说普通话就不合了。夏仁虎《旧京琐记》卷二云：

> 北京音无入声，凡入声之字，皆转入平上去三音，此人所习知也。然有一音而变数字者，如六、禄、陆、绿，均为入声，南人读之，一音也。京音则数目之“六”，读如“溜”；姓氏之“陆”，爵禄之“禄”，均读如“路”；颜色之“绿”，读如“虑”。凡如此类，不可枚举，初学京音，往往而误。

在《新华字典》中，“天子圣哲”便已经成为“阴平、上、去、阳平”了。

阴平、阳平、上、去，仍为四声。长沙话属于南方话系统，六、禄、陆、绿还读入声，就有五声。如果用汉语拼音写姓氏，嵇康、祁太公（祁奚）、纪晓岚、季札、吉鸿昌都姓 ji，五姓成了一姓。这“嵇祁纪计吉”，正好代表了长沙话的五声（普通话则祁吉同声，只四声）。“文革”中坐牢，日长如小年，以凑五声姓氏为戏，凑了半天，才凑成这五个姓，他如“黎李厉栗”“胡虎傅”“刘柳”都凑不成五，尤其是“张”，再也找不出别的姓，只好让他一张独大。

有位古人，还用“平上去入”来开过玩笑。此人即纪晓岚，他当过礼部尚书、协办大学士，等于教育部长、副总理，为《四库全书》实际上的主编，卒谥文达，是清乾隆时最受尊重的知识分子。徐珂《清稗类钞·诙谐类》说，山阴（今绍兴）有位姓平的翰林在京师续娶，纪晓岚送的贺礼为《诗韵》一部。平某不懂何以祝贺结婚要送韵书，在酒席上从容请问，纪氏答道：“诗韵者，‘平上去入’而已；您的喜事，正是‘平上去入’啊！”这玩笑颇带“咸湿”，但毕竟不那么显露，也就不太伤风雅，文坛领袖也可以说得。

纪文达公开起玩笑来，本来是常常有点那个的。《清稗类钞》说，某次新科状元刘玉树前往谒见，纪问刘住何处，刘云“现住芙蓉庵”，纪氏“忽笑不可仰，旋即退入内，久不能出”。刘不知何故，再见时问，纪氏才说：“刘玉树小住芙蓉庵，潘金莲大闹葡萄架，岂不是天生一副绝妙好联吗？”

梨花压海棠

（2006. 6）

古人咏“二八佳人八二郎”云“一树梨花压海棠”，看似逗趣，实含讥讽。古时富骄贫孱，男尊女卑，多妻和买淫事属平常；但男女年龄过于悬殊，仍不免使人觉得不太正常，也不合乎伦理轨范，这才会引起议论，形诸笔墨。王士禛《古夫于亭杂录》有一则云：

> 吾乡胶西张编修复我，举于顺治戊子，昨乙酉秋送其孙赴试济南，过余，信宿大椿轩，神气不衰。今又三年戊子，闻又送其孙来济，年八十二矣。八十时游吴，纳一小姬，年才十六。

寥寥数语，只写出老翁“年八十二矣”，而所纳小姬则“年才十六”（二八一十六，正是二八佳人）就够了。意在言外，婉而多讽，渔洋山人真可谓文章妙手。沈德符《万历野获编》卷十二也有“老人渔色”一则：

> 山西阳城王太宰国光，休致时已七十馀，尚健饮啖，御女如少壮时。

休致后九年，王早年过八旬，仍谋取新寡少妇为妾，将其逼死。结语云：

> 夫逾八之年，或嗜仕进、营财贿者，世亦有之。至于渔色宣淫，作少年伎俩，则未之前闻。或云王善房中术，以故老而不衰。

直斥这位退休大佬“渔色宣淫，作少年伎俩”，态度比王渔洋更为严正。

或曰，男女关系，主要看双方是否自由结合，只要自由自愿，也就合理合法了。上述八十多岁的张编修和王太宰，既有名，又有银，还可以靠房中术保持“不衰”，在男女关系上当然是“自由”的；至于十六岁的“小姬”和被逼自杀的寡妇，前者乃是买来的，后者则宁死不从，肯定都没有自由，更不会自愿。那么，世上究竟有没有自由自愿让“梨花”来压的“海棠”呢？

余德水编《熙朝新语》刊行于清嘉庆二十三年，卷十记“涪州周大司马煌”自述其祖父之事。此老九十九岁尚未娶妻，但身体健旺，仍能上山打柴，有天意外从山中得到不少金银，便告诉一位姓吴的穷朋友，说想结婚成家，“愿以万金为聘，但非处子不可”。九十九岁还要娶处女，吴某将这当成笑话讲给自己家人听，不料十九岁的女儿听后，当即跪下请求双亲将自己嫁去，说："父母贫且老，生女不生男何恃？今周叟高年骤获多金，天将福之，未必遽终于此；女愿嫁之，父母得万金之聘，可以娱老矣。"于是这对年龄相差八十岁的男女，便成了明媒正娶的合法夫妻。后年馀，生一子，时叟年百岁矣，及见其子游庠食饩，抱孙后乃卒，寿一百四十岁，女先一岁卒，年五十九。

人能不能活到一百四十岁，百岁老翁能不能娶妻生子，没查吉尼斯世界纪录，不好确说。大司马即兵部尚书，等于今之国防部长，讲自己的祖父，大概不会说谎。这位十九岁的姑娘，嫁给九十九岁的丈夫，自己活到五十九岁还死在丈夫前头，并不曾当寡妇，看来她当初下的决心并没有错，自己下跪求嫁，"自愿"亦无问题。这对梨花与海棠，一个愿打，一个愿挨，结局又如此美满，儿子游庠食饩(成秀才后又成了廪生)，孙子做到兵部尚书，三代都得了一品封赠，旁人还有什么说三道四的馀地。

我想说的只有一点，即吴氏之"自愿"是愿在"得万金之聘"，使贫穷的父母"可以娱老"，自愿虽是自愿，自由却在家庭沦于绝对贫困时便已经失掉了。据说也有不是为了谋财而是为了慕名的，柳如是、顾横波"愿为夫子妾"，也不曾计较钱牧斋、龚芝麓的年龄。但仍想斗胆再问一句，难道在自愿给"一树梨花"压过之后，这些秦淮河畔的"海棠"就得到了自由，终于能够逃脱残花败柳的命运吗？

谈集句

（2006.7）

最近见到一副梁启超的集句联：

一晌销凝，帘外晓莺残月；
无限清丽，雨馀芳草斜阳。

上联旁注“高竹屋《庆宫春》、温飞卿《更漏子》”，下联旁注“周清真《花犯》、秦少游《画堂春》”；上联的两句和下联的两句，便是分别从这四首宋词中“集”出来的。

集句开始是集诗，也可以集词集文章(骈文和散文)，最常见的则是集句为联。《梦溪笔谈》说王安石“始为集句诗”，《蓼花洲闲录》则说“集句自国初有之，未盛也。至石曼卿，人物开敏，以文为戏，然后大著……至元丰间，王荆公益工于此，人言此自公始，非也”。《笔谈》和《闲录》都是宋人笔记，所说“国初”即宋初，王文公即王安石。元丰间(一〇七八至一〇八五)本是王安石创作高峰期，而石曼卿比王年长二十七岁，康定二年(一〇四一)便死去了，看来“始为集句”的该是石曼卿。

《闲录》说石曼卿“以文为戏”，举出了他的一首七绝《下第偶成》：

年去年来来去忙，为他人作嫁衣裳。仰天大笑出门去，独对东风舞一场。

这确有一点自我解嘲、游戏人间的味道；而秦韬玉、李白他们的原作，如“苦恨年年压金线，为他人作嫁衣裳”，和“仰天大笑出门去，我辈岂是蓬蒿人”，却并没有此种情调。石曼卿将这几句移花接木，重新组织，便成了发泄自己牢骚的另外一首诗，集句的本领正在于此。

集句最好是集脍炙人口、大家熟悉的句子，或者依梁启超的格式，将句子的来历分别交代出来。不然的话，像我这种读诗词少腹笥贫乏的人，便不会晓得“一晌销凝”是高观国的原作，因为《全宋词》并没有收这首《庆宫春》，《竹屋痴语》也不是很普及的词集。

梁启超这首集句联并不算很“工”，但也抵得上任何一副认认真真的对子。集句集得很工的，如《楹联丛话》卷十一所载闻有集前人句题酒家楼者云：

劝君更尽一杯酒；
与尔同销万古愁。

评云“可谓工绝”。的确，用李白对王维，《将进酒》对《渭城曲》，本就旗鼓相当，工力悉敌，“君”对“尔”，“更进”对“同销”，“一杯酒”对“万古愁”，又字字句句都对得上，真是“工”绝了。又如《两般秋雨盦随笔》引阮云台宫保于江西百花洲集一对云：

枫叶荻花秋瑟瑟；
闲云潭影日悠悠。

评语云：“既切西江，又合风景，而成句又在人人意中口中，所谓文章本天成，妙手偶得之也。”本来嘛，白居易浔阳江头和王勃滕王阁上的故事天下闻名，将二人警句集为一联来题咏江西风景，又对得如此之“工”，称为妙手也是恰如其分。

集句不限于只从诗词中取材，《清稗类钞》介绍过金匮(今属无锡)扬子延一首集句联：

放歌自得，心旷神怡，尽教风雪江湖，梦里不知身是客；
逸兴遄飞，酒酣耳热，难得烟花鱼鸟，老来专以醉为乡。

上联四句集张炎《写兴》词、范仲淹《岳阳楼记》、张玉田《归航疏》、李后主《浪淘沙》词，下联四句集王勃《滕王阁序》、魏文亭《与吴质书》、李商隐《谢河东公和诗启》、苏轼《次韵赵金铄》诗，差不多各种文体都“集”到了。这需要读得多，记得住，还要有创作的才情和欣赏的趣味；即是作文字游戏，也比猜字谜、填成语更有意思，更能够显示大一点的本事。

还有《浪迹丛谈》介绍的江山船(富春江上带“色”的游船)上客人留题的一首集句联:

游目骋怀，此地有崇山峻岭，茂林修竹;
赏心乐事，则为你如花美眷，似水流年。

也是集的《兰亭集序》和《牡丹亭》，倒真是一首游戏之作。而大多数的集句，都是能派上正经用场，挂在正经地方的。《扬州画舫录》记乾隆皇帝下江南时所建景点“渔舟小屋”，那里有一副集杜(甫)联:

水深鱼极乐;
云在意俱迟。

就是供“御览”的大作，把它用在临水观鱼之处，也比原来《秋野五首》的“水深鱼极乐，林茂鸟知归”和《江亭》的“水流心不竞，云在意俱迟”得体得多。集句本来可以集同一个人的作品，集杜集陶者历来很多，但绝不可以将原有的对句移来作用。如今四川和湖南的有些地方，将“新松恨不高千尺，恶竹应须斩万竿”和“万山红遍层林尽染，漫江碧透百舸争流”写了挂起来，那就不是集句，而是抄现成了。

神童读经

(2006.7)

上海有人办起了全日制私塾，学生是四岁到十二岁的儿童，学的是《论语》《易经》……，方法则“除了背诵还是背诵”。报纸上将这作为新闻，引起了注意。其实“日光之下并无新事”，宋人笔记早就有类似的报道。庞元英《文昌杂录》云：

> 四月初五日，礼部试饶州童子朱天锡，年十一，念《周易》《尚书》《毛诗》《周礼》《礼记》《论语》《孟子》，凡七经各五道，背全通，无一字少误者……召至睿思殿，赐“五经”出身。……十月四日，礼部试饶州进士朱天申，年十二，念《周易》《尚书》《毛诗》《周礼》《礼记》《孝经》《论语》《孟子》《扬子》《老子》，凡十经(《老子》称《道德经》，《扬子》称《太玄经》，也算是经)，各有一百通，前日所试童子天锡之再从兄也，亦召至睿思殿，赐“五经”出身。

又云：

> 二十七日，礼部试抚州进士黄居仁，年十二，诵《尚书》、《毛诗》并《正义》、《礼记》、《周礼》、《孝经》、《孟子》、《老子》及《太玄经》，凡九经，合七十五通，又试《论语》大义三道，文理稍通，敕赐“五经”出身。

“五经”出身，即可做官，凭的全是读经和背诵。黄居仁兼试了一下“大义”，不过“文理稍通”；朱天申十经连念一百遍念得滚瓜流油；尤其是朱天锡年龄最小，居然能将七经“背全通无一字少误”：于是光荣及第，上殿面君，接受封赏。朗读和背诵的功效之大，于此可见。

后来叶梦得《避暑录话》卷二又作了后续报道，云：

> 饶州自元丰末朱天锡以神童得官，俚俗争慕之。小儿不问如何，粗能念书，自五、六岁即以次教之五经，以竹篮坐之木杪，绝其视听。教者预为价，终一经偿钱若干，昼夜苦之。中间此科久废，政和后稍复。于是亦有偶中者，流俗因言饶州出神童，然儿非其质，苦之以至死者，盖多于中也。

朱天锡及第在元丰七年(一〇八四)，后来提倡儿童读经背诵的做法停止了一些时候，政和后(一一一八)又恢复了，可见社会上和执政者始终是赞成这样做的。家家都愿将小孩装入竹篮吊到树顶上去，逼其日夜读经背诵，积极性不可谓不高。“上边”的意旨，则可以举出一个前朝的例子，唐刘晏八岁能文，皇帝要宰相面试之，宰相曰："国瑞也。"于是龙心大悦，即授太子正字，号神童，名震一时。可见"考神童"实始于唐朝，宋朝不过是继承传统罢了。

叶梦得的词填得好，从《避暑录话》看，他的见解也很不错。卷四论考神童如此时行的原因：一是"小人之规时尚"，为了私利，投机趋时；二是"执事者乐闻之"，制造"国瑞"，点缀升平；三是"父兄幸于苟得"，一成神童，名利俱收。结果则是"苦其子弟以为市，此岂复有人材哉"。叶氏自述在蔡(州)许(州)亲见"神童"来考的情形，"率皆一老书生挟二三人，持状立庭下求试，与倡优经过而献艺者略等"，简直成了卖唱的，虽"志在得公厨数十千为路费"，其实却在供人看把戏寻开心。叶梦得"抱之使升堂(毕竟是幼童)，坐定问之，为之怅然"。

神童即早慧的孩子确是有的。此乃自然现象，最好是听其自然，不要拔苗助长。何况神童未必都会背诵，"除了背诵还是背诵"更不可能造成神童。"小时了了，大未必佳"者固多，"早熟必早衰"的也很常见，《啸亭杂录》卷九有《神童》一则，全文如下：

> 乾隆戊辰，纯皇帝东巡，济南张官家有童子，年七岁，能默诵"五经"及上御制《乐善堂集》中诗。上大喜，钦赐举人，命后宫遍览之，一时传为神童。不久即卒。

如果不逼着默诵"五经"和御制诗，七岁举人恐怕也不会"不久即卒”吧，这就是神童的悲喜剧。

如今“神童科”不会再恢复了，“少年班”却仍然在办着，听说今年还是上海去投考的人数最多的一年。言念及此，亦不禁和叶梦得一样，“为之怅然”。

助哭

（2006.7）

马大帅到办丧事的人家“干哭活”，跪在灵柩前呼天抢地，真正的孝子则坐在屋里打麻将，只吩咐给“活干得好”的人多加点工钱。来自农村的保姆说，她们乡下死了老人，也会请人来帮着哭，只是哭得不如马大帅精彩。

清朝咸丰丙辰年间，汉军旗人福格写了部笔记《听雨丛谈》，卷七有一则“助哭”，说的也是这件事：

> 至尊亲临大臣之丧，或望衡(门)即哭，或见灵而哭，各视其臣之眷也(因大臣生前享受的待遇不同而有所区别)；哭毕，祭酒三盏，既灌(以酒洒地)，复哭。

皇帝会这样一哭再哭吗？原来也有专职的“马大帅”们代劳：

> 每哭必有中官助声。虽列圣大事，亦有助哭之宦寺等辈。一人出于哀切，众人出于扬声，闻之自有别也。

“出于扬声”，干的便是马大帅们的活儿了。

《丛谈》记旗人的丧礼：

> 属纩（换衣）、成殓（入棺）、举殡（送葬），则男妇（子媳）擗踊（捶胸顿足）咸哭；朝晡夕（早中晚）三祭，亦男女咸哭。男客至，客哭则孝子亦哭，不哭则否；女客至，妇人如之。

汉人的丧礼，则是：

> 客一登堂，丧家男女同声举哀，且以妪婢助哭于内，其声不绝。客则弗哭也。

看来旗人做吊客更不容易，汉人则守古礼更为认真。但哭是都得哭的，吊客不断地来，没有“助哭”的看来还真不行。

《周礼·丧大记》说，古时“君、大夫、士皆有代哭者”，这“代哭”也就是“助哭”。《礼记》和《仪礼》对主人主妇何时哭，如何哭，是抚尸而哭还是跳起脚哭，都有十分详细的规定，若要严格执行，确实相当费力，超过了一般人能够承受的限度，故不能不令人代哭。《仪礼·士丧礼》“代哭”下原注：

> 代，更也。孝子始有亲丧，悲哀憔悴，《礼》防其以死伤生，使之更哭，不绝声而已。

这时的“哭”已经成为一种礼仪行为，不是自然的感情宣泄了。

专制宗法社会不承认个人的主体地位，总要用礼法来规范和控制个人的行为。生活在这种氛围中的人，养成了压抑和克制的心理习惯，对于礼教必信必从，“一切行动听指挥”，连哭都不得例外。历史上亦曾有人对此提出过质疑，《从谈》引《南史》云，王秀之遗令曰：

> 世人以仆妾直灵助哭，当由丧主不能情至，欲以多声相乱，魂而有灵，吾当笑之。

又引《王阳明年谱》：

> 父卒，久哭暂止。有吊客至，侍者曰宜哭。先生曰，客至始哭，则客退不哭，饰情行诈也。

但这两位不赞成“饰情行诈”也就是不赞成装模作样假哭的观点，却一直不能成为社会的共识。

《从谈》作者的态度，也是赞成助哭，并且主张吊客也要哭，即使是假的。他一再提到《礼经》，谓“此礼行之已久”，不同意王秀之和王阳明。还说：

> 今京师吊丧者，直以哭为吊礼，并不计涕之有无，人多笑之。然《说文》云，哭，哀声，有其声而已矣。……哭为哀礼之文，哀者固哭，不哀者亦当袭其文也。

事实上，“马大帅”们虽然哭得热闹，哀是绝对不会哀的。吊丧者们则哀者固有，不哀者亦必更多，但哀声都不能不作，当然就只能“光打雷不下雨”，作金圣叹所嘲笑的干嚎了。

讲到这里，不禁想起另一则故事。某大官的母亲去世，下属前往吊唁。大官披麻戴孝放声大哭，下属则个个干嚎，只有某人真的泪下如雨。事后有人问他：“何得此一副急泪？”答道：“见到老太太的丧事办得如此风光，想起不久前凄凉死去的小妾，我的眼泪就忍不住了。”这故事可能是哪位促狭鬼编出来的。但也只有在人身依附盛行、主从关系为重的社会里，才编得出这样的故事来。专制宗法社会对人性的扭曲和侮弄，真是可恨到了可笑的程度。

说倒提

（2006. 7）

鲁迅写过一篇《倒提》，说洋人在租界优待动物，不许倒提鸡鸭，“有几位华人便大鸣不平”，这些“自叹不如租界的鸡鸭者”是“没出息的”；又说“我们的古人”想到过“人民的倒悬之苦”，却“还没有察出鸡鸭的倒提之灾”。廖沫沙对“没出息”之说不以为然，作《论〈花边文学〉》一文，力诋“花边文学家的嘴和笔”；但对于引起争议的由头，即“不许倒提鸡鸭”者是否只有租界的洋人，就没有“我们的古人”呢？他却未置一词。

鲁迅视廖沫沙的文章为“暗箭”，特地将“挂在暗箭上射给我”的“花边文学”四个字，作为自己文集的书名，以志不忘，又在文集的序言里对廖进行了反击。这场笔墨官司我并不觉得多么有味，后来它上升为“意识形态领域里两条路线斗争”的大案，就更加使我觉得可怕了。语云“不贤识小”，这里便来识一点小：“我们的古人”其实是干涉过倒提鸡鸭这件事情的。

清朝同治年间，海宁人陈其元著《庸闲斋笔记》，卷四末一则云：

> 先大夫署福建光泽县时，邻县某因禁私宰，几至民变。盖梏杀牛者，而以牛肉环置架上，暑腐臭烂，熏蒸致死也。……渠因生肖属牛，故爱牛同于骨肉。……宋徽宗时宰相范致虚上言："十二宫神，狗居戌位，为陛下本命。今京师有以屠狗为业者，宜行禁止。"因降指挥禁天下杀狗，赏钱至二万。元延祐间，都城有禁，不许倒提鸡，犯者有罪，因仁宗乙酉生命也。明正德朝下诏，禁天下食猪，盖武宗以"猪"与"朱"同音，为犯国姓也。古今事无独有偶者乃如此。

"元延祐间"(一三一四至一三二〇)在鲁迅作文前六百二十馀年，都城（今北京)便曾经禁止过"倒提鸡"，犯者有罪。延祐帝(元仁宗)生于至元乙酉，酉属鸡，于是禁止倒提鸡(没有提到鸭，恐怕与北方少鸭也有关系)，这和某县令属牛禁杀牛，宋徽宗属狗禁屠狗，明武宗姓朱禁杀猪一样，都是迷信，也是统治者以意为法的表现，具有鲜明的"中国特色"。但"不许倒提鸡，犯者有罪"毕竟是客观存在的事实，当时也肯定下过诏令。

鲁迅说："鸡鸭这东西，无论如何，总不过送进厨房，做成大菜而已，即顺提也何补于归根结蒂的运命。然而它不能言语，不会抵抗，又何必加以无益的虐待呢？"租界上的洋人和大元朝的皇帝，大约也是这样看的吧。愚如我者却不禁要想：

若是再搞运动又要将我吊起来，自然是宁愿头朝上顺吊，怕脚朝上倒吊；“鸡鸭这东西”的感受则殊难揣测，顺提是提脖子，倒提则提腿脚，究竟哪样更难受，哪样算“无益的虐待”，除非轮回入畜生道去亲历一番，还真无法回答。

一九五七后的二十多年中，我一直从事体力劳动，也曾在长沙市毛家桥“鸡鸭仓库”干过活，“经手”过的鸡鸭成千上万。所以知道“鸭提颈根(脖子)鸡提脚”乃是常规，这里根本不存在是虐待还是善待的问题。当然，这样做乃出于人们的经验，是从操作便利出发的，并未站在鸡鸭的立场上考虑，但无论是提颈根(顺提)还是提脚(倒提)，都不曾将鸡鸭弄伤弄死。

如果我是一只鸡，当然希望在丛林中自由地饮啄。如果我是一只鸭，当然希望在池沼中自由地游弋。既不幸成了家禽，食人之粟，即不能不成为人之盘中餐，当然还会希望能遇到《儒林外史》中的范进，抱着我一步一踱，这比“倒提”的确要舒服一些，虽然他踱着也是将我“送进厨房，做成大菜”——但范进又岂是人人愿做、人人能做的呢?

现在的刑法和治安罚则中，都不见有惩办倒提鸡鸭的条文，可见元朝的禁令和租界的法规，并未能行之久远，这也是“理之固然，势所必至”的。善哉清雍正帝之言曰：

> 法令者，必其能禁而后禁之，明知法不能胜而禁之，则法必不行。

这是雍正三年八月上谕里的话，见《听雨丛谈》卷八。当时诸臣欲将臣民穿戴逾制(超等)者一概禁止，雍正却不准行。穿戴逾制与倒提鸡鸭毫不相干，雍正的话却好像是讲给“不许倒提鸡鸭”者听的。

在夺权不择手段、杀人翻脸无情的暴君中，雍正是最令人憎恶的一个。但他知道禁令并非万能，“必其能禁而后禁之”，这就比“明知法不能胜”偏要执法的愚蠢的统治者聪明多了。大元皇帝和租界洋官不更多地关心民生疾苦，却来禁止本不必禁事实上也禁不了的“倒提鸡鸭”，不管其动机是想当慈善家还是爱自己的“本命”，总是庸人自扰。文人要表示爱国爱民，或宣传“文艺政策”，或者想抑人扬己，其实也可以选另外的题目。

也谈《四库全书》

（2006.8）

文渊阁本《四库全书》，抗战前商务印书馆影印过“珍本”；全书到了台湾，在那里又影印过一次。二十年前，大陆拿台湾影印本复印了大肆销售，本单位打算买一部，我不赞成。当时我正编印周作人的书，就顺便引他的话道：

> 中国读书人说起《四库全书》来，总是五体投地的佩服，这其实是错误的。……《四库》是什么呢？这只是清朝乾隆帝弘历所开办的图书馆，收集的东西虽不少，却都是经过誊写，不讲校勘的抄写本，装潢好看，内容并不可靠，远不及后来诸家各校本之有学术价值……这些科举出身的老爷们本来不懂得什么是学术，抄写编纂只当作差使公事办，而皇帝是天作之圣，君师合一，更是任意妄为，有如乾隆尊崇关羽，改谥法壮缪为忠武，并将陈寿《三国志》里的本文也改掉了。

我的话没人听，周作人的话更不能听，书很快就买来了。

开始还有人出于好奇，去翻看一下文渊阁那颗大印，很快就无人问津，因为这里并没人做学问，做学问也不可能用《四库全书》。编辑工作要核对古书，经史子集都有善本可查，既可靠，又方便。束之高阁几年后，书库要腾地方，便将其借给一家新开张的大酒店“装饰”厅堂去了，及至找回，早已七零八落。

七部《四库全书》(今存三部半)全都出于誊写，全是手抄本，手抄必然出错，今古盖无不同。周作人说它错得多，近阅瞿兑之《读史零拾》，可知此说一点不错。

《四库全书》是乾隆皇帝叫修的，也是修给乾隆皇帝看的。《读史零拾》便用乾隆皇帝批评《四库全书》的话，来证明《四库全书》错误之多。它引乾隆御制诗集卷四十《戊申题文津阁》一首的原注道：

> 缮写《四库全书》，每份三万六千册，鲁鱼亥豕，原有不免。去秋驻跸(避暑)山庄，偶阅文津阁之书，初不意其讹舛至于累牍连篇。

于是对总纂官纪昀(晓岚)、陆锡熊“薄示创惩，亦为误公者之戒”。对总校官陆费墀则降旨革职，并罚其出资将文汇(扬州)、文宗(镇江)、文澜(杭州)三阁之书装潢制函排架，大概陆将好多年的俸禄都赔光了。

御制诗卷五十二《庚戌文渊阁题句》一首又注云：

> 缮写《四库全书》，卷帙浩繁，不能保无讹错，初不意连编累牍，竟至不可枚举。

左一个“累牍连篇”，右一个“连编累牍”，都是皇帝老子自己在开金口。不然的话，有谁敢批评“盛世修文”，敢批评钦定的“文化工程”呢？

抄得错字连篇，还只是《四库全书》过错的“小焉者也”，更要不得的是它的乱改古书。周作人的话也许不足为凭，那么就来看看鲁迅是怎么说的吧。《华盖集·这个与那个》云：

> 现在中西的学者们，几乎一听到“钦定四库全书”这名目就魂不附体，膝弯总要软下来似的。其实呢，书的原式是改变了，错字是加添了，甚至于连文章都删改了。

《准风月谈·四库全书珍本》云：

> (四)库(全书)本有删改，有错误，如果有别本可得，就应该用别的“善本”来替代。

《且介亭杂文·买〈小学大全〉记》云：

> 文字狱不过是消极的一方面，积极的一面，则如钦定四库全书，于汉人的著作，无不加以取舍，所取的书，凡有涉及金元之处者，又大抵加以修改，作为定本。此外，

对于“七经”、“二十四史”、《通鉴》、文士的诗文、和尚的语录，也都不肯放过，不是鉴定，便是评选，文苑中实在没有不被蹂躏的处所了。

就是这样一部书，偏偏有人要印，有人愿买。印了文渊阁本，又印文津阁本，又印文澜阁本（这可是只剩下半部后来补抄的），恐怕转移到“三线”去了的文溯阁本也在计划着要印了吧。这就是今天的文化和出版。难道说，“盛世修文”的景象，真是复见于今日了吗？

奉正朔

（2006.9）

古时专制帝王君临天下，不仅要求臣民绝对服从，还要求“外夷”也“奉正朔”，即根据他登基时颁布的历法过日子记年号。明人笔记《玉堂丛话》云，常忠武王（遇春）死后，高丽国王派人来致祭，祭文没署“洪武”年号，接待的大臣曾鲁便严词质问道：“不奉正朔，君臣之义安在？”沈德符所著《万历野获编》，刘叶秋《历代笔记概述》谓其材料丰富，叙述可信，不久前浏览一过，觉得大体不虚，但补遗卷四《外夷夸诞》一条，也表现出和曾鲁差不多的态度，这恐怕是当时读书人的一种通病。

那一条是这样说的：

> 宋世日本国僧来朝，云其国一姓相传已千馀年，然亦未可信。惟本朝宣德七年爪哇国入贡，其移文乃称一千三百七十六年，但不著年号，其果为一姓与否，亦难诘问。但如此夸诞，近于戏侮，当时典属国者何以不拒回，想虑失远人之心耶？

这里提出了三点质疑：(一)日本说天皇世代相传已千馀年怎么可信；(二)爪哇纪元一千三百七十六年更属荒唐；(三)这都是“外夷”对“天朝”的戏弄和侮辱，管理来朝入贡的为何不坚决拒绝，斥令返回，难道还怕得罪外国人吗？

这三点质疑，都是站在要求“外夷”奉正朔的立场说话，以为不奉正朔的纪年便不可信，便是胡编乱造。其实世界之大，难言“莫非王土”，一厢情愿地要求别人都接受自己的“教化”，乃是完全站不住脚的。

日本天皇制向称“万世一系”，“万世”有神话成分，“一系”却是真实的。中国人研究日本的第一部可靠著作黄遵宪的《日本国志》，列有一份“中东年表”即中日年代对照表，日本“以崇神纪元为始”，即是从汉武帝天汉四年(公元前九七年)算起，而“宋时日本国僧来朝”，指的是宋太宗雍熙元年(九八四)日本留学僧来华。从公元前九七年算到公元九八四年，正好是“千馀年”。《宋史》也曾记录这位留学僧(名字很怪，上为“大”字下面一个“周”字，下为“然”)所述历代天皇，凡六十四世，还说宋太宗闻其国王一姓传继，臣下皆世官，因叹息谓宰相曰：

> 此岛夷耳，乃世祚遐久，其臣亦继袭不绝，此盖古之道也……

可见所说“一姓相传已千馀年”，一点没有夸张。

爪哇岛上的国家，常常不止一个，在中国南北朝时即已先后“来朝”（这也是自我感觉太良好的说法），历代史书上称之为阇婆达、诃陵、社婆，《元史》才开始称爪哇。至元二十九年（一二九二），元世祖忽必烈命史弼率军渡海征之，可是却打了败仗，结果是“弼自断后，且战且行，行三百里，二十四日得登舟，舟行六十八日，夜达泉州，（五千）士卒死者三千馀人……于是朝廷以其亡失多，杖十七，没家资三之一”，给败军之将以惩罚收场。爪哇原来信的是印度教——佛教，后来信伊斯兰教，从未用基督降生纪元，更未奉行过中国的“正朔”。明朝洪武二年，朱元璋“遣使以即位谕其国，且赐以大统历”。皇历虽然送去了，那边却没有接受，所以来文才自称一千三百七十六年，此当是用的塞迦历纪年，塞迦历源自印度塞迦族（Saka），由印度人迁居爪哇后传入。该历一九五七年被定为印度国历，纪年较西历晚七十八年，故宣德七年（一四三二）时应为一千三百五十四年，而非一千三百七十六年。

爪哇“入贡”，日本“来朝”，用他们本国的方式纪年，乃是正常之理。接受这个事实，也是起码的外事常识。值得注意的是，既无当事之职又无发言之责的沈德符，却表现得比宋太宗赵匡义和宣德朝“典属国”还义正词严，硬要斥之为夸诞和戏侮，主张驱逐来人，断绝来往，现在看来，未免过分。

古时读书人将一片忠爱之心全寄托在“圣明天子”身上，自己甘心做臣妾便认为普天下（全世界）的人都该做臣妾，越是国力孱弱如南宋和明朝时，士大夫的虚骄之气越足，连沈德符这样有学识的人亦未能例外。另一部明人笔记《谷山笔麈》卷三云：

> 三代以下，国体之尊，莫有过于我朝者。如汉、唐盛时，与匈奴、乌孙犹称甥舅之礼，宋之全盛，与契丹为兄弟之国，此其最尊时也。本朝控制四夷，皆为臣妾(请注意，称呼的确是臣妾)……其他西域诸夷，自称奴婢，视甥舅兄弟之国，何啻霄壤？

其实这时明朝对外打一仗输一仗，国势不仅远弱于汉唐，便和北宋盛时亦不能相比，读书人却还要为“外夷”不奉正朔而气愤填膺，又没有跨海征东的本领，只能在嘴巴上头打打胜仗，骂骂奴婢臣妾解气，这倒真可说是夸诞和戏侮，不过戏侮的只能是盲目要求别人“奉正朔”的自己。

天威莫测

（2006.9）

京剧《草桥关》中姚期有一句嘱咐姚刚的唱词，“天威莫测儿要多加小心”，这是他一生政治经验的总结，是一点也不错的。

专制君王特别是秦皇汉武朱元璋这类“雄主”，舍得杀人，尤其舍得杀自己人，其“天威”之“莫测”，有时简直到了不可思议的程度。比如说，朱元璋杀了自己的亲家、开国第一功臣李善长，却又向李的儿媳、自己的长女临安公主承诺，二百一十六年之后，一定给李家平反。

此事记载在崇祯朝刑科给事中李清所著的《三垣笔记》里。他亲见临安公主和李善长长子李祺的九世孙李世选，“捧高皇御笔龙封”，从安徽绩溪进京，“自云善长赐死后，驸马都尉李祺（善长子）嫡子李盛庆贬绩溪为民，即临安公主（高皇长女）出也，因（公）主号泣于上（太祖）前，故赐之龙封”。“龙封”上的“高皇御笔”全文如下：

敕赐皇亲外孙李盛庆：尔祖善长因国事罚贬去守龙关（不说诛杀，而说贬到阴间去守龙关，真真妙绝）。二百十六春为民，依数满，我封此旨，到京见主开折，复忠臣勋爵，护国永远。世世不忘刘、李、徐勋臣，保障我为主，收伐陈友谅(伪汉王，沔阳人)，天下俱服，十大功劳，秋毫无犯。洪武二十三年出给李盛庆收执。

封内还有一道详尽的敕书，口气居然是在对已被“正法”的李善长说话：

勋臣善长：众臣诈称伪，坐胡惟容(庸)，不晓自犯，向后复查，毫不干你事。……忠臣与我，股肱心腹。你为国为民，我不忍忘，天誓我常怕。你先年同刘基(诚意伯，青田人)一时败友谅十六万大兵，今你男李棋(祺)外孙福缘已故，止存三外孙。李盛庆长孙贬罚二百十六春为民，取复护国，准旨到京见主，复韩国公。收过家资钱粮，数万国用养老，三万还你开国勋臣。……

御笔亲署的洪武二十三年，就是杀李善长的当年。

李善长确实是朱元璋的“股肱心腹”。《明史》说元璋打天下，“事无巨细，悉委善长与诸儒臣谋议行之”，得天下后封韩国公，授太师丞相，位在徐达、常遇春、刘伯温之上，“制词比之萧何，褒称甚至”，只差没喊“唯我李大将军”了。彼此还结为亲家，赐铁券丹书，“父免二死，子免一死”。可见优遇之极，倚仗之深。

但雄主驭下纯用权术，倚之深则忌之更深，待天下坐稳，就要杀功臣了。朱元璋先杀了李善长推荐的胡惟庸，“词连善长”，终于锻炼成叛国大案，善长“并其妻女弟侄家口七十馀人诛之”，只驸马李祺“以公主恩，得不坐”，但旋即“亡故”，只留下他和公主所生的“皇亲外孙李盛庆”，也被“贬罚二百十六春为民”，赶回安徽老家去。

在“高皇”的赫赫“天威”下，胡惟庸案、蓝玉案都诛杀了好几万人。李善长也是“坐胡惟庸”的一个，他功居第一，挨刀自然也居第一，这并没有什么值得奇怪的。令人“莫测”的是，将李氏后人（还是公主亲生的呢）“贬罚为民”的期限，何以不多不少恰恰定为“二百十六春”，又何以要承诺二百十六春后“复韩国公，还你开国勋臣”呢？是杀了“向后复查，毫不干你事”，于是这样来补救一下呢；还是“天誓我常怕”，想给斫脑壳鬼一个“将来总会平反”的希望，免得夜夜梦见髑髅血模糊来索命呢？

无论如何，这“二百十六春”的期限是如何定出来的，总是“莫测”得令人百思不得其解。难道是刘伯温献出了比《烧饼歌》更神奇的秘本，使朱元璋真能未卜先知，知道明朝只有二百多年的气数，到“二百十六春”之后再来翻案，翻不翻得成，对大家都已经无所谓了吗。

事实也确实如此。李祺和公主的九世孙世选“捧高皇御笔龙封”进京时，明朝大势已去，救亡还来不及了。皇帝将此事交阁臣讨论，大家揣摩圣意，翻案不如不翻。于是说字迹不尽似太祖笔迹，又胡惟庸写作“胡惟容”，李祺写作“李棋”，可能有假（其实太祖高皇帝本是白字连篇的，如果是别人造假，又怎么会写错字）。仅因安徽抚臣查明，“盛庆以三岁贬，与世选为善长后，俱实”；绩溪县令也奏称，“龙封相传已久，士大夫及里民俱知，非新假者”。《三垣笔记》的作者时司刑科，也力陈非假，世选方得免予刑罚，遣送回乡。

但这对于这位九世孙来说，也未见得是什么坏事。因为另一个姓李的人很快就带兵打进了京城，朱家最后一个皇帝（也就是坚持不肯给平反的崇祯）吊死在煤山，所有公侯伯子男等世袭贵族统统都完了蛋。天终于塌掉，“天威”也就化为乌有，平反不平反都没有关系了。

谈书话

（2006. 12）

听人说起“藏书纪事诗”，虽然“耳熟”，实未“能详”。因为缘督庐续书楼的诗半首都记不得，但若把最后一个“诗”字去掉，将“藏书纪事”拿来做一本书话的书名，我却以为是合适且能名副其实的。

关于书话，有人说是一种新的文体，而始于唐弢，理由是唐的《书话》于一九六二年出版之后，世间才有名叫书话的书。记得清朝有位古文家的文集里收有一篇寿序，开头一句便是“寿序非古也”，《花月痕》小说里韩荷生也写过这一句，不知道谁是原创。如果唐弢始作书话之说属实，那么我们也可以依样画葫芦来一句“书话非古也”，过一过做古文的瘾——只可惜这句话恐怕不大好说。

事实上，书话之名出现虽晚，书话却是早已有之的，这和诗话、词话差不多。第一部以诗话为名的书，是欧阳修的《六一诗话》，但清人编《历代诗话》，却以前于欧公五百多年的钟嵘《诗品》冠首。周作人《夜读抄·颜氏家训》文中，极赏颜之推对王籍《过若耶溪》诗句“蝉噪林愈静，鸟鸣山更幽”的评论。

颜氏曰：

《诗》云，“萧萧马鸣，悠悠旆旌”。《毛传》曰，“言不喧哗也”。吾每叹此解有情致，籍诗生于此意耳。

周作人指出：

此是很古的诗话之一，可谓要言不烦，抑又何其“有情致”耶。后来作者卷册益多，言辞愈富，而妙悟更不易得，岂真今不如古，亦因人情物理难能会解，故不免常有所蔽也。

这里明明将颜之推的话称为“很古的诗话之一”，既是之一，即非唯一了。

诗话有“很古的”，那么书话呢？

几年前抄短篇古文，分类存之，用以课孙，抄稿中归于书话一类的便有二三十篇，现只选出陆放翁所作数篇如下，请看看能不能算是书话：

三荣守送来。近世士大夫所至，喜刻书版，而略不校雠，错本书散满天下，更误学者，不如不刻之愈也。可以一叹。（跋《历代陵名》）

吾年十三四时，侍先少傅居城南小隐，偶见藤床上

有《渊明诗》，因取读之，欣然会心。日且暮，家人呼食，读诗方乐，至夜，卒不就食。今思之，如数日前事也。（跋《渊明集》）

承平无事之日，故都节物及中州风俗，人人知之，若不必记。自丧乱来七十年，遗老凋落无在者，然后知此书之不可阙。吕公论著，实崇宁大观间，岂前辈达识，固已知有后日邪？然年运而往，士大夫安于江左，求新亭对泣者正未易得，抚卷累欷。（跋吕侍讲《岁时杂记》）

《花间集》皆唐末五代时人作，方斯时，天下岌岌，生民救死不暇，士大夫乃流宕如此，可叹也哉，或者亦出于无聊故邪？（跋《花间集》）

这些比唐弢的书话如何呢？

我并不薄唐弢之文，也相信他无意以自己的《书话》“为天下法”，但即以“一点事实，一点掌故，一点观点，一点抒情的气息”定范围，一千四百多年前颜之推和八百八十年前陆游的文字，至少总是可以入围的吧。当然，如果有人硬要说，颜陆当时并未自称为书话呀，那我也没办法，因为我从来就是没有勇气也没有兴趣与人争辩的。

好像有这么一个记述清末民初文化名人的故事，是夏曾佑还是谁呢，在编本国古代史讲义时拟过一道题，问男女私通始于何时，答案是女歧，结果大为钱玄同们所笑。因为有男女便会有“通”，公通私通都是那么回事，只有“私通”这个词语始于何时也许还能成为一个问题，但答案也不会是女歧吧。

济南徐明祥君要我为他的《潜庐藏书纪事》写几句话，我却谈到男女私通始于何时上头去了，所谓东扯葫芦西扯叶，其是之谓乎。

恬笔伦纸

（2007.1）

《千字文》说“恬笔伦纸”，蒙恬造笔，蔡伦造纸，秦始皇的将军，东汉时的太监，从此登上了文化名人的宝座。

《千字文》成书于宋。宋时便有位马永成，著了部笔记《懒真子》，对此提出了质疑：“蒙恬造笔，然则古无笔乎？”

这一问问得好。

本来嘛，蒙恬是秦时人，如果笔到秦时才造出来，秦以前经史百家的文字又怎能书之竹帛，流传至秦，焚都焚不尽呢？

《懒真子》还举出了不少先秦时的证据，如《尔雅》曰“不律谓之笔”，《曲礼》曰“史载笔”，孔子“绝笔于获麟”，庄子描写“舐笔和墨”……结论是“古非无笔”，毛笔非蒙恬所造。这当然是有说服力的。但接下去又说，蒙恬虽然不是笔的发明人，用兔毛制笔却是从蒙恬开始的，理由是“《毛颖传》备载之”。这就明显不对了。

蔡伦造纸，出于《后汉书》。其实《后汉书》只说，蔡伦由小黄门（小太监）做到尚方令（总管太监）后，监督管理过宫中应用器物（包括纸）的制造事务。所云“用树肤麻头及敝布鱼网以为纸”者，只能是专业造纸的工匠，绝不可能是自幼即被阉割如今身居高位的蔡伦。事实不过是由蔡伦呈进的一批纸张特别好，“帝善其能”，予以奖励，“蔡侯纸”就这样出名了。

至于蒙恬造笔，根本就于史无据。《史记》历述蒙氏三世为秦将，始皇命恬破齐国，逐戎狄，筑长城，修驰道，都言之凿凿，而无一语言及造笔，只说“恬尝书狱典文学”，不过是少年时的一种历练。而秦法繁苛，书狱者众，难道都得等这位将门之子造出笔再来“书”吗?

蒙恬后五百多年，张华写《博物志》，才说“蒙恬造笔”。《志》中其他内容，如说“五月五日埋蜻蜓头于西向户下，埋至三日不食，则化为青真珠”之类，多不可信。但因为蒙恬是名人，蔡伦也是名人(太监中名人不少，赵高、郑和、刘瑾、魏忠贤、李莲英皆是也)，后人便将笔和纸的发明权归之于他们。此皆“名人效应”，去事实甚远。

《懒真子》不信蒙恬后五百年张华的《博物志》，坚持“古非无笔”，却相信蒙恬后一千年韩愈的《毛颖传》。但《毛颖传》压根就是一篇寓言体的游戏文章,“毛颖”就是一只毛笔头。文章假托秦始皇命蒙恬伐楚，军过中山(历史上并无其事，只因中山之地多兔，兔毛制笔，故如此写)，“围毛氏之族，拔其毫，载颖而归，献俘于章台宫，聚其族而加束缚焉”（“聚而束缚”意思便是扎紧兔毛制成笔头)。秦始皇遂封毛颖为管城子，命其掌书记，常侍左右，呼为中书君。后颖年老发秃，始皇嬉笑曰：“吾尝谓君中书，而今不中书耶?”（“不中书”即“写不出好字了”之意。）

“文起八代之衰”的韩愈也是大名人,《毛颖传》亦是篇好作品。此文一出,“管城子”和“中书君”便成了毛笔的别名，直至如今。但游戏文章毕竟不能充历史文献,《懒真子》作者却奉假为真，对之五体投地，居然将《毛颖传》“备载”的当成史实，将自己原有的一点质疑精神完全缴了械。

民智未开之时，群众惯于吹捧名人，膜拜偶像，总是自觉或不自觉地依附他们，总希望给他们“重修庙宇，再塑金身”，人间的业绩也总往他们名下挂。小炉匠奉太上老君为行业神，戏班子尊唐明皇作祖师爷，看似荒唐，其实无非是典籍中黄帝造舟车、神农作耒耜的通俗化，二者并无高下之分，都是偶像制造和膜拜的表现。

轮车、舟楫和锄犁，都是追求文明进步的多少代人不断创改的成果，根本不可能是某个伟大人物灵机一动“造”出来的。笔和纸也一样，也绝不会是谁和谁的发明。长沙左家公山战国木椁墓中发现的毛笔，杆用竹管，一寸多长的笔头全用兔毫。西汉时的麻纸，近年来也多次在考古发掘中出土。这都是蒙恬和蔡伦之前的制成品，是否定“恬笔伦纸”的铁证。

话虽如此说，但习惯的力量是强大的，膜拜偶像上了瘾也难得戒除。如果有人硬要相信“恬笔伦纸”，正如硬要相信三宝太监用木头造得出比巡洋舰还大的船，比哥伦布还先发现美洲，也只能由他吧。

鸳鸯牒

（2007.4）

《苌楚斋随笔》印成于一九二九年，作者刘体信是清末四川总督刘秉璋的儿子。他一九五九年才去世，新中国的人了，却是典型的满清遗老。所记江阴秀才赵彝鼎殉清事，说他“视死如归，其撑住纲常，有功名教，死诚有重于泰山者”。并抄录其绝笔自挽联：“一秀亦君恩，愿作圣清之鬼；五经由我读，岂为革党之民。”自注云：“岂不知匹夫匹妇之为谅？我亦欲正人心，息邪说，使人不可以汉（族）外视我君为满（族）也。”立场观点，可谓鲜明之至。

对这些我并不感兴趣（只是想到溥仪在东京喊日本皇太后做亲娘，被红军俘虏后又向斯大林申请加入联共时，才觉得那位赵秀才死得真是太冤）。感兴趣的倒是笔记中有一则大骂晚明文人程羽文作《鸳鸯牒》，以魏甄后配曹植，以汉班婕妤配梁简文帝，是“帝王后妃亦遭轻薄”，是“倡乱导淫”，“当诛其人，火其书，庐其居，以保存名教”。

这名教是什么呢，大概就是赵秀才为之而死的三纲五常，也就是专制宗法社会的主流意识形态吧。晚明本是将亡之国，那时王纲解纽，礼崩乐坏，社会上的思想解放和文化上的创作自由有了空子可钻，反名教的思潮因之而起。如果八旗大军不入关，这倾向是有可能导致现代化启蒙的，我以为。

《鸳鸯牒》开列古来著名女子婚姻有“彰彰缺陷者”三十六人，另行择配，各下一牒。序引明人谭元春之言，谓“古今多少才子佳人，被愚拗父母扳住，不能成对，赍情以死，乃悟文君奔相如是上上妙策”。这几句话，便是它反名教的鲜明表现，也是要保存名教的刘体信气得要杀人的缘由。

《鸳鸯牒》的三十六则牒文，有的写得颇有点意思。比如将续成《汉书》的曹大姑，配给首席经师郑康成。双方都是著名学者，婚宴“以六经为庖厨，百家为异馔”，便写得相当得体，打趣仍不失大方，能使读者会心一笑。又如以“文姬归汉”的女主角配击鼓骂曹的男主角，说“蔡文姬灵心慧齿，辱迹穹庐，宜续配祢正平，以胡笳十八拍佐渔阳三挝鼓，宫商迭奏，悲壮互陈”，也使人觉得痛快。因为董祀之于文姬，和后来的张汝舟之于李清照一样，正所谓“齐大非偶”，曹孟德胡乱主婚，真该让祢衡来击鼓再骂他一通。还有上面说过的以魏甄后（洛水神女）配曹植，作者说理由是为了“慰此洛神痴赋，蒲生怨诗”，则不仅能使为这一双“有情无分”的才子佳人得到满足，也符合一般人的心理预期。

但也有写得不太好的。如以王昭君配苏武，“旄落毡残之馀，咻琵琶一曲，并可了塞外生子一案”，就显得牵强。而将武则天配给曹操，双方的“层次”虽然相当（两人生不同时就不必管了，大概人死后就不会变老了的吧），但目的是将武氏

"锁之铜雀台上，无使播秽牝晨"便近乎荒谬。至于以谢道韫配潘安仁，"一则风高林下，一则美擅车中，移花就柳，端不恨天壤王郎"，那就太低估了咏絮的高才，难道她看重的只是能逗得女人们"掷果盈车"的小白脸吗？

《鸳鸯牒》只是一篇游戏文章，刘体信却"上纲上线"，尽量将其政治化、意识形态化，斥之为"亡国之音"，云："其流毒比张献忠李自成奚啻千万倍，不待张李作乱，明季之人，心亡久矣，虽欲天下不亡，得乎？"他却不想一想，究竟是因为文人写了几篇文章，轻薄了一下帝王后妃，便把明朝弄得亡国了呢？还是明朝的统治腐败堕落，所标榜的名教早成了朽烂的假面具，这个国早就"将亡"了，才出现敢于和帝王后妃开点玩笑的"亡国之音"呢？

程羽文是早于刘体信三百多年的人，写得出《鸳鸯牒》；刘体信是后于程羽文三百多年的人，写的却是《苌楚斋笔记》。看起来，后人也并不一定比前人高明。如今提倡和谐，思想活跃，新观点新主张不断见之于报端网上，但对于线装书里的东西，多视之为老古董，连"五四"先贤欢迎德先生都被讥为"落后"了。银幕上歌颂秦始皇为大英雄，荧屏上则吹捧乾隆皇帝的风流文采，仿佛真的爱情只能从三宫六院中产生。看这样的"新文艺"，真不如去读《鸳鸯牒》，虽然挨刘体信之流的骂恐亦难免。

《艽野尘梦》*

（2007. 4）

《艽野尘梦》是民国时期“湘西王”陈渠珍写的一册笔记，记其于清朝覆亡前进出西藏的经历。“艽野”词出《小雅》，《毛传》释为“远荒之地”。《尘梦》的意境，则像是在说“往事并不如烟”（冰心《追忆吴雷川校长》文中名句），带着一些凄凉，因为有位藏女为助他离藏付出了生命。

此书我四十年前曾从陈氏后人借阅一过，那是民国初年的自印本，十分难得。它用的虽是文言，记叙却能委曲周到，描写也很注意细节。有些精彩片段，我读时即深深为之吸引，读后又久久不能忘记，还不止一次在茶馀饭后当做故事讲给别人听过。以下便再来复述几节，时隔久远，全凭记忆，难免出入，请读者观其大略可也。

宣统元年（一九〇九）清军进藏，陈氏时任某部三营管带（营长）。因天气奇寒，宿营的牛皮帐篷每夜冻得硬如铁板，晨起须先在帐中生火，待牛皮烤软，才能拆卸捆载到牦牛背上，

* 曾作蒋祖烜《悦读双香楼》代序。

这就快到开中饭时候了。因此部队总要近午时才能出发，只走得三四十里路，天色向晚，又要找宿营地支牛皮帐篷了。

行军中军官都有马骑，却不能一上路就骑马，而要步行好几里，待双脚走得发热，然后骑上。骑行数里后，脚趾便会发冷，而且越来越冷，绝不能等到冷得发痛的程度，即须下马步行。如此走几里，骑几里，骑行的时间顶多一半，还得与步行士兵保持同样的速度，故骑行的路程也顶多一半而已。

营中各队(排)也为伤病士兵备有马匹。队里总有几个“机伶”的兵爱占便宜，见马少兵多，便抢先报告队长请求骑马。上马以后，有经验的人知不能久坐，骑些时就会下马。没经验又贪心不足的人，因为怕马被别人骑去，先是装脚痛不下马，结果脚真的冻痛冻僵，真的下不得马了。营里最后被冻伤冻残了的，便是各队争着骑马的那几个机伶鬼。

进驻拉萨以后，藏官笑脸相迎，还送了个“藏丫头”给陈管带做小老婆。但没舒服几天，到辛亥年(一九一一)，笑脸就变成凶神恶煞相，要杀汉人了。“藏姬”西林却站在自己男人一边，帮助陈氏逃出了拉萨。这时由原路东归已不可能，只好走藏北无人区，经过青海往西安。在无人区断粮时，陈氏虽有武器，对天上飞的老鹰、地下跑的羚羊却毫无办法，幸亏西林枪法好，猎得肉食，才不至于饿死。

最后到了西安，那里正流行麻疹，西林因藏地高寒无麻疹病毒，没病过没得免疫力，很快被传染上。陈渠珍对此毫无经验，以为成年人不会再“出麻子”，耽误了治疗，西林遂不幸病死，年仅一十九岁。作为一个男人，陈氏还算有情义，将其灵柩运回湘西建了墓，还留下了这一册《艽野尘梦》。

《艽野尘梦》中最精彩的故事，也是在无人区中发生的。某次行至有水草处准备歇宿，遇上了几个去拉萨的喇嘛。他们的马多，食物也多，态度却很友善，应允以一匹驮马和若干食物相赠。陈氏带的两个护兵只见喇嘛有油水，却不知其带有刀枪，想尽杀其人，尽取其物，决定翌日整装待发时动手，以为这样对方不会防备，事后也无须收拾。陈氏虽以为不可，但为势所逼，只得听之。

第二天一早，喇嘛送来驮马食物，还帮助他们将坐骑上带的物品移到驮马身上，说是轻装才能快走。整装刚毕，护兵就开枪了。谁知这几个喇嘛(连同伤者)反应极快，立即飞身上马，并迅速从宽大的藏袍中出枪还击。护兵应声倒地，一死一伤(旋亦死去)，喇嘛们却绝尘而去。更没想到的是，刚“送”来的那匹驮马也跟着跑去，不仅带走了“礼品”，还带走了原有的食物和用品。

食物没了，人也没了。报应如此之快，真令人惊骇。但作者根本来不及惊骇，因为在无人区中没了食物，很快便会饿死，如无西林同行，结果就只能是黄沙中又多一堆白骨了。

复述的这几节故事，略可见清末民(国)初“艽野”情况之一斑，也是边疆史有价值的资料。

笔记作为一种私人记述，本可补正史之不足，笔墨若能生动传神，则更有文学的趣味，所以我每喜读之。人们多以为笔记都是古人作品，是一种陈死的体裁，殊不知黄秋岳、徐一士、刘禺生等都是近几十年中人物，陈渠珍则一九五二年才死去，当时他还是湖南省人民政府的委员呢。

书如今越印越多，“名著”大家都争着印，像《芁野尘梦》这样原来并不怎么“知名”的私人记述，却仍多湮没。文人学者的著作也越写越长，越印越厚，古如《世说新语》，新如《书房一角》，这类体裁的作品，绝难再见。难道有悠久历史的笔记文学的命运，就只能跟白鳍豚一样终归灭绝吗？

古长沙片鳞

（2007.7）

彭国梁撰《长沙沙水水无沙》，介绍上世纪三四十年代文人笔下的世相，谢冰莹写大椿桥贫民窟，田汉写月湖堤小茶馆，严怪愚写又一村游乐场，都颇有看头，差不多比得上《陶庵梦忆》和《清嘉录》一类古人笔记中的描写。

欲知古时本地风土人情，本来只能看笔记，因为这才是当时文人的自由创作，与官修“正史”只记录帝王将相们“相斫”不同。长沙没有《扬州画舫录》和《汉口竹枝词》这样的专书，只有从平常浏览中发现一鳞半爪。

《荆楚岁时记》成书于千五百年前，书名涵盖了长沙，书中写明是长沙的却只有一条：

> 四月八日，长沙寺阁下有九子母神，是日，市肆之人无子者，供养薄饼以乞子，往往有验。

记得日本投降后回长沙，住玉泉山观音庙旁，常见人来庙里烧香求子。四月初八为菩萨生日，香火特盛，许愿还愿者特多，倒不限于求子。供品则多为水果米糕，从不见薄饼。这和送子娘娘取代九子母神一样，都是风俗传承又有变化的例证。

宋朝文莹的《湘山野录》作于湖北荆州，关于长沙只寥寥数则，都是写官场的。陆游的《老学庵笔记》倒是写过长沙僧寺开当铺，自称长生库，说六朝时有个姓甄的人：

> 尝以束苎就长沙寺库质钱，后赎苎还，于苎中得金五两，送还之。

结论是“此事亦已久矣”。束苎即成捆的苎麻，里头的五两金子，猜想是哪个和尚私自藏匿来不及转移的，可见清净之地未必干净，佛寺搞创收“此事亦已久矣”。

周密《癸辛杂识》也是南宋有名的笔记，云：

> 长沙茶具，精妙甲天下。每副用白金三百星(钱)或五百星，凡茶之具悉备，外则以大缕银合贮之。赵南仲丞相帅潭日(潭指潭州即长沙)，尝以黄金千两为之，以进上方，穆陵大喜，盖内院之工所不能为也。

做得出皇宫内院御用工匠做不出的东西，说明当时长沙银匠的工艺水平确实是“甲天下”的，这手艺好像未能传下来，民国时这里的著名银楼余太华、李文玉等，都是江西师傅在掌本了。百工之事本是市廛中很重要的一条风景线，我做过几年木匠，对此类记述尤其感到亲切。

笔记记长沙工艺的，还有民国时杨钧的《草堂之灵》，卷九“记巧工”第一个就是丁字湾的石工邹自运。丁字湾距长沙四十里，盛产麻石（花岗石），这本来只是一种建筑材料，很粗，邹却能将整块石头雕成养鸟的笼子，“精细与竹制者相埒”：

> 有他石匠，刻成石马，忽损一耳，请救于邹。邹取铁锤，将完好之耳，亦行敲去。观者大骇，不知所为。乃徐徐刻垂耳状，较前美观，众人皆服。

有大官宦家想为自己建一座“乐善好施”的牌坊扬名，邹说，“这四个字是不易做到的啊”，要价千二百两，宦家斥其索价太高，他笑道：“价可以随便，我早就晓得这四个字是不易做到的啊。”其手艺固然巧，辩才则更巧了。

笔记虽然可以写风土人情，写的仍多是作者熟悉的士大夫生活，像上面这些市井和草野间的事情，尤其是限于一地的，就得耐烦披沙拣金，若偶有所得，就格外喜欢。曾读周寿昌《思益堂日札》，乃是清朝道光年间长沙一位翰林公的读书笔记，卷六最后一条却介绍了好几首“吾乡土歌”，极为精彩。其二云：

> 好马不吃回头草，好客不吃路边茶，
> 蜜蜂子不采罢园花。

原注：“罢，犹落也，言园中花之将落者也。”其三云：

十里长亭赶送郎，郎去求名到他乡。郎送姐的金心戥，
姐送郎的好茴香。

其五云：

不曾见灯花会结果，不曾见铁树会开花。
好马不受两鞍辔，好船不用两桨划。
好女儿不吃两家茶。

结语云“隐语双关，古心艳语，宛然汉魏遗音”，给“吾乡土歌”以极高的评价，忠实地将其记录下来，不删不改，态度比“大跃进”时“采风”好得多。

此书卷九还记过长沙正月初九的“玉皇暴”，三月的“观音暴”，九月的“重阳暴”，说“吾乡谓狂风起为暴”，到现在这还是长沙居民要防备的，所谓“三月三，九月九，无事莫到江边走”也。卷八考订《楚辞》“些”字，“以吾乡音协之，实读若‘俄’去声，至今长沙一带，每语收声必有此字，其辞涉哀郁者，尤非此不能达也”。上回黄永玉来长沙讨论过这个“些”字，为了说明问题，曾拿了本《山带阁注楚辞》给他看，可惜《思益堂日札》当时不在手边。

宝塔诗

（2007. 8）

汉文的方块字，一字一音，一字一义，分声调，讲平仄，所以才做得出“三星白兰地，五月黄梅天”这样的联语来。

只有汉字才做得出的还有一种“宝塔诗”。它起源于唐朝白居易的“一至七字诗”，宋时定型为词牌“一七令”，后来流传，成为文字游戏，多用于谐谑，如形容麻子脸的一首：

筛
天牌
铜炉盖
雨打尘埃
后园虫吃菜
石榴皮翻转来
长街积雪印钉鞋
满天星斗不被云埋
薄暮渔翁破网拦门晒
屁股生闹疮疤落痕犹在

从一字句到十字句，上小下大像座宝塔，当然非拼音文字所能为。这是市井间拿来开玩笑的，连屁股都写出来，真是通俗得不能再俗了。

读书人做的便要“文”得多。《坚瓠集》中有首打趣奚姓的，即全引《论语》和《孟子》，非熟读《十三经》者莫能为。作者俏皮也俏得很，每句到“奚”字便截了尾。下面我将原来截去的经文仍予恢复，用小字填在括弧里面：

奚
孌奚(反命曰)
此物奚(宜至哉)
虽多亦奚(以为)
子之迂也奚(其正)
虞不用百里奚(而亡)
如此则与禽兽奚(择哉)

如果不“填空”，年轻人恐怕看不大懂，我也是查了叶圣陶编的《十三经索引》才填出来的，查时还发现索引漏做了“子路第十三”中“子之迂也奚其正”这一条。如果退回去几十年，写信告诉出版社，有可能得到“每字银洋一圆”的酬谢，比写文章强多了。

这首宝塔诗的前六行都是陪衬，着重点全在最后一句，这叫作骂人不现形，可算是秀才们的一点小狡狯。这样的文字游戏，就是比较高级的了。

新文学大师冰心，也曾经做过一首宝塔诗，跟自己的夫婿吴文藻开玩笑。吴在清华毕业留洋后又在清华当教授，冰心说丁香花叫“香丁”，他就跟着叫。冰心让他去买华丝葛衣料和萨其马，到商店他却说要买“羽毛纱”和“马”。后来清华校友聚会，冰心笑着当众念道：

马
香丁
羽毛纱
样样都差
傻姑爷到家
说起来真笑话
出身还是在清华

清华校长梅贻琦听后也笑了，但他站在清华的立场，也想调侃一下燕京出身的冰心，便续了两句：

冰心女士眼力不佳
书呆子怎能配交际花

适可而止，不会低俗，这就是新人和旧人的不同之处。

旧时的宝塔诗，也有颇能表现雅人深致的，如张芑的《十爱》和《十憎》，前者写他喜爱的十样事物和情境，即：

月
秋日
闻远笛
不速之客
花开值佳节
四围新绿周密
烟波细雨横舟楫
灯火迷离笙歌不绝
故友谈心言语多真率
结伴离家任我东西南北

后者写的则是所厌恶的十种世态：

泥(固执古板)
势利
市井气
自夸技艺
碌碌全无济
夜演好点杂戏
难事说得太容易
粗知风水频迁祖地
无所不为向人谈道义
事急非常故作有意无意

这两首完全可以算得好诗或好词，读了既能训练自己写作和欣赏的能力，还能了解古人的生活情趣和审美趋向。我以前从《檀几丛书》中读到，便非常喜欢，还曾将其译成白话，在《新京报》上介绍过。

但宝塔诗毕竟是一种另类，它的功能主要是游戏，使人解颐，调剂一下平凡枯燥的生活。若能谈言微中，针砭世情，则更有发人深省的价值，未可一笑置之了。梁章钜《浪迹丛谈》录有写“首县”的一首，首县即省城府城当地的县官，必是上司的红人，很会帮“领导”办事的。梁氏五任江苏抚台，还署理过两江总督，熟悉官场情伪，他说这首宝塔诗“语语传神酷肖”，看来所说不虚，现在便将它抄在下面：

红
圆融
路路通
认得古董
不怕大亏空
围棋马吊中中
梨园子弟殷勤奉
衣服齐整言语从容
主恩宪德满口常称颂
座上客常满樽中酒不空

此种情形，持与现今官场相比不知何如，至少围棋马吊该改麻将扑克，梨园子弟该换演艺明星，“满口常称颂”的也该是领导的英明正确了吧。

首县和知府衙门同城的，叫作“附郭”，又和藩台衙门、抚台衙门（省级领导机关）同城的，叫作“附郭省城”。作为上司的红人，官运自然亨通，但四面八方都要应付，忙也是极忙的，有时还不免受气，尤其是上司脾气不好的时候，所以也常常发点牢骚。《浪迹丛谈》中又录有首县自嘲的几句顺口溜，也很有点意思：

前生不善，今生知县。
前生作恶，知县附郭。
恶贯满盈，附郭省城。

如今的“首县”“座上客常满樽中酒不空”时，有不有叹气说自己恶贯满盈了的呢？

【后记】《宝塔诗》文中所引张仿《十爱》《十憎》两首，我曾在《念楼小抄》中试着用白话翻译了一下，只因本领所限，未能做到“一至十字”，却成了“四至十三字”，不像尖尖的宝塔，而像美洲玛雅人的平顶金字塔了。第一首题作《愉快的事》：

海上月明

九月的晴空

远处听人吹笛

意外到来的知音

风和日丽百花齐放

绿天深处人坐卧其中

小雨微风中船轻轻靠岸

灯光转暗音乐听来更轻松

老友畅谈推心置腹毫无拘束

邀二三知己随心所欲出外旅行

“愉快的事”系借用日本古典名作《枕草子》中的题目。书中类似的题目还有很多，像“扫兴的事”“可憎的事”等等。

《枕草子》中“愉快的事”，如“河里的下水船的模样”“牙齿上的黑浆很好地染上了”之类，和宝塔诗中的“花开值佳节”“四围新绿周密”可以相比，后者却更易为我们认同，因为时间上的距离毕竟近了六百来年，明清江南文士比起十世纪日本宫中女官来，其生活趣味也更容易理解一些吧。

《枕草子》这类文字，有人说是模仿唐朝李义山《杂纂》的，可见源流还在中国。但中国后来似乎并没有出《枕草子》这样成功的作品，张岱的《彷园清语》中也只有《十爱》《十憎》两则，可能还是因为“宝塔诗”这种形式有趣，才侥幸保存下来的。

第二首题作《讨厌的事》：

教条主义

狗追财主屁

算盘精得来兮

占便宜假装无意

救灾扶贫专送旧衣

邻居睡后高唱样板戏

打赢帝国主义绝无问题

公寓楼的隔墙刚改又重砌

看完黄色录像后说儿童不宜

二奶处归来五讲四美宣扬正气

和第一首可以逐句对译不同，这一首原文中“粗知风水频迁祖地”等句，不了解明清社会生活的年轻人，未必懂得其如何会“讨厌”，所以只能另行杜撰了。

李义山《杂纂》“煞风景”十二事中的“松下喝道”“苔上铺席”“斫却垂杨”“花下晒裈”等，“恶模样”十事中的“对丈人丈母唱艳曲”“嚼残鱼肉归盘上”等，也应该说是很讨厌的，虽然义山并没有用这题目。

《枕草子》也有“可憎的事”一项，而描写更细致，文字也长得多，最短的如，“砚台里有头发纠缠了磨着，又墨里边混杂着沙石，磨着轧轧的响”，这的确可憎。至于“没有什么特别可取的男子，用了假装的声音，做出怪样子来”，这可憎则大约出于日本女性的敏感，咱们这里则早就看惯了。

过头话

（2008. 4）

二〇〇八年三月三十一日《文汇报》的《新书摘》，摘录介绍了杨振宁的《曙光集》，所记一九六二年杨氏父亲接受“统战部或明或暗的建议”（引号内为《曙光集》原文，下同），去日内瓦劝杨回国时，说过这么一段话：

> 新中国使中国人真正站起来了。从前不会做一根针，今天可以制造汽车和飞机……从前常常有水灾旱灾，动辄死去几百万人，今天完全没有了。

觉得去事实太远，话说得实在太过了。

古语云，过犹不及。西谚亦云，真理过一步即成荒谬。事实的确如此。茶水斟满了要溢出来，肥皂泡吹大了会破裂，给人看相也只能恭维他红光满面，绝不能说红得发紫。

话说得太过，便成了人们厌听的过头话。其实无论出于什么动机，把话说得太过都是达不到目的的，只会适得其反。

何谓过？

一是超过了事物本来的实际程度，亩产几百斤说是几千斤，写几首诗说可得诺贝尔奖。

二是越过了人世间的常情常理，说高山可以低头，河水可以倒流，动物圈养起来比在大自然中活得更好。

这两种过头话似乎容易看破，其实未必尽然。

在上述二种以外，还有一种好心的宣传，想歌颂想反对的并不错，问题是宣传得太过，有如防卫过当一样，结果反而弄糟了。这在纪实、自述和传记一类作品中，尤其是不可忍受的缺点。有的作者，名位既崇，实在没有歪曲事实讲违心话的必要，可能是受定势思维支配，习惯了照本宣科，或者是感恩心切，以致口不择言的缘故吧，写出来的东西亦每每不顾事实，悖于常理。大家看了与其说可厌，还不如说可惜，为他可惜，杨振宁的《曙光集》即属此类。

杨氏父子都是著名的爱国人士，这是举世公认，毫无疑义的。因为爱国，父亲才不远万里去找儿子，给他写下联语作为座右铭——“每饭不忘亲爱永，有生应感国恩宏”（宏疑当作隆）；因为爱国，儿子才写书出书，一再复述父亲的话，认为是“有永久价值的”。他父子俩又都是著名的科学家，科学家之可贵，正在其比常人更富有科学的精神，更尊重事实，更不会说不顾事实的过头话。但在这里，这父子俩却使我们大大的失望了。

杨氏说的，“新中国使中国人真正站起来了”“今天可以制造汽车和飞机”，当然都是事实；他们“灵魂深处的愿望”，是“有生应感国恩宏”，真心想赞颂新中国，当然也是事实。但说什么“从前不会做一根针”，说什么“从前常常有水灾旱灾，动辄死去几百万人，今天完全没有了”，则完全是不顾事实的过头话，等于又一次大赞“文革”，大赞“大跃进”。

杨氏所谓“从前”，当然是指“中国人真正站起来了”之前，即中华人民共和国成立之前。那不禁要问，如果“从前不会做一根针”，几千年来缝衣裳打鞋底的针难道都是从芝加哥、普林斯顿进口的吗？

事实上，《礼记》中便有“纫针请缝”的记载，《左传》成公二年即公元前五百八十九年，鲁国为了向楚国请盟(求和)，曾送给楚国数百名工匠，其中便有“执针”(缝纫女工)百人，即人执一针，亦有百针，这么多针更非舶来。我和杨氏一样，亦生于“从前”。儿时所见机制钢针，也都是汉口或长沙的产品。怎能说“从前不会做一根针”呢？

至于水灾旱灾，乃是任何时代任何国家都难以避免的自然现象。近年欧洲大雪，缅甸暴风，还有海啸呀，地震呀，都造成了巨大损失。“从前”中国因灾死人，史官们倒是秉笔直书的，统计数字早就有了。古时人口基数少，如果“动辄死去几百万”，汉族怎能蕃息成为全世界第一大族群，怎能留下那么多人一下子“站起来”呢？

尤其值得注意的是，杨氏说因灾死人的事情“今天完全没有了”时，正是难忘的一九六二年，“三年自然灾害”刚刚过去。这三年中“非正常死亡”的人数虽未见国家明文公布，不敢随便乱说，但无论如何，总不会“完全没有”，一个人也没死吧？

这些过头话当然是杨老先生“原创”，杨老夫人亦曾叫他“不要专讲这些”，并以自己摸黑起床买豆腐仅得两块不完整的为例，说是“有什么好”。但杨先生写书时的看法，仍是父母“二位的话都有道理”，对于其父的过头话，至今并未表示丝毫不认同。

杨氏父子“有生应感国恩宏”的拳拳之心，无人能够怀疑。他们怀着这样的感恩之心，自不忘随时随地为“今天”作宣传，讲好话，这当然是对的。但即使是好心讲好话，亦需尊重事实，不悖常理，而不应该宣传过当，说过头话。自己不爱惜羽毛倒还罢了，使得看者觉得肉麻，为之可惜，又何苦呢。

三味书室和三味书屋

（2008.5）

报载“海王村”拍卖周一良氏藏书，有一部“光绪二十三年新化三味书室刊”的《水经注》，很引起我的注意。光绪二十三年，不正是鲁迅和周作人在绍兴三味书屋读书的时候吗？新化的书室和绍兴的书屋，相去数千里，都取了“三味”这个名字，可谓巧合。

新化地处湘中山区，隋唐尚称“蛮地”，宋朝“新归王化”，始设县治，故称新化。但后来文教渐溥，这里也出了不少读书人，清季最出名的有三家，即纂辑湖湘文献的邓家，世传舆地之学的邹家，再就是设立三味书室的陈家。陈家累代敦品力学，《湖南省志》第二十二卷记其家训云：

> 立身行己要有诗书味，和睦宗族要有家常味，处世接物要有人情味。

光绪年间陈迪蒙出资刻书，便将“新化三味书室”刻作书牌。

三味书室刻书，是读书人做文化事业，异于寻常书商，务求精工美善。如顾祖禹《读史方舆纪要》一百三十卷，附图说四卷，系请同邑舆地学者邹代过按新法开方计里重新绘刻，远胜旧图；校勘一卷，亦多所补正。魏源《元史新编》九十五卷，其族孙魏光焘交来原稿后，也请专家用心校订，并严格要求刻工，尽量做到蒙古人名地名不错，历时八载，方成全帙。周一良对所藏《水经注》十分爱重，从上世纪三十年代起，六十年间先后三次通读批点，亦可见一斑。

更难得的是，三味书室在戊戌变法维新时期，还刻了不少介绍西学推动新潮的书，如梁启超撰《西学书目表》，徐继畬撰《瀛寰志略》，张士瀛撰《地球韵言》，英国马垦西撰李提摩太等译《泰西新史揽要》，英国傅兰雅和徐寿徐建寅父子合译《化学分原》《化学鉴原》等等。当时湖南号称戊戌变法"实验省"，也是启蒙运动策源地之一，三味书室刻的这些书，满足了追求新知识的士子们的需要，并为倡时务办新学的黄遵宪、梁启超、谭嗣同诸人提供了急需的宣传资料和教材。

戊戌变法失败，三味书室的刻书事业亦遭波及，加上陈家资财有限，收不回钱，延至光绪末年，便只能结束了。但刻书虽停，书室还在，陈家的人还在。宣统年间，有陈海澜在此设馆授徒。入民国后，长沙名记者李抱一往新化寻访，亲见《元史新编》发刻底本"十二巨册，粘条不少，眉批甚多，朱墨错杂"，所刻各书的版片亦"仍存陈家，惜秘不以传世"，详见《抱一遗著》中。

李抱一可惜三味书室的底本和版片"不以传世"，但更可惜的是，这些底本和板片，连同三味书室本身，在民国十几年

“势如暴风骤雨迅猛异常”的湖南农民运动中，遭受了毁灭性的打击，不必等到后来的土地改革、文化大革命，便同长沙观古堂的叶德辉一样，全被“扫除”，灰飞烟灭了。我六十年前曾在长沙南阳街的旧书店里，见过“新化三味书室”的书牌，但为时已久，若非这次从报纸上读到关于周氏藏书的报道，对它也就淡忘了。

在文化上做过很大贡献的新化三味书室，是在民国十几年间消失的。更巧合的是，绍兴的三味书屋，正好也是在民国十几年间出名的。它出名的原因只有一个，就是鲁迅在一九二六年十一月出版的《莽原》杂志上，发表了《从百草园到三味书屋》这篇文章，接着又收入了《朝花夕拾》文集。

绍兴的三味书屋，本来只是一处普通的“设在先生家里，招集学生前往走读”的私塾，尽管鲁迅说它“是全城中称为最严厉的书塾”，周作人说它“是在同类私塾中顶开通明朗的一个”，也只有作风宽严的差别，内容上和体制上不会有什么特殊，用不着另取高雅的名字。此先生家姓寿，地址在东昌坊覆盆桥，通常便只叫它覆盆桥寿家或寿家学堂。但因鲁迅去读书时，见“中间挂着一块匾道：三味书屋”，这样写了出来，并用作题目，风行天下，于是国人皆曰三味书屋了。

其实，“三味书屋”这块匾，根本与“寿家学堂”无关，因为它在寿先生的祖父几十年前买下这屋子开“寿日升”酒坊时，早就挂在那里了。匾也不仅只有这一块，连同许多副对联，都是从前贺姓屋主留下的旧物。周作人入学迟于鲁迅，坐另一间书房，那里也有匾道“停云小憩”，他如果也写文章，题目便有可能是“从百草园到停云小憩”。

“三味书屋”四个字，原来本是“三馀书屋”，落款“钱唐梁同书”。此人乃是乾隆时期和刘墉、翁方纲齐名的大书家，官至翰林院侍读学士，早在寿家买屋二十多年前即已死去。即使他没死，恐怕也不会给开酒坊的商家题匾。即使题，很可能也只会题“太白遗风”和“曲香”之类字句，还得这商家大大的有钱。

谈到钱，寿先生的祖父当然是有钱的，所以才能买下贺家的屋子开酒坊，也才能延师课子。但课子似乎未见明效，寿先生的父亲连秀才都没能够考上，只好子承父业，继续开酒坊。他善酿酒，却好弄文，作过“栽花一年，看花十日……”的四言诗，还请来漆工将“三馀书屋”匾上的“馀”字挖改成“味”字，改成了“三味书屋”。

陈家书室取名三味出自家训，寿先生的父亲为何要将书屋改名三味呢？我想可能和挂在书屋柱子上的一副对联有关。那对联也是梁同书所写，本来就是和匾配套的，云：

至乐无声惟孝悌；
太羹有味是诗书。

宋人有言：

《诗》《书》(经)味之太羹，史为折俎，子为醯醢，是为书三味。

很可能他以为，如果干脆把三味写出来，与联语明相呼应，岂不更加“有味”了吗？殊不知“三馀”者，“冬者岁之馀，夜者日之馀，阴雨者时之馀”（语出鱼豢《魏略》），正是享受书味的时候。点明“三味”，语意反嫌直露，字面也同联语重复了，翰林学士梁同书大概不会犯这种低级错误。

作为“寿日升”的店主，能知“三味”亦属不易，自不必苛求。但他确实也是一位“儒商”，经商又要弄文，生意渐以不振，再加上时局和社会经济方面的原因，酒坊终于倒闭，他本人也去世了。寿先生十几岁成了孤儿 ，幸亏读书较顺，进学成了秀才，有了开馆授徒的资格，屋子也是现成的，于是便召集学生前来走读，一律每节收大洋二元，以此维生。至于屋子中间挂什么匾，匾上写什么字，都是从前的事，与寿先生的学塾真可谓风马牛不相及。

寿先生其人，鲁迅说“他是本城中极方正、质朴、博学的人”，“是渊博的宿儒”，话出于尊师的厚道的学生，自不能不信，虽然这位学生特会讲反话。但在这所私塾里，教的不过是些放开喉咙念“笑人齿缺曰狗窦大开”的学童，先生自己百读不厌的也不过是南菁书院学生新作的赋，故对此书屋的文化地位，似亦不宜估计过高，尽管先生再“博学”，学生再有名，再会写文章。

最近听说，关于“三味”的意义，居然起了争论。有人说，是形容“读经味如稻粱，读史味如肴馔，诸子百家味如醯醢”的；有人说，是说明“布衣暖，菜根香，诗书滋味长”

的。这“三味”究竟是稻粱、肴馔、醯醢三味，还是布衣（布衣是什么味，我真不知道）、菜根、诗书三味，或者是宋人所云太羹（煮白肉）、折俎（炸八块）、醯醢（肉泥酱）三味呢，新化陈家书室的诗书味、家常味和人情味，又能不能称三味呢？

古人说“名从主人”。陈家的家训载在省志，那是明摆着的。改“三馀”为“三味”的人自己没有留下什么话，后人推测不能作数，那就只能存疑了。

看武侠小说

（2008.8）

“人类灵魂工程师”的作家，跟歌女歌郎一样上了“流行榜”，个个司空见惯。有人看到榜上题名，鲁迅排在金庸后面，却为之忿忿不平，实在可以不必。

讲起“流行”来，正经文字从来是不如通俗作品的。“负鼓盲翁”的唱词，流行到了“满村听说蔡中郎”的程度；读过“青青河边草”的，这村里却未必能有一二人。就是鲁迅，他千里迢迢从上海寄往北京去给老母亲看的，也不是自己新出的《伪自由书》《准风月谈》，而是张恨水的《金粉世家》和《美人恩》。

张恨水的书没怎么看过，前些年去美国，陪朱纯在波特兰久住，那里图书馆的中文书不很多，金庸的书却并不少，于是便借看过好些本。有本写“神龙教”和那教主夫妇的，讽刺和谴责的目标显然，倒算得有心之作，不是只以供消遣赚取钱财的玩艺。

认真考究起来，头一个写“侠以武犯禁”的作家应是司马迁，《史记》故事实在比后来的武侠小说更精彩，人物个性也更鲜明。法国大仲马人称“讲故事的大师”，他的《侠隐记》由伍光建（君朔）用《水浒》式的白话译出，也真比得上《水浒传》。有这些“典型在夙昔”，武侠小说尽可入文学殿堂直起腰杆。怕只怕自己不争气，毫无思想，一味胡扯，那就没有法子，只能让人瞧不起。

小时不爱看言情小说，武侠小说则是有看便看，也不分好坏。好书且不必说，就是一九四九年后三十年中一直被取缔的《施公案》《彭公案》《江湖奇侠传》这些书，亦未尝对我无益。黄天霸“八大拿”，拿的全是杀人越货、绑票勒赎、奸淫妇女、为霸一方的严重刑事犯罪分子，正是如今“严打”的对象。那时偏要骂他是官府爪牙，镇压人民的刽子手（也要怪他出身不好，若是像李逵、时迁那样的“红五类”就好了），骂来骂去，岂不骂到公安、武警自家人头上来了吗？自“左联”以来以“左”自诩的文人幼稚病，改革开放后才得到一些诊治，看来断根也难。

《江湖奇侠传》中桂武招亲以后，想带着妻子离开强盗窝，只能一道门一道门凭本事打出去。守头道门的是侄辈，略微动手便过了；二道门由同辈人把守，交手一番也过了；第三道门上是爹娘，那就打不赢，幸亏岳母娘手下留情，才抱头鼠窜而出；第四道门上横着老祖母的铁拐杖，小两口就只能跪下磕头，苦苦哀求了。真是一代不如一代啊，比九斤老太的故事生动得多，有趣得多。

武侠小说都写门派，写斗争。几乎毫无例外，徒孙总打不过徒弟，徒弟总打不过师父，太老师、祖师爷一出场，胜负便立决了。等级之森严，权威之绝对，服从之自觉，叛逆之不能幸免，均可于此中见之，“与人奋斗其乐无穷”哲学之精义亦在斯焉。这种阅读文化确实有它广泛的群众基础，所以才能在“流行榜”上居于高位啊。

谈汉字

（2008.8）

语言是从猿类到人类的标志，文字则是从野蛮到文明的标志。我们的汉语和汉字，无论从历史的悠久来看，还是从使用的广泛来看，都称得上是全球第一。这块金牌，别人想夺也夺不走的。

四大文明古国，都是文字的起源地。美索不达米亚平原的先民，六千多年前便开始用小木棍在半干的黏土板上记数记时，木棍按下去一划，留下的痕迹一头大一头小像个楔子，后人称为“楔形文字”。差不多同时，在尼罗河下游也出现了画写在纸草(papyrus)上的象形文字，还刻绘在石碑和墓壁上。印度河流域的古梵文，还有我们的汉文，比起前二者来，出现的时间要晚一两千年。后来在美洲发现的奇形怪状的玛雅文字，还要更晚些。但是，除了汉文以外，所有这些古文字都已经死掉了，没有人再使用它们，没有人能认识它们。只有屈指可数的研究人员，像破译密码似的，至今还在努力去认，亦未能完全识别。

如今的伊拉克人、埃及人用的是阿拉伯文，印度人多用印地文和英文，属于玛雅文化区的墨西哥和秘鲁用的是西班牙文。只有我们这十几亿人，三四千年来一直在使用汉文。汉字拉丁化的“文字改革”既已不再提起，看来总还会继续使用下去，只要《马克思主义与语言学问题》不再被奉为圣经。

我手头有两张图片，一张是美洲原住民刻在苏必利尔湖岸石壁上的象形文字，由文化人类学家斯库克拉夫特复制，后来又被威尔斯《世界史纲》用作插图的。看去是五只坐着人的独木舟，一只翠鸟，三根弯曲弧线下三个圆圈，还有一只乌龟。经专家破译，大意为：“我们五艘船上的这些人，由首领率领，历时三日渡过大湖，平安抵此。”如果没有破译，人们根本无法看懂。另一张是殷墟出土的甲骨文拓片和它的摹本(均据《卜辞通纂》)，“癸卯卜，今日雨。其自西来雨？其自东来雨？其自北来雨？其自南来雨？”字形跟现代汉字相比虽有差异，仍然一个是一个，认起来并不比书法家的狂草更难，对于爱玩图章的朋友们来说，更不费吹灰之力。

有次看电视，正评论英国，有个偶来坐在一旁的初中生忽然大声说道：“一个党连名字都不会取，为什么要叫作保守党？”其实“保守”并不完全是贬义词。汉字三四千年一直在用，便是它保守性强的缘故，在这一点上我觉得没有什么不好。汉字能保守它自己的特点，由象形、指事到会意、形声，门中进来马即是“闯”，屋里养了猪(豕)便成“家”，进而“有木也是棋，无木也是其，去掉棋边木，加欠被人欺”，几百个单音字即可组成成千上万的字和词。比起别的文字来，表达同样的意思，汉字所用的字数总是最少的，这更是一个显而易见的优点。

所有古文字最初都是象形字和指事字(结绳也是记事)，而且最初都是不规范的。汉字却早早实行“书同文”，规范起来了。威尔斯说，汉字的“结构过于精细，用法过于麻烦，格式又过于死板”，我看这也是强求统一和规范的结果。人们要熟练掌握如此繁难的文字，需要更多的时间和更高的智力，于是便造就了一个特殊的士大夫阶层，只有他们才能役使文字。于是他们越来越“保守”，保守性的负面影响一强，他们在役使文字的同时，自己也就不可避免地为文字所役使。

别的古文字走的是不同的发展道路。因为写的人较多，有时还分属不同的族群，操着不同的语言，人们求简求快，楔形文字便逐渐变成为一种音节文字，埃及石碑上复杂而富于装饰性的图案文字也逐渐变成了音符——字母。结果全世界的文字(包括借用汉字偏旁作字母的日文)都成了拼音文字(只有后起的玛雅文字来不及“变”，苏必利尔湖岸石壁上的便是)，唯有汉字没变，还是三四千年前的样子。

“书同文”的汉字，对于中国民族大一统的巩固和发展，具有决定性意义。英语的father、mother，德语的vater、mutter，法语的père、mère，听起来的差别，还小于北京话的爸、妈，下江话的爷、娘，广东话的老豆、老母。如果书不同文，燕赵、吴越和南粤，很可能便会成为不同的国家。当然，白领们有如战国时的说客，能够“北走胡，南走越”未必是什么坏事，但秦皇汉武唐宗宋祖们的宏图伟略，又怎能容许这种现象出现呢。

中国的面积和人口约等于欧洲，如今的欧洲有三四十个国家，和春秋时的中国差不多。虽说要建立统一的欧洲，但一部宪法在一个国家(爱尔兰)全民公决中被否决，便只能作废，统一谈何容易。小国寡民，势单力薄，参加奥运，金牌竭尽全力也只争得到几块十几块，哪能有泱泱大国民的牛气。仅凭这一点，即当感谢汉字的贡献，其功伟矣。

正因为汉字的特点有它的优势，统一的文字有利于文化的统一和思想的统一，有利于君王一统江山，掌握汉字的士大夫自然会(也不能不)用它为君王的统治服务，并且谋取本身的利益，即所谓“学而优则仕”。士大夫阶层的出现，本是文明进步的一种标志，但“他们的注意力必须集中于文字和古典文学格式，胜过集中于思想和现实；尽管中国相当太平，它的人民的个人智慧很高，但它的社会和经济发展，看来却因此受到了很大的阻碍”(威尔斯)，这就是汉字——汉文化保守性强的负面影响。研究中国文化史尤其是近代文化史的人，都知道这种负面影响之大之深。

如今已是信息化时代，电脑技术日新月异，汉字难写难记的问题不复存在。但汉字的特点所由形成的思维方式、思想方法，以及它代表的中国文化的保守性的好坏两个方面，依然值得我们深思。

职业和业余

（2008. 11）

听说普京爱练柔道，老布什喜欢跳伞，古希腊的奥林匹克竞技，只有像这样的业余运动员才能参加。这些平民或贵族定期到奥林匹克比试一番，争个彩头，然后各干各的营生去。他们参加竞技，全为了娱乐自己，绝不是为了金钱。那种为了娱乐别人，目的在于金钱的卖艺人(今称职业运动员)，则根本无资格参加竞技，更无资格戴上月桂叶编成的冠冕。

文学创作也一样。曹操写“对酒当歌，人生几何”，陶渊明写“种豆南山下，草盛豆苗稀”，何曾收入“五铢”“半两”？曹雪芹“著书黄叶村”，维持生活还得靠扎风筝，何曾有什么“创作条件”？如果他们成了“职业作家”，下笔时得看汉献帝、刘寄奴、清乾隆的脸色，又怎能有《短歌行》《归田园居》和《红楼梦》？

做学问也一样。陈寅恪在哈佛大学对吴宓说，“决不可倚学问以谋生”，要做学问必须“另求谋生之道”；“作官以及作教员等，决不能用我所学，只能随人敷衍，自侪于高等流氓，误人误己，问心不安”（见吴宓日记）。事实也确实如此。陈氏后来以教书为职业，在院系调整、教学改革、拔白旗和文化大革命中，便“只能随人敷衍”；他考证钱(牧斋)柳(如是)因缘，“推寻秋柳枯兰意，刻画残山剩水痕”，则完全是业馀研究的成果。若非如此，而是先列规划，编预算，请经费，搭班子，决定哪位书记来领导，再配哪些女生来当助手，三卷本的《柳如是别传》只怕也未必能成。

做官也一样。最好也不要取代原来的职业，不要考上了公务员就一世为官，吃官饭穿官衣，死后还要守在“革命陵园”里，按省、厅、处级排队。看人家的国务卿赖斯，本来在大学里当教务长，共和党下了台，国务卿当不成，回大学去干老本行就是。德国总理默克尔的职业是物理学教授，业馀有兴趣参与政治，出来竞选，选上了就干一届，下一届选不上又可重执教鞭，仍然轻车熟路，用不着像陈水扁那样预留活动经费，把钱存到海外去，落得一身官司。

外国的情形如此，中国古时亦是如此。宋朝贾黯廷试第一，马上要做官了，去看望宰相杜衍(祁国公)。杜衍不问他别的，只问他的“生事”即他的职业和收入。贾黯“怪之”，曰：“黯以鄙文魁天下而谢公，公不问，而独在意于生事，岂以黯为无耻耶?”杜衍解释道：一个人如果没有职业和收入，靠做官弄钱，就容易出问题。

今贾君名在第一，则其学不问可知；其为显官，则又不问可知。衍独惧其生事不足，以致进退之轻，而不得行其志焉。何怪之有！

清人陈其元《庸闲斋笔记》卷八“官方与生事之关系”条中记下了这一节，又记云：

> 司马温公为相，每询士大夫私计(家庭原有资财)足否。人怪而问之，公曰：“倘衣食不足，安肯为朝廷而轻去就耶?”

像赖斯和默克尔这样的人，职业收入远高于当官的收入，故能“轻去就”；当官是为了“行其志”，不当官也没什么了不起。我们的郑板桥“七品官耳”，因能以书画为职业，才能在贪黩的长官面前硬起腰杆子，“乌纱掷去不为官，囊橐萧萧两袖寒。写取一枝清瘦竹，秋风江上作钓竿。”吟着自家的诗句浩然归去。不像有的官儿除了做官别无能耐，有官做便有了一切，不做官便没了一切。

有的官儿也怕自己的官做不长，于是拼命贪污受贿，“工资基本不用，老婆基本不动”。这和宋祁公所问“生事”和司马光所询“私计”，则是完全不同的两回事了。

周绍良赠聂绀弩诗

（2009.1）

最近以来，聂绀弩的名字又频繁出现于媒体，这是使人高兴又使人难过的事。我暂时不想多参加关于“卧底”“告密”等事的讨论，它却使我想起了已故周绍良先生的两首诗。这是聂绀弩出狱后不久，将自己在北大荒所作诗辑成《北荒草》，油印装订成册寄给周绍良，周读过之后写了回赠给聂的，从未公开发表过。我偶然得见，刻骨铭心，现在将其介绍给广大读者，想必不会没有解人吧。第一首云：

> 北荒往事已风流，革命如今岂到头。十载幽囚天作孽，百端磨折命为仇。撑肠剩有诗千首，把臂犹存貉一丘。何罪遣君居此地，天高无处问来由。

第二首是“集唐”，从第一句到第八句，分别集杜甫、李白、李颀、司空图、戴叔伦、朱湾、白居易、刘长卿，一人一句：

> 数篇今见古人诗，异代风流各一时。佳句相思能间作，

争名岂在更搜奇。落花飞絮成春梦，细雨和烟着柳枝。
举目争能不惆怅，悬河高论有谁持。

“集唐”即集唐人句成诗，这种体裁，现在的年轻朋友恐怕不太熟悉了。但只要想一想，在“革命如今岂到头”的时候，作为佛教居士、不左不右的周先生，能给“十载幽囚”归来的聂绀弩写诗相赠，不怕被视为“一丘之貉”也要和他“把臂”，岂不说明公道自在人心，大多数中国读书识字之人，心底里头还是分得清是非善恶的吗？讲老实话，对此我一直还是有信心的，虽然“告密”也被告过不知多少次，直到不太久以前。

周绍良出身的“东至周家”，在中国近现代史上地位重要。其重要前期在政治、经济方面(周氏曾祖在清朝为总督，祖父是北洋总长、实业巨头)，后期则在社会、文化方面(伯父为全国政协副主席，父亲为全国佛教协会副会长，堂兄一良、煦良均学者名家)。由于出身和社会关系的原因，绍良先生没有条件“左”，也没有胆量“右”，所以我说他“不左不右”。这大概也就是他能比较远离政治漩涡，在“边缘”上潜心佛学，搞搞收藏，还能够跟聂绀弩这样的人交交朋友，也没谁来硬派他“卧底”的原因吧。

书的未来

（2010.3）

记得有人在一篇文章中说过，夏曾佑(清朝进士，曾出洋考察，民国初年任教育部司长)首编古代史教科书，曾设问“男女私通始于何时”，答案则是“女歧”（根据大概是《楚辞》王逸注云“女歧……无夫而生九子”)。此问此答，真的妙不可言。

如果早生四五十年，有幸读夏先生的书，恐怕只能老实回答“不知道”。因为有人类便有男女，有男女便会要“通”，人类历史少说已经几十万年，明媒正娶依法登记这一套却不过实行过千百十年。在有巢氏的巢中和山顶洞人的洞里，怎么知道男女们在私通还是在公(？)通，他们的“通”又“始”于公元前几十几万几千几百几十几年呢?

这次薛君来问图书的未来，西谚云“欲知其未来，先明其原始”，所以无妨学学夏先生，先来问问人们称之为图书的这种东西始于何时。如果仍援夏先生之例，也许可以答“河图洛书”吧。“河出图，洛出书，圣人(伏羲、大禹)则之”，以成八卦九畴，这是《书经》和《易经》中的话，比屈原问“女歧无合夫焉取九子”更为“经典”，但同样也如司马迁说的“缙绅先生难言之”，作不得数。

人类自从野蛮开始进入文明，便有了交流、学习、传承的需要，也有了想象与祈求。三千年前殷人用锐器刻在甲骨上的，四千年前两河流域人用小圆棒划在湿黏土板上的，五千年前古埃及人用炭黑写在纸草（papyrus）上的，直至二万五千年前克罗马农人彩绘在法国和西班牙洞穴石壁上的（见《中国大百科全书·考古卷》彩图第七页），便是先人的创作，先人留下的信息，也就是真实存在过至今还存在（当然只能存在于博物馆和图册里）的“河图洛书”。

我们的图书就是这样产生、发展、延续下来的。它们是文化的产物，同时又是文化的载体。只要文化不灭，图书也就不会灭亡和消失的。

当然，人在变，文化在变，图书的内容和形式也不可能不变。孔子读《易》，“韦编三绝”（串联简册的皮条翻断了三次），因为那时的书是写在一片片竹简上，再用皮条串联成册的，反复不断地翻阅，皮条也禁不住。这比起今天用电脑，在阅读器上来读书，书之重轻和人之难易，变化确实极其巨大。是不是用阅读器读《易》就能比孔子读得更好呢，恐怕谁都不敢拍胸脯保证。

予生也晚，从小读的就是铅字印在纸上再装订成三十二开的平装书，但小时候在老家书房中，稍大后在府后街和南阳街的书店里，入目触手者仍全是木刻线装本。避着父师自己偷看旧小说，从《施公案》《七侠五义》到《西游记》《三国演义》，有光纸上石印小字看成了近视眼的，也全是线装，随时可以卷起来塞入裤袋，装作听话的好学生。

未来的书到底会是什么样子，我真不知道。是不是都会缩到阅读器里头去呢，恐亦难说。我想，即使阅读器真能全面取代纸本，也不过和平装取代线装、纸本取代竹帛、竹帛取代甲骨一样，又来一次世代交替而已。模样再变，供人阅读的功能不会变。人们读它，还是在读书。

老实说，我对此并不怎么关心。来日既已无多，架上的旧书且读不完，未来的书还读不读得了，读不读得懂，犹如太阳上的氢还能烧多久的问题一样，于我实在没有什么意义了。

辛亥故事

（2010.10）

辛亥革命快百周年了，我今年才进八十，来讲辛亥故事，岂不是“看见外公讨外婆”了吗？——原来都是从父亲那里听来的。

父亲生于光绪四年戊寅，辛亥年已三十三岁。他先应科举成为“佾生”，后进时务学堂并考取公费留学，此时已是省办法政学堂（分为“官校”和“绅校”二部，前者培训预备立宪的州县官员，后者考录想当议员的绅士）的教员了。从戊戌到辛亥十几年中，父亲因同学或同事的关系，先后认识了仇鳌、陈荆、陈家鼎等“革党”。尽管他生来胆小，并未与闻更不敢伙同他们“密谋大事”，但因待人诚恳，办事认真，于是在“反正”以后，“革党”（这时候称“民党”了）的朋友们，仍将他拉进民国省政府（时称政务厅），当了财政司（厅）制用科的科长。

父亲说：辛亥年八月十九（一九一一年十月十日）武昌起义，仇鳌他们湖南同盟会事先并不知情，是蒋翊武的“文学社”搞起来的。文学社办的《大江报》发了篇惊天动地的文章，大字标题：“大乱者，救中国之妙药也！”宣言国内政治“事事皆现死机，处处皆成死境，膏肓之疾，已不可为，……此时非有极大之震动，激烈之改革”不可，公开号召“男儿死耳，好自为之”。“为”什么呢，就是要掀起一场“大乱”，也就是造反。这篇文章迅速传遍了武汉三镇，也很快传到了湖南，成了引起十月十日冲天烈焰的火种。

在清朝湖广总督衙门口，能够办这样的报纸，发这样的文章，说明清政府宣布“预备立宪”，制定宪法大纲，还是给了人民一些言论自由和新闻自由。《大江报》的文章震动了两湖，震动了全国，过了七天，总督衙门才想出了个“淆乱政体，扰害治安”的罪名，封了报馆，抓了总编辑詹大悲。讯问詹时，问他：“此稿从何而来？系何人所作？”詹答：“此稿经我过目，不能问作稿之人，一切责任均归我负。”于是判处徒刑一年六个月，可缴罚金八百圆，交保释放。詹不肯认罚，宁愿坐牢。十月十日武昌起义，起义军十一日占了汉阳，十二日又在汉口成立了“军政分府”，牢板子还没坐热的詹大悲出牢当上了军政分府都督。那位詹大悲挺身力保的“作稿之人”黄侃(也是文学社员)，却平安无事，从从容容搭船出国，到日本跟章太炎学《说文》去了。回国后他先后任武昌高师、北京大学、中央大学教授，成了极有成就的语言文字学家。

父亲又告诉我：黄兴原名黄廑午，在明德学堂教体育时住在紫东园，和湘乡人陈荆、陈家鼎都是朋友。禹之谟也是湘乡人，在办“唯一学堂”(后来的广益中学)，特别热心反清活动，在青年学生中很有号召力，却不幸被清政府逮捕杀害了。中华民国成立，黄兴和孙中山“功成不居”，让给了袁世凯。袁为了酬功，封黄兴为陆军上将，还给了个“督办粤汉铁路”的美差。黄兴乘“楚有”军舰回湘时，都督谭延闿组织盛大欢迎。在军舰停泊的小西门、黄兴进城的坡子街，扎起了金碧辉煌的大牌坊；并宣布将小西门改名“黄兴门”，坡子街改名“黄兴街”，用擘窠大字写在牌坊上。父亲时为政务厅司员，分当执事，躬逢其盛。

谁知这场盛事却被陈荆搅了局。他觉得民国政府对烈士禹之谟的表彰抚恤太不够，比起黄兴的无限风光来，禹之谟太被冷落了。于是他邀起几个同乡，在彩旗飘扬的坡子街上追祭禹之谟，挂起长长的白布挽联。据父亲说，挽联做得和写得都很精彩：

生死见交情，故人剩有陈荆在；

英雄论成败，今日争言上将功。

陈荆自呼其名，上将指的自然是黄兴。

陈荆仗势他是著名反清志士，又有同盟会(已改名国民党)总理孙文亲自签名发给的“元勋党员”证书，祭奠先烈更是理直气壮的事情，谭延闿也奈何他不得。只此一事，也可以看出“恢复中华，建立民国”之初，还确实有过那么一点自由民主的气氛。禹之谟也终于获得国葬岳麓山的待遇，不枉几年前付出的一颗头颅、满腔热血。

父亲听有的人说，陈荆如此做，也许是自己有怨气，对黄兴不满。他本是个傲岸不羁之人，从不肯居人下的。如此一闹，得罪的人更多，别人既不敢惹他，更不敢用他。他一气之下出家当了和尚，从此灰心世事，以酒消愁，不久就病死了。

父亲还讲了个黄兴回湘路过汉口时的故事，却是关于陈家鼎的弟弟陈家鼒的。陈家鼎是老同盟会员，当过湖南分会负责人，很会读书，本就考中了举人，留日又考取了早稻田大学，很得同志敬重。弟弟陈家鼒则年纪还轻，一无资历，二无能力，只有一脑壳癞子。民国成立后，他却打着哥哥的牌子，找着成了要人的宋教仁要官做。宋被他缠得没办法，只好要在上海办国民党机关报《民立报》的于右任给了他一个“特派记者”的名义。

黄兴南归，路过汉口。这是他首义成功的地方，袁世凯、黎元洪正着意笼络他，盛大欢迎自不必说。陈家鼒恰好在汉口，赶上了吹捧伟人同时也吹捧自己的大好机会，于是拿着陈家鼎和于右任的名片去行辕见了黄兴。湖北军政当局请黄兴参观市容，他并且要求同去，趁势挤上了黄兴的马车。当天晚上，上海报馆便收到了从汉口发来的署名“本报特派记者陈家鼒”的加急电讯：

> 民国伟人黄克强先生本日莅汉，黎副总统以下均至车站欢迎。礼毕，与本报特派记者陈家鼒同车，巡阅汉口全市，沿途士女商民欢庆者不下数十万人。

值班编辑拿了去请示社长于右任，问如何处理，于立即批示：“重要新闻，全文照发。”只在“本报特派记者陈家鼒”下加上五个用括弧括起来的小字：

（看你的癞子）

几天以后，在北京当国会议员的陈家鼎，见到了于右任专门给他寄去的《民立报》，气得痛斥弟弟："不懂事的东西，真丢脸！"又不禁笑骂："这个于胡子呀，真坏！"

《书前书后》这书名

（2011. 7）

《书前书后》初版于一九九二年，一九九六年重版过一次，迄今近二十年矣。近几年来，不断听到有人从旧书店寻购本书的消息，还有远道寄书来请签名的。揣想这些劳神费力寻得的书，总是难得再进旧书店的了，如果还有人想买，该怎么办呢？因此，出过我的《念楼集》和《学其短》的安徽教育出版社，决定来为本书出一新版，可谓及时，我很高兴。

为什么会高兴？

自从六十多岁离了休，写文章，著书，编书，已不是奉命宣传，更不是追求名利，主要是心里有话要说，要告诉别人。《诗·小雅·伐木》："嘤其鸣矣，求其友声。"一只鸟儿独立枝头不会鸣叫，只有在有知音同类的回应时，它才会发声。二十多年前写的东西，至今还有人要看，也就是有回应，可见自己并没有白吆喝，此其所以高兴者一也。

《书前书后》所写之书，凡是我自己著、自己编的，如《走向世界》，如《儿童杂事诗笺释》，如《学其短》，如《知堂书话》，如《曾国藩家书》……从一九九二年算起，都至少重印过一次，多的已重印五次。不少书重印时，又在书前书后写了新的题记。新版增入了这部分内容，同时删去了不在书前书后的文字，为自己的文字生涯留下了更清楚的轨迹，此其所以高兴者二也。

《书前书后》这个书名，是二十年前我自己取的。当时即知书名非商标不受保护，和尚用得，阿 Q 也用得；但我只习惯用自己的杯喝水，不习惯同别人共饮一杯水，为了不错拿杯子，曾经认真检查，并未发现有珠玉在前。十年之后，忽从《秀州书局简讯》得知，有人求购《书前书后》，书局以 X 先生新作寄之，回信却说要锺叔河的，这才知道出了同名的书。不久以前又听说，另一位 L 先生名叫《书前书后》的文集也成书了。两位先生都是望重之人，难道也不嫌不干净，硬要捡起和尚用过的东西来用吗，当然不至于此。我想恐怕只能怪我自己，怪我的书“知名度”太低，别人根本不知道有这么小小一册吧。如今有人愿意再来印它一次，再印几千册，知名度稍微提高，第四种、第五种《书前书后》也许就不忙于上市了吧，此其所以高兴者三也。

唯天下之事，亦正难说，我高兴得也许太早了。三张稿纸写完时，忽得包书来的六月二十日《长沙晚报》一张，有大字标题“这么多《建党伟业》？不是电影，是书”。下面列出了同名《建党伟业》的六种书，封面彩照全是皇皇巨制，六家出版社和六位作者也全都是大牌。如此看来，一名多书、书名共用恐怕还是“人间正道”，“我用我的杯喝水”则仍属小资产阶级劣根性乎。那么好吧，爱用“书前书后”作书名的都来用吧，物竞天择，就让时间和读者来“择”好了。至于《建党伟业》，自然又当别论，别说六种，就是六十种，总是都会与天地同寿、日月齐光的吧，馨香祷祝之矣。

谈文房

（2011.8）

要我写文房，觉得有点难于下笔。书房倒是有这么一间，几架图书，一张书桌，是不是就可称文房呢？这文房和书房，是不是正如“大老爷”和“人民公仆”一样，名虽不同，其实却是一回事呢？

自己确实不很明白，于是只好像中学生那样来查词典。从《汉语大词典》第六卷一五二五页上查到，“文房”的释义有三：

一是“官府掌管文书之处”。例举《梁书》《南史》和唐刘禹锡诗，可见这是一千多前的用法，如今“官府掌管文书之处”早就不称文房了。

二是“书房”。这好像证实了文房即是书房的猜想，但例举宋人笔记《春渚纪闻》谓何某“文房所蓄，多臻妙美”，可见并不是普通的书房，而是“蓄”有“妙美”器物的书房。

三是“‘文房四宝’的省称”。碰巧手边有份《文物天地》，广告“××秋季拍卖会·文房专场”。一间书房无法整体搬上拍卖场，拍卖的当然是“妙美”的笔、墨、纸、砚，以及与之相关的笔架、笔筒、水盂、水洗、镇纸之类文玩。

这样才明白，所谓文房，并不等于一般的书房。文房的主人，除了能读书，有藏书，还须拥有并能使用“文房四宝”笔、墨、纸、砚，懂得并能欣赏“文房四艺”书、画、琴、棋。一句话，他得是一个有文化素养和文化品位的人，我当然不合格。

怎样做才能合格呢？

三百多年以前，新安（今歙县）江之兰作《文房约》，规约了“不宜于文房”的二十四事，兹抄录并在括弧内略加今释如下：

谈市井（传播商场和社会新闻）；

竞绮丽（炫耀时尚衣饰）；

狼藉文史（乱翻图书不归架）；

雅器位置无次（文具和文玩到处乱摆）；

棋毕不敛子入奁（下完围棋不收拾好棋子）；

对花不煮茗（赏花不准备好茶）；

鼓琴不焚香（弹琴时不燃好香）；

不涤砚（书写后不洗净残墨）；

饮佳茗不尽及漱（好茶不喝完，或用以漱口）；

饮酒至吐（喝酒喝得大醉呕吐）；

不顾而唾（随地吐痰）；

唱弋腔（唱戏曲或流行歌）；

下象棋（现在还应加上玩牌）；

粘物不拭案（剩水残渣在茶几和桌面上不收拾干净）；

用字纸包裹除秽（将字纸当包装纸卫生纸）；

吃烟喷人面纸煤四掷(随意吸烟打火不顾旁人感受);
挂工画(陈列工艺装饰画);
扪炉(不断摸弄陈设的古玩比如说宣德炉);
画桌(在桌上乱画);
折花(攀折花枝);
齉鼻书声(装腔作势地朗诵);
文士习气(玩深沉,装斯文,扮愤青);
足恭(过分谦让得使人难受);
葸(畏畏缩缩,弄得大家都没了兴致)。

以上二十四事,一大半都是规范“文房四宝”和“文房四艺”的。对于有文房的文人来说,应是已经养成的习惯,接受不会有问题。只有对“用字纸包裹除秽”的禁戒,现在看来也许失之过苛;还有一条戒“唱弋腔”,其实就是昆曲亦未必会那么宜于文房吧。

至于与笔、墨、纸、砚和书、画、琴、棋无关的几条,如戒“谈市井”“竞绮丽”“文人习气”和“足恭”,我更愿举双手赞成。尤其值得注意的是,江君他还要戒“葸”,不乐见文人畏首畏尾。可能那时庄廷鑨《明史》、戴名世《南山集》等文字狱大案还未波及皖南深山中的新安,所以他才有胆子如是说,这又是我不能不特别表示羡慕的了。

图书在版编目(CIP)数据

笼中鸟集/锺叔河著. —长沙:岳麓书社,2021.4

ISBN 978-7-5538-1402-5

Ⅰ.①笼…　Ⅱ.①锺…　Ⅲ.①随笔—作品集—中国—当代
Ⅳ.①I267.1

中国版本图书馆 CIP 数据核字(2020)第 190955 号

LONGZHONGNIAO JI

笼中鸟集

作　　者:锺叔河
责任编辑:李缅燕
特约编辑:王　平
责任校对:舒　舍
封面设计:格局创界文化传播
封面摄影:李　锋
插图制作:唐　巍
图文排版:刘晓霞

岳麓书社出版发行
地址:湖南省长沙市爱民路 47 号
直销电话:0731-88804152　0731-88885616
邮编:410006

版次:2021 年 4 月第 1 版
印次:2021 年 4 月第 1 次印刷
开本:889mm×1194mm　1/32
印张:12.5
字数:267 千字
印数:1—3 000
ISBN 978-7-5538-1402-5
定价:98.00 元

承印:雅昌文化(集团)有限公司

如有印装质量问题,请与本社印务部联系
电话:0731-88884129